中国诗词大汇　品读醉美

童趣诗词

林霞　编著

中国言实出版社

图书在版编目（CIP）数据

品读醉美童趣诗词 / 林霞编著. -- 北京：中国言实出版社, 2021.11

ISBN 978-7-5171-3892-1

Ⅰ. ①品… Ⅱ. ①林… Ⅲ. ①诗词—诗歌欣赏—中国 Ⅳ. ①I207.2

中国版本图书馆CIP数据核字(2021)第192099号

品读醉美童趣诗词

责任编辑：郭江妮
责任校对：敖 华

出版发行：中国言实出版社
地 址：北京市朝阳区北苑路180号加利大厦5号楼105室
邮 编：100101
编辑部：北京市海淀区花园路 6 号院 B 座 6 层
邮 编：100088
电 话：64924853（总编室） 64924716（发行部）
网 址：www.zgyscbs.cn E-mail：zgyscbs@263.net

经 销：新华书店
印 刷：北京市兴怀印刷厂
版 次：2022年 8 月第 1 版 2022年 8 月第 1 次印刷
规 格：850毫米 × 1168毫米 1/32 7.5印张
字 数：224千字

定 价：42.80元
书 号：ISBN 978-7-5171-3892-1

前言

优秀的诗词是我们中华民族传统文化的精粹，也是中华儿女引以为豪的瑰宝。我们伟大的祖国在悠久的历史长河中，造就了一个闻名世界的诗国。从《诗经》《楚辞》到汉乐府民歌，从魏晋诗歌到唐诗、宋词、元曲，无数诗人在祖国灵山秀水的孕育下，写下了一首首脍炙人口的诗篇。

看那优美的词句、听那和谐的音韵，或激励人奋发图强，或诉说爱情的悲欢离合，或追忆流金岁月，或赞美清幽的田园生活、山川田野的秀美景色；时而悲壮苍凉，时而清新优美，时而幽默风趣，时而沉郁激愤……内容五彩缤纷，情感细腻真挚。一首首诗词就像夜空中璀璨的星儿不断把光明洒向人间，驱散我们内心的迷惘，照亮我们的前程，这怎能不让我们为之震撼？怎能不让我们为之心动？

诵读经典诗词是中华民族的优良传统，对陶冶情操，开拓视野，继承古代优秀的文化遗产，提高文化修养、审美能力、想象能力和读写能力，都具有相当重要的作用。为此，我们在浩如烟海的中国诗词中精心选录了千余首，并按爱国、励志、怀古、思乡、登临、田园、言情、友谊、童趣等9个主题分为9册，更方便读者有针对性的选读。每册除了将诗词原汁原味地呈献给大家外，还增设了注释、作者名片、译文、赏析等四个板块，旨在让读者更准确、更深入地掌握这些诗词的内涵和特色。

本册的百余首诗篇充满童趣，将唤起您儿时的梦！童趣是春晨的曙光中依偎在柳叶上的那颗闪亮的露珠，纯美而又多情；童趣是夏日午后的阳光下围着美丽的花丛翩翩飞舞的那只花蝴蝶，绚烂而又多彩；童趣是凉爽的秋夜里藏在抖动的枝丫后偷偷微笑的那轮弯月，羞涩而又可爱；童趣是冬夜冷清的月光中悄然飘落人间的那片飞雪，执着而又动人……童趣回荡在四季里，童趣永远在我们心中，童趣是一个永恒而迷人的话题！而这洋溢着童趣的诗篇就像一个活泼的孩子，敲响了您记忆的闸门！咚咚！……

目录

咏 鹅

【唐】骆宾王

鹅，鹅，鹅，
曲项向天歌①。
白毛浮绿水，
红掌拨②清波。

注释

①曲项：弯着脖子。歌：长鸣。
②拨：划动。

作者名片

骆宾王（约640—？），婺州义乌（今属浙江省）人，唐代文学家。与王勃、杨炯、卢照邻一起，被人们称为“初唐四杰”。七岁时因作《咏鹅》诗而有“神童”之誉，曾经担任临海县丞，后随徐敬业起兵反对武则天，兵败后下落不明，或说是被乱军所杀，或说是遁入了空门。其诗气势充沛，挥洒自如，富有一种清新俊逸的气息。有《骆临海集》存于世。

译 文

“鹅！鹅！鹅！”面向蓝天，一群鹅儿伸着弯曲的脖子在歌唱。

雪白的羽毛漂浮在碧绿的水面上，红色的脚掌划着清波，就像船桨一样。

赏 析

诗的第一句连用三个“鹅”字，这种反复咏唱方法的使用，表达了诗人对鹅的热爱，增强了感情上的效果。

第二句写鹅鸣叫时的神态，给人以声声入耳之感。鹅的声音高亢嘹亮，一个“曲”字，把鹅伸长脖子，而且仰头嘎嘎嘎地朝天长鸣的形象写得十分生动。这句先写所见，再写所听，极有层次。

以上是写鹅在陆地上行进的情形，下面两句则写鹅群到水中悠然自得地游泳的情形。小诗人用一组对偶句，着重从色彩方面来铺叙鹅群戏水的情况。鹅儿的毛是白的，而江水却是绿的，“白”“绿”对照，鲜明耀眼，这是当句对；同样，鹅掌是红的，而水波是青的，“红”“青”映衬，十分艳丽，这也是当句对。而两句中又“白”“红”相对，“绿”“青”相对，这是上下对。这样，回环往复，都是对仗，其妙无穷。

在这组对偶句中，动词的使用也恰到好处。“浮”字说明鹅儿在水中悠然自得，一动不动。“拨”字则说明鹅儿在水中用力划水，以至起了水波。这样，动静相生，写出了一种变化美。

村　居[1]

【清】高鼎

草长莺飞二月天，
拂堤杨柳醉春烟[2]。
儿童散学归来早，
忙趁东风放纸鸢[3]。

注释

①村居：在乡村里居住时见到的景象。

②拂堤杨柳：杨柳枝条很长，垂下来，微微摆动，像是在抚摸堤岸。醉：迷醉，陶醉。春烟：春天水泽、草木等蒸发出来的雾气。

③纸鸢：泛指风筝，它是一种纸做的形状像老鹰的风筝。鸢，老鹰。

作者名片

高鼎（1828—1880），清代后期诗人。字象一，又字拙

吾，仁和（今浙江省杭州市）人。其人无甚事迹，其诗也多不合那个时代，一般人提到他，只是因为他写了一首有名的有关放风筝的《村居》诗。著有《拙吾诗稿》。

译文

农历二月，青草渐渐发芽生长，黄莺飞来飞去，轻拂堤岸的杨柳陶醉在春天的雾气中。

村里的孩子们放了学急忙跑回家，赶紧趁着东风把风筝放上蓝天。

赏析

这首描绘春天风光的小诗，是诗人闲居农村时的即景之作。

“草长莺飞二月天”写时间和自然景物。生动地描写了春天时的大自然，写出了春日农村特有的明媚、迷人的景色。早春二月，小草长出了嫩绿的芽儿，黄莺在天上飞着，欢快地歌唱。堤旁的柳树那长长的枝条，轻轻地拂着地面，仿佛在春天的烟雾里醉得直摇晃。“草长莺飞”四个字，把春天的景物写活，使读者仿佛感受到那种万物复苏、欣欣向荣的气氛，读者的眼前也好像涌动着春的脉搏。

“拂堤杨柳醉春烟”写村中的原野上的杨柳，“拂”“醉”，把静止的杨柳人格化了。枝条柔软而细长，轻轻地拂扫着堤岸。春日的大地艳阳高照，烟雾迷蒙，微风中杨柳左右摇摆。诗人用了一个“醉”字，写活了杨柳的娇姿，写活了杨柳的柔态，写活了杨柳的神韵。这是一幅典型的春景图。

“儿童散学归来早，忙趁东风放纸鸢”主要写人物活动。描述了一群活泼的儿童在大好的春光里放风筝的生动情景。孩子们放学早，趁着刮起的东风，放起了风筝。儿童正处在人生早春，儿童的欢声笑语，儿童兴致勃勃地放风筝，使春天更加生机勃勃，富有朝气。儿童、东风、纸鸢，诗人选写的人和物为美好的春光平添了几分生机和希望。结尾两句由前两句的物写到人，把迷人的早春渲染得淋漓尽致。

春景既然如此动人，生活在这如画的春光中的人就更动人了。诗的后两句，由景及人，诗人饶有情致地写了一个群童放风筝的场面。天气实在太好了，连平时在外贪玩的儿童们也一反常态，放学后早早地回到家，赶紧放起风筝来。“散学归来”用一“早”字，说明连孩子们也让这风和日丽的天气给打动了。

全诗前半部分写景，后半部分写人，前半部分写的基本上是静态，后半部分则添加了一个动态。物态人事互相映衬，动态静态彼此补充，使全诗在村居所见的“春”景这一主题下，完美和谐地得到了统一。

诗人晚年遭受议和派的排斥和打击，壮志难酬，于是归隐于上饶地区的农村。在远离战争前线的村庄，宁静的早春二月，草长莺飞，杨柳拂堤，受到田园氛围感染的诗人心情愉悦地写下此诗。

回乡偶书

【唐】贺知章

少小离家老大①回，
乡音无改鬓毛②衰。
儿童相见不相识③，
笑问④客从何处来。

注释

①少小离家：贺知章三十七岁中进士，在此以前就离开家乡。老大：年纪大了。
②乡音：家乡的口音。鬓毛：额角边靠近耳朵的头发。
③相见：即看见我。不相识：即不认识我。
④笑问：一本作“却问”，一本作“借问”。

作者名片

贺知章（659—744），字季真，号四明狂客，汉族，唐越州（今绍兴）永兴（今浙江萧山）人。贺知章诗文以绝句见

长，除祭神乐章、应制诗外，其写景、抒怀之作风格独特，清新潇洒，著名的《咏柳》《回乡偶书》脍炙人口，千古传诵。《全唐诗》录其诗19首。

译文

年少时离乡年老才回来，我的乡音虽未改变，但鬓角的毛发却已经疏落。

家乡的儿童们看见我，没有一个认识我。他们笑着询问我：你是从哪里来的呀？

赏析

这是一首久客异乡、缅怀故里的感怀诗。写于初来乍到之时，抒写久客伤老之情。

“少小离家老大回”，诗一开始，就紧扣题目，单刀直入，点明离家与回乡相距年岁之久、时间之遥，其中已蕴藏着很深的感慨。这感慨在同题第二首诗中即有明白的描写：“离别家乡岁月多，近来人事半消磨。惟有门前镜湖水，春风不改旧时波。”山河依旧，人事消磨，将自然的永恒与人生的多变作了鲜明的对照。这里是明写，在“少小离家老大回”中是隐含，表现手法不同，艺术效果也不同。

第二句“乡音无改鬓毛衰”用的也是对比法，但不是自然与人生的对比，而是语言与鬓发的对比。语言习惯一经形成，虽经岁月磨砺也难以更改；美好青春却难以永驻，童颜黑发转眼即可衰颓。“乡音无改”既是故乡在诗人身上打下的永远抹不掉的烙印，又是诗人亲近故乡儿童的媒介，所以弥足珍贵；“鬓毛衰”本是离乡数十年来宦游奔波的必然结果，幸而叶落归根，在白发飘萧的垂暮之年，终于返回朝思暮想的故乡，因而倍觉幸运。诗人这时的感情是悲喜交集，感慨与激动参半。

三、四句从充满感慨的一幅自画像，转变为富于戏剧性的儿童笑问的场面。“笑问客从何处来”，在儿童这边，这只是淡淡的一问，言尽而意止；在诗人这边，却成了重重的一击，引出了他的无穷感慨，自己的老迈衰颓与反主为宾的悲哀，全都包含在这看似平淡的一问中了。全诗就在这有问无答处悄然作结，而弦外之音却如空谷传响，哀婉备至，久久不绝。

就全诗来看，一、二句尚属平平，三、四句却似峰回路转，别有境界。后两句的妙处在于背面敷粉，了无痕迹：虽写哀情，却借欢乐场面表现；虽为写己，却从儿童一面翻出。而所写儿童问话的场面又极富有生活情趣，即使读者不为诗人久客伤老之情所感染，也不能不被这一饶有趣味的生活场景所打动。

此诗运用了三种对比：通过少小离家与老大回乡的对比，以突出离开家乡时间之长；通过乡音难改与鬓毛易衰的对比，以突出人事变化速度之快；通过白发衰翁与天真儿童的对比，委婉含蓄地表现了诗人回乡欢愉之情和人世沧桑之感，并且将这两种迥不相同的感情水乳交融地凝合在一起。全诗采用白描手法，在自然朴素的语言中蕴藏着一片真挚深厚的感情。读之如饮醇醪，入口很淡，而后劲无穷。

宿新市徐公店

【宋】杨万里

篱[①]落疏疏[②]一径[③]深，
树头新绿未成阴[④]。
儿童急走[⑤]追黄蝶，
飞入菜花无处寻。

注释

①篱：篱笆。
②疏疏：稀疏。
③径：小路。
④阴：因树叶茂盛浓密而形成的树荫。
⑤急走：奔跑。走，跑的意思。

作者名片

杨万里（1127—1206），字廷秀，号诚斋。吉州吉水（今江西省吉水县黄桥镇湴塘村）人。南宋著名诗人、大臣，与陆游、尤袤、范成大并称为“中兴四大诗人”。因宋光宗曾为其亲书“诚斋”二字，故学者称其为“诚斋先生”。杨万里一生作诗两万多首，传世作品有四千二百首，被誉为一代诗宗。他创造了语言浅近明白、清新自然，富有幽默情趣的“诚斋体”。杨万里的诗歌大多描写自然景物，且以此见长。他也有不少反映民间疾苦、抒发爱国感情的作品。著有《诚斋集》等。

译文

稀稀落落的篱笆旁，一条小路通向远方，路旁树上的花瓣纷纷飘落，新叶刚刚长出还未形成树荫。

小孩子奔跑着追赶黄蝴蝶，可是蝴蝶飞入菜花丛中就再也找不到了。

赏析

这是一首描写暮春时节的农村景色的诗歌，描绘了一幅春意盎然的景象。

第一句是纯景物的静态描写。篱笆和小路，点明这是农村，“篱落”是有宽度的，用“疏疏”指出它的状态，显见其中有间隔，才能看见篱笆外面的山道。“一径深”，表明山道只有一条，并且很长很长，延伸到远方。宽广的篱落与窄小的一径相对照，稀稀疏疏与绵绵长长相对照，互相映衬，突出了农村的清新与宁静。

第二句也是纯景物的静态描写。路旁，树枝上的桃花、李花已经落了，但树叶还没有长茂密，展示出农村自然、朴素的风貌。

第三句是人物动态描写。“急走”与“追”相结合，儿童们那种双手扑扑打打、两脚跌跌撞撞追蝶的兴奋、欢快场面就历历在目了，反映了儿童们的天真活泼。

第四句“飞入菜花无处寻”。菜花是黄的，又是繁茂的一片，一只小小的蝴蝶，飞入这黄色的海洋里，自然是无处寻了。读者可以想象，这时儿童们东张西望、四处搜寻的焦急状态，以及搜寻不着的失望情绪，等等，更表现出儿童们的天真和稚气。

本诗通过对春末夏初季节交替时的景色的描写，体现了万物勃发的生命力。全诗所摄取的景物极为平淡，所描绘人物的活动也极为平常，但由于采取景物与人物相结合，动静相间的写作手法，成功地刻画出暮春时节农村恬淡自然、宁静清新的风光。

夜书所见

【宋】叶绍翁

萧萧[①]梧叶送寒声，
江上秋风动客情[②]。
知有儿童挑[③]促织[④]，
夜深篱落[⑤]一灯明。

注释

①萧萧：风声。
②客情：旅客思乡之情。
③挑：挑弄、引动。
④促织：俗称蟋蟀，有的地区又叫蛐蛐。
⑤篱落：篱笆。

作者名片

叶绍翁，南宋中期诗人，字嗣宗，号靖逸，处州龙泉人。祖籍建安（今福建建瓯），本姓李，后嗣于龙泉(今属浙江丽水)叶氏。生卒年不详。曾任朝廷小官。其学出自叶适。他长期隐居钱塘西湖之滨，与真德秀交往甚密，与葛天民互相酬唱。

译文

瑟瑟的秋风吹动梧桐树叶，送来阵阵寒意，客游在外的游子不禁思念起自己的家乡。

忽然看到远处篱笆下的一点儿灯火，料想是孩子们在捉蟋蟀。

赏析

这首诗是诗人客居异乡、静夜感秋所作，抒发了羁旅之愁和深挚的思乡之情。草木凋零，百卉衰残，江上秋风瑟瑟寒，梧叶萧萧吹心冷。诗中一个“送”字令人仿佛听到寒气砭骨之声。

节候迁移，景物变换，最容易引起旅人的乡愁。作者客居异乡，静夜感秋，写下了这首情思婉转的小诗。

这首诗，写秋夜所见之景，抒发羁旅思乡之情。一句写梧叶，“送寒声”，微妙地写出了夏去秋来之时，旅人的敏锐感觉。

草木凋零，百卉衰残，是秋天的突出景象。诗词中常以具有物候特征的“梧叶”，置放在风雨之夜的典型环境中，表现秋的萧索。韦应物《秋夜南宫寄沣上弟及诸生》诗：“况兹风雨夜，萧条梧叶秋。”就采用了这一艺术手法。

此诗将叠字象声词置于句首，一开始就唤起读者对听觉形象的联想，造成秋气萧森的意象，并且用声音反衬出秋夜的寂静。接着用一“送”字，静中显动，引出“寒声”。在梧叶摇落的萧萧声中，仿佛含有砭骨的寒气，以听觉引起触觉的通感之法渲染了环境的凄清幽冷。

二句接以“江上秋风”四字，既点明秋风的起处，又进一步烘托出了寒凉的气氛。秋风已至，而人客居他乡未归，因此触动了思乡之念。一个“送”字和一个“动”字，都用得十分传神，前者写“惊”秋之意，后者抒“悲”秋之情。

阵阵秋风，触发了羁旅行客的孤寂情怀。晋人张翰，在洛阳做官，见秋风起，因思故乡的莼菜羹和鲈鱼脍，就辞官回家了。此诗作者耳闻秋风之声，牵动了旅中情思，也怅然欲归。这两句用“梧叶”“寒声”和“江上秋风”写出了秋意的清冷，实际上是用以衬托客居心境的凄凉。再以“动”字揭出“客情”，情景凑泊，自然贴切，弥见羁愁之深。

三、四句写儿童挑促织，表面上看似乎与“客情”无关，实际上是用儿童的快乐——无忧无虑，来反衬自己旅居的孤独和愁思。

这两句，从庭内移到户外，来了个大跨度的跳跃。这两句是倒装句，按意思顺序，应该前后互移。诗人意绪纷繁，难以入睡，转身步出户外，以排遣萦绕心头的羁思离愁，但眼前的夜景又给他以新的感受。

“秋夜促织鸣，南邻捣衣急”（谢朓《秋夜》）。那茫茫的夜色中，闪现在篱落间的灯火，不正是“儿童挑促织”吗？这种无忧无虑、活泼天真的举动，与诗人的凄然情伤、低回不已，形成鲜明的对比。

这首诗也有这个意思。暗夜中的一盏灯光，在诗人心灵的屏幕上映现出童年生活的片断：“儿时曾记得，呼灯灌穴，敛步随音”（张镃《满庭芳·促织儿》）。眼前之景与心中之情相遇合，使诗人陷入了对故乡的深沉思念之中。他以“篱落一灯”隐喻自己的“孤栖天涯”，借景物传达一片乡心，与“江上”句相关联，收束全篇，尤觉秋思洋溢，引人遐想。

诗歌流露出留恋童年生活之情。儿童夜捉促织，勾起诗人对童年生活的回忆。这首诗先写秋风之声，次写听此声之感慨，末两句点题，写户外所见。这首诗语言流畅，层次分明，中间转折，句似断而意脉贯穿。诗人善于通过艺术形象，把不易说出的秋夜旅人况味委婉托出，而不落入衰飒的境界。最后以景结情，词淡意远，耐人咀嚼。

闲居初夏午睡起·其一

【宋】杨万里

梅子①留酸软齿牙，

芭蕉分绿②与窗纱③。

日长睡起无情思④，

闲看儿童捉柳花⑤。

注释

①梅子：一种味道极酸的果实。

②芭蕉分绿：芭蕉的绿色映照在纱窗上。

③与窗纱：《四部备要》本《诚斋集》作“上窗纱”，此据《杨万里选集》。与，给予的意思。

④无情思：没有情绪，指无所适从。

⑤柳花：即柳絮。

译文

吃过梅子后，余酸还残留在牙齿之间，芭蕉的绿色映照在纱窗上。

漫长的夏日，从午睡中醒来不知做什么好，只懒洋洋地看着儿童追逐空中飘飞的柳絮。

赏析

这首诗写作者午睡初起，没精打采，当看到追捉柳絮的儿童时，童心复萌，便不期然地沉浸其中了。

芭蕉分绿，柳花戏舞，诗人情怀也同景物一样清新闲适，童趣横生。儿童捉柳花，柳花似也有了无限童心，在风中与孩童们捉迷藏。不时有笑声漾起，诗人该是从睡梦中被它叫醒的。首二句点明初夏季节，后二句表明夏日昼长，百无聊赖之意。

这首诗选用了梅子、芭蕉、柳花等物象来表现初夏这一时令特点。诗人闲居乡村，初夏午睡后，悠闲地看着儿童扑捉戏玩空中飘飞的柳絮，心情舒畅。诗中用“软”字，表现出他的闲散的意态；“分”字也很传神，意蕴深厚而不粘滞；尤其是“闲”字，不仅淋漓尽致地把诗人心中那份恬静闲适和对乡村生活的喜爱之情表现出来，而且非常巧妙地呼应了诗题。

闲居初夏午睡起·其二

【宋】杨万里

松阴一架半弓[①]苔，
偶欲看书又懒开。
戏掬[②]清泉洒蕉叶，
儿童误认雨声来。

注释

①半弓：半弓之地，形容面积极小。弓，古时丈量地亩的器具，后为旧时丈量地亩的计算单位。一弓等于5尺。

②掬：两手相合捧物。

译文

松阴之下长着半弓的草苔，想看书可又懒得去翻开。

百无聊赖中掬起泉水去浇芭蕉，那淅沥水声惊动了正在玩耍的儿童，他们还以为骤然下起雨来。

赏析

这首诗写作者闲适、慵倦的情绪。他想看书，可是刚刚翻开又兴致索然，百无聊赖中掬起泉水去浇芭蕉。那淅沥水声惊动了正在玩耍的儿童，他们还以为骤然下起雨来。这儿以诗人的闲散无聊与儿童的天真烂漫作比较，一个“戏”字、一个“误”字相互映衬，情景宛然含有无穷乐趣，写出了诗人的恬静闲适，抒发了诗人对乡村生活的喜爱之情。诗人善于捕捉生活中瞬间的形象和自己偶然触发的兴会，在这两句中也得到生动的显示。

观游鱼

【唐】白居易

绕池闲步①看鱼游，

正值儿童弄钓舟。

一种爱鱼心各异②，

我来施食③尔④垂钩。

注释

①闲步：散步。

②异：不同。

③施食：丢食，给食物，喂食。

④尔：你，指小孩。

作者名片

白居易（772—846），字乐天，号香山居士，又号醉吟先生，祖籍太

原，到其曾祖父时迁居下邽，生于河南新郑。唐代伟大的现实主义诗人，唐代三大诗人之一。白居易与元稹共同倡导新乐府运动，世称“元白”，与刘禹锡并称“刘白”。白居易的诗歌题材广泛，形式多样，语言平易通俗，有“诗魔”和“诗王”之称。官至翰林学士、左赞善大夫。公元846年，白居易在洛阳逝世，葬于香山。有《白氏长庆集》传世，代表诗作有《长恨歌》《卖炭翁》《琵琶行》等。

译文

闲来无事，围着水池散步看鱼儿游来游去，正好遇到小童在船上钓鱼。

一样喜欢鱼但想法却各不相同，我是来给鱼儿喂食，你是来垂钩钓鱼。

赏析

此诗描绘了一幅平淡普通的生活场景：作者在池畔观鱼，有儿童在垂钩钓鱼。作者有感而发，指出他们同样喜欢鱼却采用了两种完全不同的方式，流露出淡淡的无奈。

“绕池闲步看鱼游，正值儿童弄钓舟。”绕着池塘，踱着方步，悠闲地观赏鱼游，风悠悠、水悠悠，心悠悠、神悠悠，鱼儿也悠悠。“一种爱鱼心各异，我来施食尔垂钩。”鱼群喁喁唼唼，看着“我”把食料悄悄地抛，轻轻地丢，却不料碰上了娃娃们两两三三要来此垂钩。他们扶短竿，抛长线，投香饵，下锈钩，把大鱼挂裂了腮，把小鱼撕破了喉，一池平明的水搅得腥风儿起、膻味儿浮。

同样一种爱鱼心，而反映在目的上、表现在行动中却是这样不相同，各持一端，互不相让。爱鱼之心人各有异，“我”爱鱼给鱼施食，盼它长大；“你”却垂钩钓鱼，为图乐。两种心情是何等不同啊！即景写情，对比强烈，极易发人深思，从中引出各种“心各异”的情状和道理来。于平淡中见新奇，韵味悠长。

京都元夕[1]

【金】元好问

袨服华妆着处[2]逢，
六街灯火闹[3]儿童。
长衫[4]我亦何为者，
也在游人笑语中。

注释

①京都：指汴京。今属河南开封。元夕：元宵，正月十五日晚上。
②袨（xuàn）服：盛服，艳服，漂亮的衣服。华妆：华贵的妆容。着处：到处。
③闹：玩耍嬉闹。
④长衫：读书人多穿着长衫。何为：为何，做什么。

作者名片

元好（hào）问（1190—1257），字裕之，号遗山，世称遗山先生。太原秀容（今山西忻州）人。金末至大蒙古国时期著名文学家、历史学家。元好问是宋金对峙时期北方文学的主要代表、文坛盟主，又是金元之际在文学上承前启后的桥梁，被尊为“北方文雄”“一代文宗”。他擅作诗、文、词、曲。其中，诗作成就最高，“丧乱诗”尤为有名；其词为金代一朝之冠，可与两宋名家媲美；其散曲虽传世不多，但当时影响很大，有倡导之功。有《元遗山先生全集》《中州集》。

译文

元宵时节，到处都能碰到穿着华丽、妆容华贵的游人。六条大街上，处处有人舞弄花灯，孩童们互相追逐打闹。

我这个穿着朴素长衫的读书人做什么呢？也在游人欢声笑语的气氛中赏灯猜谜。

赏析

诗中描写了元宵佳节金国京都的大街上人山人海，人们盛装出游的欢快气氛。全诗浅白如话却富有情趣，用短短的诗句，表达了诗人的欢乐之情。

开头两句写京都元夕的热闹场面，“袨服华妆”写出了游人们穿着鲜明华丽，“六街灯火”写出了大街上处处有人舞弄花灯的景象，前两句用元夕夜上的人们的装束和举动反衬了汴京一派繁华、升平的气象，也为下文诗人这个穿着长衫的读书人都外出游玩，沉醉在游人的欢声笑语中，抒发情感作铺垫。

三句一转，用“长衫”对“袨服华妆”，写到自己竟然也随游人追欢逐乐。一个隐晦的发问，包含着辛酸的自嘲，严峻的自责，同时也是对前面所铺叙的场景的否定，表现了诗人对此时金朝的偏安处境的嘲讽，也表达了对繁华背后的危机的担忧。

此诗展现了游人在元宵节游玩的景象，写出了京都元夕夜的繁华气象，手法上，用乐景抒哀愤之情，长衫和炫服华妆的对比，含蓄动人，意味深长。

喜韩少府见访

【唐】胡令能

忽闻①梅福来相访②，
笑着③荷衣出草堂。
儿童不惯④见车马，
走入芦花深处藏。

注释

①忽闻：突然听到。
②来相访：来拜访。
③着：穿。
④不惯：不习惯。

作者名片

胡令能（785–826），唐代诗人，隐居圃田（河南中牟县）。唐贞元、元和时期人。家贫，年轻时以修补锅碗盆缸为生，人称“胡钉铰”。他的诗语言浅显而构思精巧，生活情趣很浓，现仅存七绝四首，皆写得十分生动传神、精妙超凡，不愧是仙家所赠之诗作。

译文

突然听到梅福前来造访（寒舍），（我）笑着穿上荷衣走出草堂。

村里的小孩儿没见过官员的车马（那浩荡的气势），都慌忙跑到芦苇荡的深处躲藏。

赏析

这是一首写迎接访者时心情的七绝，诗的生活气息很浓。题目中的“喜”字就透出了作者当时的欣喜心情，是全诗的文眼，为全诗定了基调。

诗的第一句，从“忽闻”写起，一个“忽”字写出了事情的突然，也写出了出乎意料的惊喜；第二句写情态、动作，“笑”扣题目的“喜”字，穿衣迎接的动作，透着一股乐不可支的心情。这两句诗从正面写“见访”情景。后两句写孩子们见官员车马而跑入芦苇丛中藏匿起来的情景，一方面写出了平民家庭的孩子们没见过世面，胆小腼腆；一方面也写出了当时的官员们的威势在孩子们心里的影响；另外，也写出了诗人想到虽地位低下但有官员来访时的欣喜心情，同时并写出了诗人在当时的声望和影响。“儿童不惯见车马，走入芦花深处藏。”这两句诗从侧面来写“见访”，委婉含蓄，而且最富有生活气息。

同州端午

【唐】殷尧藩

鹤发①垂肩尺②许长，
离家三十五端阳。
儿童见说深惊讶，
却问何方是故乡。

注释

①鹤发：指白发。
②尺：量词，旧时长度单位。

作者名片

殷尧藩（780—855），浙江嘉兴人。唐朝诗人。唐元和九年（814）进士，历任永乐县令、福州从事，曾随李翱作过潭州幕府的幕僚，后官至侍御史，有政绩。他和沈亚之、姚合、雍陶、许浑、马戴是诗友，跟白居易、李绅、刘禹锡等也有往来。曾拜访韦应物，两人投契莫逆。他足迹很广，遍历晋、陕、闽、浙、苏、赣、两湖等地。性好山水，曾说：“一日不见山水，便觉胸次尘土堆积，急须以酒浇之。”著有诗集一卷，《新唐书艺文志》传于世。

译文

白发下垂，过肩膀一尺左右，已经在异乡过了三十五个端阳了。小孩子见了很高兴又很惊讶，却问哪个方向是故乡？

赏析

《同州端午》这首诗表达了作者长期离乡背井，而今返里，归心似箭的思想感情。

这首诗开头就刻画了一个白发老人的形象，略写了端午节的气氛。然后就写到小孩子见到自己的喜悦，想要尽快回到自己的故乡。

十六夜玩月

【唐】杜甫

旧挹①金波②爽，
皆传玉露③秋。
关山随地阔，
河汉④近人流。
谷口樵归唱，
孤城笛起愁。
巴童⑤浑⑥不寝，
半夜有行舟。

注释

①挹：取。
②金波，月光。
③玉露：白露之美词。
④河汉：银河。近人者以地势之高。
⑤巴童：巴地的儿童。
⑥浑：全。

作者名片

杜甫（712—770），字子美，自号少陵野老，世称“杜工部”“杜少陵”等，汉族，河南府巩县（今河南省巩义市）人，唐代伟大的现实主义诗人。杜甫被世人尊为“诗圣”，其诗被称为“诗史”。杜甫与李白合称“李杜”，为了跟另外两位诗人李商隐与杜牧（即“小李杜”）区别开，杜甫与李白又合称“大李杜”。他忧国忧民，人格高尚。他的诗大约有1400余首诗被保留下来，诗艺精湛，在中国古典诗歌中备受推崇，影响深远。759—766年间曾居成都。后世有杜甫草堂纪念。

译文

十六的夜晚月光皎洁明亮，似金波可舀，让人爽目怡悦，月光照耀下秋露似玉般浓郁可人。

关山在皎洁的月光的照耀下也仿佛开阔了许多，站在山上仿佛银河就流在脚畔，星辰与我共饮。

远处，樵夫唱着歌伴月而归，思乡的战士吹响的萧索笛声缓缓从城楼上飘逸出来。

孩童们却不懂这些淡淡的乡愁，嬉戏打闹，乐不思蜀，半夜还在河上行船游玩。

赏析

本诗题目较为特殊，八月十六日紧挨着八月十五日，可能出于观察一下这两天月色的差别，或出于避旧求新的思维习惯，杜甫把诗题定为“十六夜玩月”。何为玩月呢？从诗的思路及其内容看，诗人大致从以下角度来思考吧：首先，月和人是双向寻趣的，不单是人在玩月；其次，“玩”从描写上来看具有灵动性和欢乐感，摆脱了拘谨；再者，人的范围扩大，不单是诗人玩月。我们且看诗为何来寻趣吧！

这是一首五律，字数不多，但所含面较为宽广，大致有以下几个层次。一、二两句为衬托，或称前言，月所具有的招人喜爱和可亲之处要给予显示或作简要描述。时令已值秋天，月色尤为皎洁明亮，让人爽目怡悦。十六的夜晚月光如金波可舀，多么浓郁，秋露在月光沐浴下更呈玉色之光彩，多么滋润人心。十六日的圆月、银光不逊于十五，为“玩月”作了很好的衬垫。三、四两句写人与月寻趣的宽阔空间和较好的条件。请看，关山因有今夜如此明亮玉色的月光照耀，显得更加宽广辽阔，创设了充分自由飞翔的空间，也扩展了人们的视野。这时你将会发现，天上的银河与地上的人流显得如此贴近，天上

的银河、星星、月亮与人间已如邻里之同居共饮。啊！人与月原来是这样亲近相依。这为今夜人月对玩寻乐创造了极好的条件，其中也隐含了月对人之情意。

下四句为第三层次，写出了今夜玩月的乐趣。诗人的设计也有特色，先写地域之广，有山谷野坡，有边域，有村落，也有河上，可称遍及四方。再写玩月者的类别，有打樵人，有边防卫士，有乡村儿童，也有水上旅行者，包罗广大人群的代表，说明“月”在广大人群心中的情意之深。接着，写如何玩月。打樵者唱着山歌，踏着月光，高兴而归，这是用歌声来玩月。边城城楼上响起横笛曲声，显得多么哀幽，大概是离乡遥远的战士，仰视明月不免有思乡之愁萌生，笛声也就吹出了“乡思曲”，这也算月对人的一种同情与共承哀愁。儿童们在明月之夜，大有跳跃寻乐之乐，他们嬉戏而蹦跳，乐趣横生，玩得如此天真。明月也就高兴地提供儿童们活动的天地，这也是月寻趣之乐。已是半夜还有行舟，有的是夜行之途，还有的是月下寻乐，这也含有了行舟玩月之趣。从以上玩月的描述中也可看到诗人杜甫虽心怀思乡之愁，但也有乡愁之时作玩月之乐，既可寄托念家之思，也可畅抒对月之爱。

清平乐·检校[①]山园书所见

【宋】辛弃疾

连[②]云松竹，万事从今足[③]。拄杖东家分社[④]肉，白酒床头初熟[⑤]。

西风[⑥]梨枣山园，儿童偷[⑦]把长竿。莫遣旁人[⑧]惊去，老夫静处闲[⑨]看。

注释

①清平乐：词牌名，又名《清平乐令》《醉东风》《忆萝月》，为宋词常用词牌。检校：核查。
②连：连接。
③足：满足、知足。
④分社肉：古时逢到“社”日，就要分肉，所以有“分社肉”之说。社：指祭祀土地神的活动。
⑤白酒：此处指田园家酿。床头：指酿酒的糟架。初熟：谓白酒刚刚酿成。
⑥西风：指秋风。
⑦偷：行动瞒着别人。代指孩子敛声屏气、蹑手蹑脚、东张西望扑打枣、梨的情态。
⑧莫：不要。旁人：家人。
⑨闲：悠闲。看：观察，观看。

作者名片

辛弃疾（1140—1207），南宋词人。原字坦夫，改字幼安，别号稼轩，汉族，历城（今山东济南）人。出生时，中原已为金兵所占。21岁参加抗金义军，不久归南宋。历任湖北、江西、湖南、福建、浙东安抚使等职。一生力主抗金。曾上《美芹十论》与《九议》，条陈战守之策。其词抒写力图恢复国家统一的爱国热情，倾诉壮志难酬的悲愤，谴责当时执政者的屈辱求和颇多谴责；也有不少吟咏祖国河山的作品。题材广阔又善化用前人典故入词，风格沉雄豪迈又不乏细腻柔媚之处。由于辛弃疾的抗金主张与当政的主和派政见不合，后被弹劾落职，退隐江西带湖。

译文

山园里一望无际的松林竹树，和天上的白云相连接。隐居在这里，与世无争，也该知足了。遇上了秋社的日子，拄上手杖到主持社日祭神的人家取回了一份祭肉，又恰逢糟架的那瓮白酒刚刚酿成，正好可以痛快淋漓地喝一场。

起西风了，山园里的梨、枣等果实都成熟了。一群嘴馋贪吃的小孩子，手握着长长的竹竿，偷偷地扑打着树上的梨和枣。别叫家人去惊动了小孩子们，让我在这儿静静地观察他们天真无邪的举动，也是一种乐趣呢。

赏析

这首乡情词，描写的农村是一片升平气象，没有矛盾，没有痛苦，有酒有肉，丰衣足食，太理想化了。尽管在当时的情况下，江南广大农村局部的安宁是有的，但也很难设想，绝大多数的劳动人民生活得很幸福、愉快。当然，这不是说辛弃疾有意粉饰太平，而是因为他接触下层人民的机会很少，所以大大限制了他的眼界，对生活的认识不免受到局限。

上阕写闲居带湖的满足及安居乐业的农村生活景象，烘托静谧和谐的氛围。“连云松竹，万事从今足。”云雾缭绕，笼罩着生长茂盛、郁郁葱葱的松、竹，环境优美、生活舒适和谐，所以说“万事从今足”。上句写景，说山园的松竹高大，和天上的白云相连，饱含着赞赏之情，使人想到的是林木葱茏，环境清幽，准确地把握住了隐居的特色。如果舍此而去描绘楼台亭阁的宏丽，那就不足以显示是隐居了，而会变为庸俗的富家翁的自夸。下句抒情，表现与世无争的知足思想。这一思想，无疑是来自老子的。《老子》一书中，即从正面教诲人，说“知足者富”“知足不辱”，又从反面告诫人，说“祸莫大于不知足”。作者这一思想，虽然是消极的，但是比那些钩心斗角、贪得无厌之徒的肮脏意识却高尚得多。这两句领起全篇，确定了全篇的基调。一“足”字，表达了词人对居住环境、生活的满足。

“拄杖东家分社肉，白酒床头初熟”，是对“万事足”的补充说明，字里行间透露出生活的甜美温馨，从一个侧面来写生活上的“足”。上句说同邻里的关系融洽，共同分享欢乐。“拄杖”，表明年老。估计词人这时已年过半百。“分社肉”，是当时仍存在的古风，每当春社日和秋社日，四邻相聚，屠宰牲口以祭社神，然后分享祭社神的肉。据下文，这里所说的应是秋社分肉。下句说山园富有。李白《南陵叙别》有句云：“白酒初熟山中归，黄鸡啄麦秋正肥。”如此说富有，意近夸而不俗。因为饮酒是高人雅士的嗜好，所以新分到了社肉，又恰逢白酒刚刚酿成，岂不正好惬意地一醉方休吗？读了这两句，不禁使人想起王驾的《社日》：“鹅湖山下稻粱肥，豚栅鸡栖半掩扉。桑柘影斜春社散，家家扶得醉人归。”

下阕摄取一个情趣盎然的生活镜头直接入词，更使此词具有浓郁的生活气息。“西风梨枣山园，儿童偷把长竿。莫遣旁人惊去，老夫静处闲看。”这既有很强的情节性，又具有强烈的行动性、连续性。可以设想，如果画家把这场面稍事勾勒、着色，就是一幅生气勃勃的农村风俗画；如果作家用散文把这场面和人物的活动记下来，又可成为一篇可读性很强的优美的小品。只是平常的几句话却具有绘画的立体美，还具有散文的情节美，稼轩运用语言文字功力娴熟，由此也可见一斑。下阕“书所见”，表现闲适的心情。“西风犁枣山园，儿童偷把长竿。”借“西风”点明时间是在秋天。“梨枣山园”，展现出庄园内的梨树和枣树上果实累累的景象，透露出词人对丰收的喜悦之情。“儿童偷把长竿”，是词人所见的一个场面，甚似特写镜头：一群儿童，正手握长长的竹竿偷着扑打犁、枣。“偷”字极有趣味，使人仿佛看到了这群馋嘴的儿童，一边扑打着犁、枣，一边东张西望，随时准备拔腿逃跑。一个“偷”字，写出了贪嘴孩子的天真童趣和心虚胆怯、唯恐被人发现的神情。

“莫遣旁人惊去，老夫静处闲看”反映词人对偷梨、枣的儿童们的保护、欣赏的态度。这两句很容易使人联想到杜甫《又呈吴郎》“堂前扑枣任西邻，无食无儿一妇人。不为困穷宁有此，只缘恐惧转须亲”，都是对扑打者采取保护的、关心的态度，不让他人干扰。然而两者却又有不同。杜甫是推己及人，出于对这“无食无儿一妇人”

的同情；作者是在“万事从今足”的心态下，觉得这群顽皮的儿童有趣，要留给“老夫静处闲看”。杜甫表现出的是一颗善良的“仁”心，语言深沉，作者表现出的是一片万事足后的“闲”情，笔调轻快。一“闲”字，是指在“万事从今足”的心态下，作者觉得“偷梨枣”的儿童顽皮、有趣，展现出作者的悠闲；轻快笔调之中，透露出对当前生活的满意之情。一个“看”字，既有观看之意，又有看护之意，表现了诗人对“偷”梨和枣的儿童欣赏、爱护之情。

陆游乡居时曾说“身闲诗简淡”。作者的这首词，也是因“身闲”而“简淡”的。它通篇无奇字，无丽句，不用典故，不雕琢，如同家常语一样，而将主人公形象的神情活灵活现地表现出来，实在耐人寻味，这也正是它“简淡”的妙处。

秋日行村路

【宋】乐雷发

儿童篱落①带斜阳，
豆荚②姜芽社肉③香。
一路稻花谁是主，
红蜻蛉④伴绿螳螂。

注释

①篱落：篱笆。
②豆荚：豆类的荚果。
③社肉：社日祭神之牲肉。
④蜻蛉（líng）：蜻蜓的别称。一说极似蜻蜓。惟前翅较短，不能远飞。

作者名片

乐雷发，字声远，号雪矶，南宋道州宁远县人。精通经史，长于诗赋。1253年（宝祐元年），门生姚勉登进士第一后，向理宗上疏，请求理宗重用乐雷发，并愿以第相让。理宗特旨召见雷发，亲自考问“学术、才智、选举、教养”八事，乐雷发“条对切直”，为理宗所“嘉纳”，赐以特科第一人。

他志在抗金复宋，后因数议时政，不为所用，遂归隐九嶷。乐雷发还乡后，国势更衰，理宗深悔没有采纳他的忠言，赐建状元楼一所、公母铜锣一对、良田800亩作为褒奖。著作有《雪矶丛稿》五卷，清代乾隆皇帝在位时选入《四库全书》。

译文

一道斜阳西照，篱笆边孩子们在欢快地玩耍。农家正烹煮着豆荚、姜芽、社肉，空气中弥漫着诱人的浓香。

这一路盛开的稻花静悄悄的，谁来做主？只有红的蜻蜓伴随着绿的螳螂。

赏析

这首绝句，正如诗题所说，写的是秋天经过郊野的一座小村时的所见所感。诗逐次展开一幅绝妙的田家景物风情图，使人读后为之神往。诗写道：他走近了一个村庄，这时候，天色已黄昏，一道金色的斜阳照耀着，农民们劳累了一天，都已回到家中。门外院落的篱笆边，孩子们在快乐地玩耍着。正是烧晚饭的时间，烧煮豆荚、姜芽和社肉的香味，从农舍中飘出。村外的小路旁是连绵不断的稻田，稻谷正在扬花秀穗，这时远远望去，一个人也没有，十分寂静，只见到红色的蜻蜓在低低地飞着，稻叶上爬动着绿色的螳螂。这一派和谐自然的乡村风光，使诗人深深地陶醉了。

诗人就眼前所见，精工细描，把农村傍晚的景物一组组摄入诗中，使人应接不暇。诗人没有在诗中倾诉自己的心情，但把自己的情感贯注到了景物的描写中，使整首诗洋溢着喜悦欢快的气氛。如诗的第三句以问句形式出现，明知风光无主，偏要问"谁是主"，便突出了眼前的丰收景象带给人的喜悦，也细微地表现出黄昏的岑寂。第四句写红蜻蜓与绿螳螂，不仅在色彩上很艳丽，在二者之间加一"伴"字，运用了拟人的手法，把红蜻蜓与绿螳螂这两种可爱的小生物营造在一个相依相伴、和美融洽的氛围里，更突出它们的勃勃生机，使全诗给人以积极向上的感觉。

这首诗的三、四句是名句，它的好处，钱钟书先生在《宋诗选注》中专门做了解读，对理解诗很有帮助。钱先生说："古人诗里常有这种句法和颜色的对照，例如白居易《寄答周协律》"最忆后庭杯酒散，红屏风掩绿窗眠"，李商隐《日射》"回廊四合掩寂寞，碧鹦鹉对红蔷薇"，韩偓《深院》"深院下帘人昼寝，红蔷薇映碧芭蕉"，陆游《水亭》"一片风光最画得？红蜻蜓点绿荷心"。乐雷发的第三句比陆游的新鲜具体，全诗也就愈加精彩。

元日感怀

【唐】刘禹锡

振蛰春潜①至，
湘南②人未归。
身加一日长③，
心觉去年非④。
燎火委虚烬⑤，
儿童炫⑥彩衣。
异乡无旧识，
车马到门稀。

注释

①振蛰（zhé）：冬天潜伏的昆虫开始活动。潜：悄悄地。
②"湘南"句：以屈原之遭遇喻自己被贬难归。屈原于楚顷襄王时遭谗被流放在湘、沅流域，后于五月初五投汨罗江而死。
③一日长：过了这一天，年龄便增加一岁。
④去年：泛指以往，非实指。非：缺点、错误。
⑤燎火：燎祭之火。古时除夕日要焚柴祭祀天地。委：弃置。虚烬：木柴焚烧后留下的灰烬。
⑥炫（xuàn）：夸耀、炫耀。

作者名片

刘禹锡（772—842），字梦得，汉族，彭城（今徐州）人，祖籍洛阳，唐朝文学家、哲学家，自称是汉中山靖王后裔，曾任监察御史，是王叔文政治改革集团的一员。唐代中晚期著名诗人，有"诗豪”之称。他的家庭是一个世代以儒学相传的书香门第。政治上主张革新，是王叔文派政治革新活动的中心人物之一。后来永贞革新失败被贬为朗州（今湖南常德）司马。据湖南常德历史学家、收藏家周新国先生考证，刘禹锡被贬为朗州司马期间写了著名的《汉寿城春望》。

译文

春天悄悄地来了，我却被放逐湘南，有家难归。

随着年岁的增长，愈加感到自己以前很天真。

燎祭之火成为灰烬时，儿童夸耀起自己的彩衣。

异乡度岁，旧友星散，门庭冷落，不见车马。

赏析

刘禹锡在永贞元年（805）被贬为郎州司马，到元和十年（815）离开。此诗即作于郎州任上。

春天悄悄地来了，小小的昆虫也抖擞精神活跃起来。反顾自己，却似屈原当年之被馋放逐，有家难归。随着年岁的增长，更察觉往昔自己的天真幼稚。异乡度岁，旧友星散，梦庭冷落，这已经够凄冷了。作者又以儿童过节时候无忧无虑的欢乐、嬉戏作衬托，更深一步显示自己的抑郁和寂寞。透过诗歌表面郁气的平缓、冷静，我们更能感受到诗人灵魂的颤动、不平。

倪庄中秋

【金】元好问

强饭①日逾瘦，

狭衣②秋已寒。

注释

①强饭：亦作“彊饭”。努力加餐；勉强进食。

②狭衣：不宽阔的衣服。

儿童漫相忆，
行路岂知难。
露气入茅屋，
溪声[3]喧石滩。
山中夜来月，
到晓不曾看。

③溪声：溪涧的流水声。

译文

勉强进食，身体日渐消瘦，寒冷的秋日里仍然穿着单薄不合身的衣服。

不知不觉中慢慢地回想童年，那时候怎么知道人生如此艰难。

早上的露气侵入茅屋，在屋中就能听见溪水撞击石滩的喧闹声。

山中夜夜都会来的月亮，到了黎明也从没有看过一眼。

赏析

《倪庄中秋》是元代诗人元好问的一首诗，这首诗是写初秋时节自己艰难的人生经历，由景入情，反映了艰辛的社会生活。

元好问的这首诗，内容实在，感情真挚，语言优美而不尚浮华。其中，第二联插入对童年的回忆，使诗歌更具变化，衬托当下的艰难。第三联中“露气”“溪声”“石滩”等意象渲染出悲凉的气氛，烘托出作者悲凉的心境。

秋日山中寄李处士[1]

【唐】杜荀鹤

吾辈道何穷，
寒山细雨中。
儿童书懒读，
果栗树将空。
言论关时务[2]，
篇章见国风[3]。
升平[4]犹可用，
应不废[5]为公。

注释

①李处士：疑为李昭象。处士，古代称有才德而隐居不仕的人。
②关时务：牵涉到国计民生的世事。关，牵连，涉及。
③国风：《诗经》的组成部分。包括“二南”（《周南》《召南》）和《邶风》《鄘风》《卫风》《王风》《郑风》《齐风》《魏风》《唐风》《秦风》《陈风》《桧风》《曹风》《豳风》，称十五国风。共一百六十篇。
④升平：太平丰足之世。
⑤废：废弃。

作者名片

杜荀鹤（846—904），唐代诗人。字彦之，号九华山人。汉族，池州石埭（今安徽石台）人。大顺进士，以诗名，自成一家，尤长于宫词。大顺二年，第一人擢第，复还旧山。宣州田頵遣至汴通好，朱全忠厚遇之，表授翰林学士、主客员外郎、知制诰。恃势侮易缙绅，众怒，欲杀之而未及。天祐初卒。自序其文为《唐风集》十卷，今编诗三卷。事迹见孙光宪《北梦琐言》、何光远《鉴诫录》、《旧五代史·梁书》本传、《唐诗纪事》及《唐才子传》。

译文

我辈的大道怎么会走到尽头，就像寒山还在细雨中巍然耸立

一样。

孩子们都对读书有一种惰性，贪玩地把树上的果实都快摘完了。

我们的言论要牵涉到国计民生的世事，文章要能体现国风的标准。

（我辈的学识）在太平丰足之世还是有用的，不应该（因为乱世而）丢掉报国之心。

赏析

首联以“吾辈”开头，“吾辈”即是“我们”，开篇便点明诗作主体，先入为主，给予读者一种对诗歌的认同感。接下来所书的“道何穷”便体现了“吾辈”的现状，若说这一句平平无奇，那么接下来的“寒山细雨”则是将第一句中朴实的语言一下子升华，“吾辈”之道正是如处“寒山细雨”之中，凄冷悲凉，却又屹立不倒，诗人用客观景象来对“道”的形势做出一种生动的描述。

颔联则是列举了几个常见的意象，如“儿童”“果栗树”，但就是这样普普通通的意象，却最富有代表性。“儿童”是国家未来之希望，却从小将大道放之一旁，不以读书为业，反而去玩耍嬉戏，荒废时间，就连“果栗树”也即将被他们摘空。诗人不仅仅是简单地将这些意象列举出来，而是通过这种写实的手法，表达了自己对国家大道深深的担忧。

颈联则是以教育式的语气向读者提出要求。两句工整相对，“言论”对“篇章”，“时务”对“国风”，表达了诗人心中的期望。杜荀鹤正是在这两句诗中明确向读者宣告了自己创作诗歌的根本目的，表明了他继承《诗经》现实主义传统的鲜明态度。杜荀鹤将自己的诗集命名为《唐风集》，其用意，即以“唐风”继“国风”，用他那“主箴刺”之文，来讽喻和裨补社会的弊废缺失。

尾联则是对颈联内容的一种补充，颈联提出了具体要求，尾联则是为达到这个要求坚定信心。“犹”，是“还，仍然”的意思，在这里，这个字用得恰到好处，世人都以为学识毫无作用，可诗人诗风在这个“犹”字上一转，立刻体现出一种警示的语气，他要提醒世人，他们的想法是荒谬的。这体现了诗人对自己想法的肯定，对实现目标充满信心，用呼告的语气告诫人们不要荒废学问，因为学问在这个太平年代是有很大用武之地的。“每与人言，多询时务；每读书史，多求道理”。古之人，不言文学则罢，言文学则必要把“道”摆在首位，体现出强烈的政治功利观和用世精神。这种心态，也可说是价值观和思维方式，已凝冻在诗歌里，难以剔除，成为表达上必有的一种“程式”。反之，缺失了倒觉得极不舒服，便是所谓“离经叛道”吧。故哪怕是言不由衷，心不在焉，用来作点缀、装饰，也是不可或缺的。这首诗便体现出这样一种“教化加牢骚”的程式。

南　邻①

【唐】杜甫

锦里先生乌角巾②，
园收芋栗③未全贫。
惯看宾客④儿童喜，
得食阶除⑤鸟雀驯。
秋水才深⑥四五尺，
野航⑦恰受两三人。
白沙翠竹江村暮⑧，
相对柴门⑨月色新。

注释

①南邻：指杜甫草堂南邻朱山人。
②锦里：指锦江附近的地方。角巾：四方有角的头巾。
③芋栗：芋头、板栗。
④宾客：一作“门户”。
⑤阶除：指台阶和门前庭院。
⑥深：一作“添”。
⑦航：小船。一作“艇”。
⑧村：一作“山”。暮：一作“路”。
⑨对：一作“送”。柴门：一作“篱南”。

译文

锦里有一位先生头戴黑色方巾，他的园子里，每年可收许多的芋头和板栗，不能算是穷人。

他家常有宾客来，孩子们都习惯了，总是乐呵呵的，鸟雀也常常在台阶上觅食，它们已被驯服了。

秋天锦江里的水深不过四五尺，野渡的船两三个人恰好能坐满。

天色已晚，江边的白沙滩上，翠绿的竹林渐渐笼罩在夜色中，他把我们送出柴门，此时一轮明月刚刚升起。

赏析

《南邻》是用两幅画面组成的一首诗，诗中有画，画中有诗。

前半篇展现出来的是一幅山庄访隐图。诗先写这家人家给予自己的印象。诗人首先看到主人是位头戴“乌角巾”的山人；进门看到一个园子，园里种了不少的芋头，栗子也都熟了。说“未全贫”，则表明这家境况并不富裕。可是从山人和家人的愉快表情中，可以知道他是个安贫乐道之士，很满足于这种朴素的田园生活。说起山人，人们总会联想到隐士的许多怪脾气，但这位山人却不是这样。进了庭院，儿童笑语相迎。原来这家时常有人来往，连孩子们都很好客。阶除上啄食的鸟雀，看到有人来也不惊飞，因为平时并没有人去惊扰、伤害它们。这气氛是和谐、宁静的。三、四两句是具体的图画，是一幅形神兼备的绝妙的写意画，连主人耿介而不孤僻，诚恳而又热情的性格都给画出来了。

随着时间的推进，下半篇又换成一幅江村送别图。“白沙”“翠竹”，明净无尘，在新月掩映下，意境显得特别清幽。这就是这户人家的外景。由于是“江村”，所以河港纵横，“柴门”外便是一条小河。王嗣奭《杜臆》曰：“‘野航’乃乡村过渡小船，所谓‘一苇杭之’者，故‘恰受两三人’”。杜甫在主人的“相送”下登上了这“野航”。来时，他也是从这儿摆渡的。

从“惯看宾客儿童喜”读到“相对柴门月色新”，不难想象，主人是殷勤接待，客人是竟日淹留。中间“具鸡黍”“话桑麻”这类事情，都略而不写。这是诗人的剪裁，也是画家的选景。

田 舍[1]

【宋】范成大

呼唤携锄至，
安排筑圃[2]忙。
儿童眠落叶，
鸟雀噪斜阳。
烟火村声远，
林菁[3]野气香。
乐哉今岁事，
天末[4]稻云黄。

注释

①田舍：农家。
②筑圃（pǔ）：修筑打谷场。
③菁（jīng）：水草。
④天末：天边。这里是指稻田一望无际。

作者名片

范成大（1126–1193），字致能，号称石湖居士。汉族，平江吴县（今江苏苏州）人。南宋诗人。谥文穆。从江西派入手，后学习中、晚唐诗，继承了白居易、王建、张籍等诗人新乐府的现实主义精神，终于自成一家。风格平易浅显、清新妩媚。诗题材广泛，其中反映农村社会生活内容的作品成就最高。他与杨万里、陆游、尤袤合称南宋“中兴四大诗人”。

译文

大家呼唤着扛着锄头出了村庄，匆匆忙忙地修筑着打谷场。

小孩子欢快地躺在落叶堆里玩耍，斜阳中一群群鸟雀喳喳叫得忙。

远远的村中传来阵阵笑语，炊烟袅袅。田野上林木与野草散发着迷人的芳香。

今年真是个令人高兴的年头，一望无际的稻田已是一片金黄。

赏析

这是首写农家生活的五律，重点描绘秋收前的片段。

诗以欢快的节奏开始，说农民们互相呼唤着，拿起锄头，忙忙碌碌地赶着修筑打谷场。秋收是农民一年的寄托所在，从起首两句，人们马上可以感受到今年的收成一定不错。范成大的诗，善于在首联渲染气氛，为全诗的主题作好铺垫，这首诗可作代表。

以下，诗忽然掉开，不写筑场打谷事，转说小孩子睡在落叶上玩耍，鸟雀在斜阳下热闹地飞鸣，远处村庄升起了袅袅炊烟，原野中草木发出浓郁的香气。这两联，着力对农村作描写，落叶、鸟雀及野景都点明节令是秋天，是收获的季节。写小孩子无忧无虑地玩，从侧面反映了大人们忙于准备秋收的喜悦。鸟雀到了傍晚，总是成群地在稻田上空飞翔啄食，"鸟雀噪斜阳"不是经历过的人写不出来。作者选录的每一幅场景，都带有欢乐气息在内，于是尾联不再傍写，直接说明今年真快乐，田野里的稻子一片金黄，像云彩一般，一直铺到与天相连，丰收已经在望了。这样，通过末联的明点，前数联所表现的欢快都得到了落实。

这首诗，首尾呼应，中间采用了几组跳跃性的镜头，忽写筑场，忽写儿童，忽写鸟雀，忽写村庄，看似各自为政，不相统属，而以

“丰收”这条线作感情上的贯穿，烘托点染出一派庆祝丰收的喜悦景象，收到了很好的艺术效果。这首诗，很像是范成大在《秋日田园杂兴》中写的打谷的场面：“新筑场泥镜面平，家家打稻趁霜晴。笑歌声里轻雷动，一夜连枷响到明。”这一派欢乐的景象，正是这首《田舍》诗所表现的内容的继续。

喜观即到复题短篇·其一

【唐】杜甫

巫峡①千山暗，
终南②万里春。
病中吾见弟，
书到汝为人。
意答儿童③问，
来经战伐新④。
泊船悲喜后，
款款话归秦⑤。

注释

①巫峡：夔州（今奉节）一带的峡谷。
②终南：终南山，在长安南五十里处，秦岭主峰之一。
③儿童：指诗人的儿子宗文、宗武。
④战伐新：指大历二年（767）正月密诏郭子仪讨周智光和命大将浑瑊及李怀光陈兵渭水一事。
⑤款款：徐徐，缓慢。秦：指长安。

译文

巫峡一带千山迷暗，遥想终南山万里皆春。

我在病中见到弟弟的来信，不禁惊怪你还是世间之人。

边读信边回答儿子的询问，弟弟远道来夔州正冒着战乱的烟尘。

等到弟弟高兴地乘船来到巫峡口岸，哥俩要叙谈十年颠沛流离的各种经历和返乡的事情。

赏析

“巫峡千山暗，终南万里春。”首联渲染环境，三峡一带，两岸连山，重峦叠嶂，遮天蔽日，因此说“巫峡千山暗”；终南山代指长安，弟弟杜观在暮春时节不远万里从长安来蜀中。

颔联乃直书实事。诗人虽在病中，但因很快就要与观弟相见，精神振奋，病也觉得好多了。两句意为烽烟四起，战乱频繁，生死未卜，突得来书，才知杜观尚在人间。惊喜之情，不可言状。这是悲中见喜。“书到汝为人”，是说：收到来书才知你仍然是人，还没有变成鬼。这就把诗人平时对亲人的关切和接书后的惊喜都表达得淋漓尽致。

颈联是就书发挥。“儿童”，指诗人的儿子宗文、宗武。接到久别亲人的来信，这对全家而言是一件大喜事。此时宗武才十四岁，对于十年未见的叔叔是一无所知的。孩子们好奇地想把叔叔的一切都问个明白，诗人也高兴地不厌其烦地一一解答。兄弟之间的骨肉深情，跃然纸上。“来经战伐新”，这既是信中的内容，也是诗人对孩子们说的话。《杜诗镜铨》引卢德水注云：“是年郭子仪讨周智光，命大将浑瑊、李怀光军渭上，所谓‘来经战伐新’也。”杜观是冒着性命危险，通过战区远道而来的。这两句在感情上又由欢快转入悲凉，是喜中有悲。

尾联设想兄弟见面之后的情景，表现了诗人渴盼观弟早日到来的急迫心情。这是诗人接读来书后产生的联想。诗人的老家在巩、洛，有别业在长安，他在漂泊生涯中一直怀念故乡和亲人。此诗再一次表示了“归秦”的愿望，但是，这一愿望只有等战乱结束，时局太平，方能实现。款款而话者，慢慢地商量也。诗人实有身不由己、力不从心的苦衷。这里仍然是悲喜相兼。“泊船”与“巫峡”相呼应，“归秦”与“终南”相衔接，首尾紧密配合，堪称天衣无缝。

这首诗侧重写读信时的情景。

神鸡童[1]谣

【唐】佚名

生儿不用识文字，
斗鸡走马[2]胜读书。
贾家小儿年十三，
富贵荣华代不如。
能令金距期胜负[3]，
白罗绣衫随软舆[4]。
父死长安千里外，
差夫持道挽[5]丧车。

注释

①神鸡童：唐玄宗时驯鸡小儿贾昌的绰号。事见唐陈鸿《东城老父传》。

②斗鸡走马：即斗鸡赛马，古代的赌博游戏。

③令：让，使。金距：公鸡斗架，全靠脚上的角质硬距作武器。在距上安上金属套子，更利于格斗，就叫“金距”。距：雄鸡爪子后面突出像脚趾的部分。期胜负：是必定获胜的意思。

④软舆（yú）：即轿子。唐王建《宫词》之七五：“御前新赐紫罗襦，步步金阶上软舆。”

⑤持：侍奉。道：后作“导”，引导。挽：追悼死人。

译文

生了儿子用不着让他去学习知识，因为当今社会学会斗鸡走马这些娱乐手段，比读书还有用。

你看那贾家的小孩子，年龄刚十三岁，家中的富贵奢华连许多世家大族都远远不如。

贾昌技艺高超，能够号令群鸡，预定其中的胜负。他指挥斗鸡时身着绣着花纹的白色丝质衣衫，后面还跟着装饰华丽的乘舆。

贾昌的父亲在距长安千里的泰山下死去，贾昌奉旨扶柩回葬，沿途的县官们都曾派差夫侍奉、引导、牵挽灵车。

赏析

这首民谣写的是一个被人称为“神鸡童”的长安小儿贾昌的奇遇，但讽刺的对象则显然不光是贾昌。他毕竟只是一个十三岁的少年。“生儿不用识文字，斗鸡走马胜读书”，正如“遂令天下父母心，不重生男重生女”一样，是愤激之词，也是一种反常的社会心理的写照。“白罗绣衫随软舆”一句，此中有人，呼之欲出。原来当今皇帝就爱斗鸡走马，所以“神鸡童”也就成了皇帝身边的红人。唐诗中讽刺皇帝的诗篇不少，或则托言异代，或则咏物寄怀，大都辞旨委婉。像这样大胆直率，用辛辣的语言嘲笑当朝皇帝的，在文人诗里是很难见到的，只有民谣能作此快人快语。

全诗描绘了两个场面，一是贾昌随驾东巡，一是奉父柩西归雍州。第一个场面：“白罗绣衫随软舆。”在戒备森严、紧张肃穆的气氛里，一个十三岁的少年，穿着华美的白罗绣花衫，带着三百只喔喔啼鸣的红冠大公鸡，紧紧跟随在皇帝威严华贵的软舆后面，大摇大摆地前行，这真是亘古未有的奇观。唐玄宗此行是去泰山举行隆重的封禅大典，夸示他“奉天承命”、治国治民的丰功伟业，带上这么一支不伦不类的特殊仪仗队，真是滑稽透顶，荒唐至极。据陈鸿《东城老父传》记载：“开元十三年，（贾昌）笼鸡三百，从封东岳。”并没有说他紧跟在“软舆”后面，而诗中运用近乎漫画的手法，将这一史实作了艺术的夸张，形象鲜明，主题突出。第二个场面：“差夫持道挽丧车。”贾昌的父亲贾忠是唐玄宗的一名卫士，随扈死在泰山下。“父以子贵”，沿途官吏为巴结皇帝面前的这位大红人——“神鸡童”贾昌，竟不惜为他兴师动众，征派民夫，沿途照料灵柩。死者并不是什么皇亲国戚，只不过是一个斗鸡小儿之父，却迫使无数劳动者为他抖威风，这场面着实令人啼笑皆非。诗的字里行间充满了嘲笑、轻蔑和愤怒。

两个场面，构成了一出讽刺喜剧。剧里有一群白鼻子，主角是坐在软舆里的唐玄宗李隆基。这个喜剧形象鲜明，效果强烈，读起来，不但忍俊不禁，而且似乎听到了当时老百姓嬉笑怒骂的声音。这就是此诗的艺术魅力所在。

四时田园杂兴·其三十一

【宋】范成大

昼出耘田[1]夜绩麻[2]，
村庄儿女各当家[3]。
童孙未解[4]供[5]耕织，
也傍[6]桑阴[7]学种瓜。

注释

①耘田：锄草。
②绩麻：把麻搓成线。
③各当家：每人担任一定的工作。
④未解：不懂。
⑤供：从事，参加。
⑥傍：靠近。
⑦阴：树荫。

译文

白天去田里锄草，夜晚在家中搓麻线，村中男男女女各有各的家务劳动。

小孩子不会耕田织布，便在那桑树荫下学种瓜。

赏析

这首诗描写农村夏日生活中的一个场景。

首句“昼出耘田夜绩麻”是说：白天下田去锄草，晚上搓麻线。“耘田”即锄草。初夏，水稻田里秧苗需要锄草了。这是男人们干的活。“绩麻”是指妇女们白天干完别的活儿后，晚上就搓麻线，再织成布。这句直接写劳动场面。次句“村庄儿女各当家”，“儿女”即男女，全诗用老农的口气，“儿女”也就是指年轻人。“当家”指男女都不得闲，各司其事，各管一行。第三句“童孙未解供耕织”，

“童孙”指那些孩子们，他们不会耕也不会织，却也不闲着。他们从小耳濡目染，喜爱劳动，于是“也傍桑阴学种瓜”，也就在茂盛成荫的桑树底下学种瓜。这是农村中常见的现象，却颇有特色。结句表现了农村儿童的天真情趣。

诗人用清新的笔调，对农村初夏时的紧张劳动气氛，作了较为细腻的描写，读来意趣横生。

溪居①即事②

【唐】崔道融

篱外谁家不系③船，
春风吹入钓鱼湾。
小童疑是有村客，
急向柴门去却关④。

注释

①溪居：溪边村舍。
②即事：就眼前事物、情景（写诗）。
③系（jì）：拴，捆绑。
④却关：打开门闩。

作者名片

崔道融（生卒年不详），唐代诗人，自号东瓯散人。荆州江陵（今湖北江陵县）人。乾宁二年（895）前后，任永嘉（今浙江省温州市）县令。早年曾游历陕西、湖北、河南、江西、浙江、福建等地。后入朝为右补阙，不久因避战乱入闽。僖宗乾符二年（875），于永嘉山斋集诗500首，辑为《申唐诗》3卷。另有《东浮集》9卷，当为入闽后所作。与司空图、方干为诗友。《全唐诗》录存其诗近八十首。

译文

不知道是谁家的小船没系好，被春风吹进了篱笆外面的钓鱼湾。

院子里有一个小孩儿玩得正高兴，突然发觉有船驶进湾来，以为是客人来了，连忙跑到门口，把门打开。

赏析

这首诗写眼前所见，信手拈来，自然成篇。所写虽日常生活小事，却能给人以美的熏陶。

凡是有河道的地方，小船作为生产和生活必需的工具，是一点儿不稀奇的。但“篱外谁家不系船”句，却于平常中又显出不平常来了。似乎作者于无意中注意到了生活中的这一琐事，故以此句开首。“谁家”即不知是哪一家的。因为“不系船”，船便被吹进“钓鱼湾”。“春风”二字，不仅点时令，也道出了船的动因。春潮上涨，溪水满溢，小船才会随着风势，由远至近，悠悠荡荡地一直漂进钓鱼湾来。不系船，可能出于无心，这在春日农村是很普通的事，但经作者两笔勾勒，溪居的那种恬静、平和的景象便被摄入画面，再着春风一“吹”，整个画面都活了起来，生机盎然，饶有诗意。

春日的乡村，人们都在田间劳作，村里是很清静的，除了孩子们在宅前屋后嬉戏之外，少有闲人。有一位小童正玩得痛快，突然发现有船进湾来了，以为是客人来了，撒腿就跑回去，急急忙忙地打开柴门的扣子，打开柴门迎接客人。作者用“疑”“急”二字，把儿童那种好奇、兴奋、粗疏、急切的心理状态，描绘得惟妙惟肖，十分传神。诗人捕捉住这一刹那间极富情趣的小镜头，成功地摄取了一个热情淳朴、天真可爱的农村儿童的形象。

这首诗纯用白描，不做作，不涂饰，朴素自然，平淡疏野，真可谓洗尽铅华，得天然之趣，因而诗味浓郁，意境悠远。诗人给读者

展现出一幅素淡的水乡风景画：临水的村庄，掩着的柴门，疏疏落落的篱笆，碧波粼粼的溪水，漂荡的小船，奔走的儿童。静中寓动，动中见静，一切都很和谐而富有诗意，使人感受到水乡宁静、优美的景色，浓郁的乡村生活气息。而透过这一切，读者还隐约可见一位翘首拈须、悠然自得的诗人形象，领略到他那积极乐观的生活情趣和闲适舒坦的心情。

画　鸭

【元】揭傒斯

春草细[①]还生，
春雏[②]养渐成。
茸茸[③]毛色起，
应解自呼名[④]。

注释

①细：指刚出土的小草细嫩、细小。
②春雏（chú）：这里指春天刚孵出不久的小鸭。雏：鸡、鸭及禽类的幼子。
③茸茸（róng róng）：柔软纤细的绒毛。
④解：懂得。自呼名：呼唤自己的名字。

作者名片

揭傒斯（1274—1344），元代著名文学家、书法家、史学家。字曼硕，号贞文，龙兴富州（今江西丰城杜市镇大屋场）人。家贫力学，大德年间出游湘汉。延祐初授翰林国史院编修，元统初官升至侍讲学士，赠护军。修辽、金、元三史，为总裁官。《辽史》成，得寒疾卒于史馆，追封豫章郡公，谥文安。故世称“揭文安”。著有《文安集》，为文简洁严整，为诗清婉丽密。善楷书、行、草，朝廷典册，多出其手。与虞集、杨载、范梈同为“元诗四大家”之一，又与虞集、柳贯、黄溍并称“儒林四杰。”

译文

春草虽然细嫩，却还在生长。春天刚孵出的小鸭，喂养得渐渐成长起来。

满身细密的绒毛已经能辨别出不同的颜色，它们不停嘎嘎地叫着，大概是懂得呼唤自己的名字了。

赏析

这是一首题画诗。画面上画着小鸭、嫩草等等景物。画尽管画得栩栩如生，但它是静的，无声。把静的画面用诗的形式写出它的动来，赋予无声之物应有的声音，这就要看题画者的艺术才能了。这首诗就是根据诗人的观察、体会和想象，把画题活了。

这首诗写得富有儿童情趣。

嘲稚子[①]

【宋】杨万里

雨里船中不自由，
无愁稚子亦成愁。
看渠[②]坐睡何曾醒，
及至教[③]眠却掉头。

注释

①稚子：幼儿；小孩子。
②渠：水道。
③教：让。

译文

行船江上，正下着雨，小孩子只能在局促的船中玩耍，受到限

制和拘束，这样一来本来没有烦恼的孩子因为困在船里不能到处玩耍也觉得烦恼了。

既然船上无处玩耍，孩子只好闷坐发“愁”，竟对着水道坐着睡了一觉，等到让他上床好好睡的时候，孩子却摇头说不睡。

赏析

此诗作于宋孝宗淳熙十五年（1188），此时杨万里于赴任筠州途中。杨万里总是乐于亲近儿童，善于把儿童作为观察对象，把童真童趣写入诗中。儿童的种种情状，在成人的眼中看来或许琐碎无聊，但被诗人拈出来之后却让人觉得饶有趣味。诗题中虽有“嘲”字，但诗中不仅没有讥笑嘲弄的意思，反倒可以品味出诗人对儿童的慈爱，以及对儿童特有的简单、纯真的赞赏。杨万里总是怀着一颗童心，因而能用纯净质朴的眼睛发现儿童世界中的诗情画意。

这首七言绝句，没有描绘清雅的景致，没有运用高深的典故，没有让人深思的哲理，只是写出一个普通孩童一时的烦恼。如果评论者愿意的话，说这首诗内容单薄是完全可以的。但是一首诗并不一定要承担厚重的内容，并不一定要有高雅清绝的情调，只要它确实带给人们一种美的体验，逼真地再现了一种情趣，那就够了。

“雨里船中不自由，无愁稚子亦成愁。”天真的儿童本来是绝少有“愁”的，即使是“愁”，这愁也和成人的愁有许多不同！成人之愁在功名利禄、生老病死，算尽心机，患得患失，而儿童的愁，只是由于不能尽情游戏。

“看渠坐睡何曾醒，及至教眠却掉头。”为什么不睡呢？或许是要执拗地等到这让人不自由的雨停了，到岸上好好地玩一玩吧。在这两句中，诗人抓住儿童矛盾的言行，写出了儿童特有的天真与执拗。

小　雨

【宋】杨万里

雨来细细复疏疏①，
纵不能多不肯无。
似妒诗人山入眼，
千峰故隔一帘珠。②

注释

①疏疏：稀稀的样子。
②“千峰”句：远山好似隔在一层珠帘中，似有似无。

译文

细细的，疏疏的，雨儿飘飘洒洒；雨下又下不大，停又不肯停下。

是不是妒忌我太喜欢欣赏那远处的青山？故意从檐下滴成一层珠帘，遮住那千峰万崖。

赏析

生活中小事，自然界景物，到了杨万里的笔下，总是充满无穷的情趣。杨万里生平游迹很广，他的诗中，写山水的很多；他又特别喜欢雨景，所以写雨的也不少。这些诗，每一篇有每一篇的特点，令人百读不厌。这首绝句写小雨。雨本是没有情的东西，杨万里偏要赋予它与人相同的感情，于是使诗充满了新鲜感。

诗前两句刻画小雨，说丝丝细雨，稀稀拉拉地下着，既下不大，又不肯停下。首句以两组叠字状出小雨的情况，非常传神，与他的《雨作抵暮复晴》中“细雨如尘复如烟”句一样，描绘得很细，但有程度上的不同，这里写的是小雨，不是毛毛雨，所以不如尘似烟，而是“细细”与“疏疏”。第二句从雨量上写，不能多又不肯无，那便

是小雨。

即使是小雨，下久了，在屋上、树丛中也都渐渐地凝聚成水珠，滴落下来。三、四句便写这一情况。杨万里在《发孔镇晨炊漆桥道中纪行》中也曾描写过这样的雨景，诗说：“雨入秋空细复轻，松梢积得太多生。忽然落点拳来大，偏作行人滴伞声。”对雨水滴下采用自然的描写手法。这首《小雨》诗，换用拟人手法，说自己生平喜欢看山，这雨似乎对自己妒忌，有意从屋檐上滴下，组成一张珍珠般的帘子，把那千峰给遮挡。“珠帘”二字很确切，因为雨不大，尚是一点点下滴，如成串的珍珠；如果是大雨，流下的就是水线、水柱，而雨本身就成了帘子了。说雨妒，诗人是在调侃，但这一调侃非常有意思。因了雨的妒，挂上了珠帘，却使原本的景色似乎更加优美。因为是稀疏的珠帘，隔着它去眺望远处的山峰，增加了迷蒙，比直接看山更富有诗情画意。清代蒋士铨《题王石谷画册》中有“不写晴山写雨山，似呵明镜照烟鬟”句，说出了雨中青山的韵味。杨万里眼前的山，正带有这样的韵味，也正是杨万里追求的意境，他在《秋雨叹》中也这样写道：“横看东山三十里，真珠帘外翠屏风。”对隔着窗前珍珠般的雨帘眺望婀娜的青山，充满了喜悦。

诗仿佛不经思考，脱口而出，正如他在《晚寒题水仙花并湖山》诗所说，“老夫不是寻诗句，诗句自来寻老夫”。语言明快而诗意曲折，正是杨万里小诗的特点。

牧竖[①]

【唐】崔道融

牧竖持蓑[②]笠[③]，

逢人气傲然[④]。

卧牛[⑤]吹短笛，

耕却[⑥]傍溪田[⑦]。

注释

①牧竖：牧童，放牧的孩子。竖，竖子，男孩子。

②蓑（suō）：用草或棕制成的、披在身上的防雨用具。

③笠：用竹篾或草编成的帽子。

④傲然：高傲貌，自豪的样子。

⑤卧牛：斜坐在牛背上。

⑥却：完了，结束。

⑦傍溪田：溪水旁边的田地。

译文

牧童穿着蓑衣、戴着斗笠，遇到人故意装出一副很神气、心高气傲的样子。

放牧时，斜坐在牛背上吹着短笛；牛在耕田时，他就在溪边田头悠闲地玩耍。

赏析

此诗以赞美的笔调刻画了牧童悠然自得、调皮可爱但又心高气傲的形象。

“牧竖持蓑笠”一句描写小牧童衣着，他穿着蓑衣戴着斗笠。“逢人气傲然”一句写出牧童神情，尽管以放牧耕地为生，但是却不自卑，反而觉得很自豪。在传统的农耕文化中，脸朝黄土背朝天的农民一直与贫穷、卑微相伴。但此诗中的牧童却神气傲慢。因他在劳动中练出了一身本领，不怕风不怕雨，还能吆牛耕田地，所以他才那么自负，“逢人气傲然”。

“卧牛吹短笛，耕却傍溪田”，此二句是倒装句。按着内容表达的需要，本应说成“耕却傍溪田，卧牛吹短笛”。诗人为了押韵（第二句的尾字与第四句的尾字押韵，即“田”与“然”押韵）而颠倒着说了。此两句描写了牧童的行事动作，放牛时卧在牛背上吹着短笛，牛耕地时在溪边田头玩耍，将牧童天真烂漫、悠然自得、调皮可爱的形象描述得十分到位。

整首诗语言质朴、清新自然、浅白如话，不假雕饰地将农村牧童生活的一面展示出来。此诗表面上写的是牧童，实则是为表达自己的清高以及对淡泊宁静的田园生活的眷恋。同时也体现作者内心的悠闲与恬淡，突出了生活的美好。

幼女词

【明】毛铉

下床着新衣，
初学小姑[1]拜。
低头羞见人，
双手结[2]裙带。

注释

①小姑：这里是新娘的意思。
②结：扎缚、抚弄的意思。

作者名片

毛铉（生卒年不详），字鼎臣，山阴（今浙江省绍兴县）人。明洪武时在陕西一带从军戍边，后任国子学录。他的诗富于生活气息。

译文

幼女下床穿上新衣，初次学新娘的拜堂礼。

恐怕他人取笑，羞得不敢抬头，紧张得不停抚弄裙带。

赏析

在中国古典诗歌史上，专门吟咏幼女（含少女）的诗作数量不多，但这类诗作大都写得富有诗趣，颇具特色。西晋著名诗人左思的《娇女诗》可谓中国古代最早写少女情态的妙诗。此诗极尽铺陈之能事，着力描绘诗人的两个女儿——小女“纨素”与大女“惠芳”逗人喜爱。正如明代谭元春所评：“字字是女，字字是娇女，尽理、尽情、尽态。”明代诗人毛铉的《幼女词》，尽管仅有20字，但状写幼女情态逼真传神，“如在目前”，较之左思280字的《娇女诗》毫不逊色。

毛铉的《幼女词》仅寥寥数语，便使一个纯真可爱的幼女形象跃然纸上。诗的前两句，写幼女下床穿新衣，初次学“小姑”（此处指新娘）成婚时拜堂。这里，由幼女“下床着新衣”的动作引出其另一动作“初学小姑拜”，并在“学小姑拜”之前着一“初”字，便突出了其情窦初开。诗人写幼女“学小姑拜”，旨在描绘其心态，故诗中并未具体描绘她学拜的情景，这一点与施肩吾《幼女词》别无二致。三、四两句笔锋一转，以幼女的动作摹写其含羞之心态。“羞见人”，这是直接点明幼女害羞，怕别人取笑她“学小姑拜”。“双手结裙带”，这是写幼女以双手扎缚、抚弄裙带来掩饰其含羞之情。而她要“结裙带”，就得“低头”，其不自然的心理也就被上述自然的动作所掩饰。此诗描绘幼女情态，语言质朴自然，看似信手拈来，实却颇见功力。读之，给读者如临其境、如见其人之感。现代文学巨匠鲁迅先生有两句诗“忽忆情亲焦土下，佯看罗袜掩啼痕”（《所闻》），写一个给豪门侍宴的“娇女”（侍女），在豪门酒宴上以“佯看罗袜”这一动作掩饰其“啼痕”，以及她失去亲人（亲人被战火夺去生命）后的悲情。鲁迅先生的这两句诗是现实的写照，或许他在写作时也受到毛铉《幼女词》的启发。

施肩吾的《幼女词》与毛铉的《幼女词》都惟妙惟肖地描绘了个性鲜明的幼女的形象，也都以稚态现童心，富有诗意、诗趣。但其不同之处也是显而易见的。这不仅在于幼女的年龄略有差异，交代其年龄的方法不同，还在于幼女的稚态与表现手法有别。施诗中的幼女年仅六岁，这是以“幼女才六岁” 直接点明的。毛诗中的幼女年龄多大，诗中并未直接点明，让读者自己从字里行间去寻找答案。此幼女不是像施诗中的幼女那样“学人拜月”，而是学“小姑”成婚时拜堂。可见她已不止“六岁”了。她知道“着新衣”，还知道“羞见人”，甚至懂得掩饰自己的羞态，去“双手结裙带”，可见她稚气未尽，仍是“幼女”，尚未成人，否则，她也做不出“初学小姑拜”的动作了。

施诗写幼女的稚态，突出其弄巧成拙，从而现其童心。在写法上，施诗先直言幼女少不更事，分不清“巧”与“拙”，为下文写幼女弄巧成拙埋下伏笔；然后，以“向夜在堂前，学人拜新月”这一反映其稚态的动作描写照应上文，为“未知巧与拙”作了形象的注脚。这里，既有幼女年龄与其行为的不相称之明比，又有他人之“巧”与幼女之“拙”的暗比。如此着墨，就使幼女的形象活了、动了。

毛诗写幼女的稚态，着重反映其情窦初开，羞于见人之童心。毛诗通篇采用白描手法，一句诗就是一幅画面，逼真地勾勒出了幼女一系列的动作。在写法上，除了写幼女“学拜”这点相似外（其实二者学拜的内容也不一致），其余的皆与施诗明显有别。诗中通过幼女下床穿新衣，学“小姑”成婚时拜堂，低下头，用双手扎缚、抚弄裙带等一系列的动作描写，以及“羞见人”的心理描写，突出幼女又要学拜，又知害羞之个性，把特定年龄和环境中的“幼女”写得纯真可爱。施诗中的幼女，少不更事，“学拜”，纯属其好奇心所致；而毛诗中的幼女则要懂事得多，因为其年龄要大些，她“学拜”之因，除了好奇心之外，还由于情窦初开，诗中一个“初”字可谓道出个中信息。施诗笔法较直，毛诗笔法较曲。

明代文学家李贽曾道：“天下之至文，未有不出于童心焉者也”，意为天下最妙的文章，无一篇不出于具有童心（真心）的作者之手。其实，赋诗亦然。童心诗心，相映成趣，尽管笔法不一，但诗必妙而耐读。这也为施肩吾与毛铉的两首《幼女词》所证实。

渭川田家①

【唐】王维

斜阳照墟落②，
穷巷③牛羊归。
野老念牧童④，
倚杖候荆扉⑤。

注释

①渭川：一作“渭水”。渭水源于甘肃鸟鼠山，经陕西，流入黄河。田家：农家。
②斜阳：一作“斜光”。墟落：村庄。
③穷巷：深巷。
④野老：村野老人。牧童：一作“僮仆”。
⑤倚杖：靠着拐杖。荆扉：柴门。

雉雊⑥麦苗秀，
蚕眠⑦桑叶稀。
田夫荷锄至⑧，
相见语依依。
即此⑨羡闲逸，
怅然吟式微⑩。

⑥雉雊（zhì gòu）：野鸡鸣叫。《诗经·小雅·小弁》："雉之朝雊，尚求其雌。"
⑦蚕眠：蚕蜕皮时，不食不动，像睡眠一样。
⑧荷（hè）：肩负的意思。至：一作"立"。
⑨即此：指上面所说的情景。
⑩式微：《诗经》篇名，其中有"式微，式微，胡不归"之句，表归隐之意。

作者名片

王维（701—761），字摩诘，号摩诘居士。汉族，河东蒲州（今山西运城）人，祖籍山西祁县，唐朝诗人，有"诗佛"之称。苏轼评价其："味摩诘之诗，诗中有画；观摩诘之画，画中有诗。"开元九年（721）中进士，任太乐丞。王维是盛唐诗人的代表，今存诗400余首，重要诗作有《相思》《山居秋暝》等。王维精通佛学，受禅宗影响很大。佛教有一部《维摩诘经》，是王维名和字的由来。王维诗、书、画都很有名，多才多艺，音乐也很精通。与孟浩然合称"王孟"。

译文

夕阳的余晖洒向村庄，牛羊沿着深巷纷纷回归。

村中老人惦念着放牧的孙儿，倚着拐杖在柴门边等候。

麦田里的野鸡鸣叫个不停，蚕儿开始吐丝作茧，桑林里的桑叶已所剩无几。

农夫们三三两两地扛着锄头归来，在田间小道上偶然相遇，亲切絮语，乐而忘归。

在这种时刻，如此闲情逸致怎不叫我羡慕？我不禁怅然地吟起《式微》。

赏析

诗人描绘了一幅恬然自乐的田家暮归图，虽都是平常事物，却表现出诗人高超的写景技巧。全诗以朴素的白描手法，写出了人与物皆有所归的景象，映衬出诗人的心情，抒发了诗人渴望有所归，羡慕平静悠闲的田园生活的心情，流露出诗人在官场的孤苦、郁闷。

“斜阳照墟落，穷巷牛羊归。”墟落：村庄。穷巷：深巷。这两句是说，村庄处处披满夕阳的余晖，牛羊沿着深巷纷纷回归。

诗一开头，首先描写夕阳斜照村落的景象，渲染暮色苍茫的浓烈气氛，作为总背景，统摄全篇。接着，诗人一笔就落到“归”字上，描绘了牛羊徐徐归村的情景。诗人痴情地目送牛羊归村，直至没入深巷。

“野老念牧童，倚杖候荆扉。”野老：村野老人。倚杖：靠着拐杖。荆扉：柴门。这两句是说，老翁惦念着自家的孙儿，拄着拐杖在自家的柴门口等候。

就在这时，诗人看到了更为动人的情景：柴门外，一位慈祥的老人拄着拐杖，正迎候着放牧归来的小孩。这朴素的散发着泥土芬芳的一幕，感染了诗人，他似乎也分享到了牧童归家的乐趣。

“雉雊麦苗秀，蚕眠桑叶稀。”雉雊：野鸡鸣叫。这两句是说，野鸡在麦田里鸣叫，麦儿即将抽穗；蚕儿成眠，桑叶也已经很稀少了。

诗人感到这田野上的一切生命，在这黄昏时节，似乎都在思归。麦田里的野鸡叫得多动情啊，那是在呼唤自己的配偶呢；桑林里的桑叶已经所剩无几，蚕儿开始吐丝作茧，营就自己的安乐窝，找到自己的归宿了。

“田夫荷锄至，相见语依依。”这两句是说，田野上，农夫们三三两两地扛着锄头下地归来，在田间的小道上相遇，亲切絮语，简直有点乐而忘归呢。

“即此羡闲逸，怅然吟式微。”这两句是说，如此安逸怎不叫我羡慕？我不禁怅然地吟起《式微》。

诗人目睹这一切，联想到自己的处境和身世，感慨万千。自公元737年（开元二十五年）宰相张九龄被排挤出朝廷之后，王维深感政治上失去依傍，进退两难。在这种心绪下他来到原野，看到人皆有所归，唯独自己尚彷徨中路，不能不既羡慕又惆怅。所以诗人感慨系之地说："即此羡闲逸，怅然吟式微。"其实，农夫们并不闲逸。但诗人觉得和自己担惊受怕的官场生活相比，农夫们安然得多，自在得多，故有闲逸之感。《式微》是《诗经·邶风》中的一篇，诗中反复咏叹："式微，式微，胡不归？"诗人借以抒发自己急欲归隐田园的心情，不仅在意境上与首句"斜阳照墟落"相照映，而且在内容上落在"归"字上，使写景与抒情契合无间，浑然一体，画龙点睛式地揭示了主题。

读完最后一句，才恍然大悟：前面写了那么多的"归"，实际上都是反衬，以人皆有所归，反衬自己独无所归；以人皆归得及时、亲切、惬意，反衬自己归隐太迟以及自己混迹官场的孤单、苦闷。这最后一句是全诗的重心和灵魂。如果以为诗人的本意就在于完成那幅田家晚归图，这就失之于肤浅了。全诗不事雕绘，纯用白描，自然清新，诗意盎然。

遗爱寺[①]

【唐】白居易

弄[②]石临溪坐，
寻花绕寺行。
时时闻鸟语[③]，
处处是泉声。

注释

①遗爱寺：寺名，位于庐山香炉峰下。
②弄：在手里玩。
③鸟语：鸟鸣声。

译文

手里玩赏着奇丽的彩石，面对着潺潺的溪水观赏；为了赏花，绕着寺庙周围的小路行走。

时时刻刻都能听到鸟儿在婉转啼鸣，泉水叮叮咚咚，缓缓流淌。

赏析

这是一首写景抒情短诗，全诗动中有静，移步换景，通过临溪弄石、绕寺寻花、聆听鸟鸣和流水声描绘出了遗爱寺的盎然生机，勾勒出遗爱寺优美动人的风景，通过“弄”“寻”“行”等动作描写，表现了诗人对大自然的热爱。

“弄石临溪坐，寻花绕寺行。”这两句是说诗人在小溪边玩赏那些奇形怪状的溪石，微风吹来花香扑鼻沁人心脾。诗人四处张望却不知花在何处，于是诗人绕寺而行，一路上漫步寻花。

“时时闻鸟语，处处是泉声”，这里山光水色无限美好。小鸟的啾啾声十分动听，溪水汩汩流淌不绝于耳。这一切，让诗人感到心旷神怡。

这首写景抒情的短诗，诗人将石、溪、花、鸟、泉等多种自然景物有机地组合在一起，描绘了一幅清新秀丽、生机勃勃的图画，勾勒出遗爱寺令人神往的风景，又通过“弄”“寻”“行”等细致的动作描写刻画，表达了诗人对大自然的无限热爱之情。诗歌两联虽然皆为对仗，但由于诗人善于运用动词，并在第二联中，及时变换句式结构，因而使得诗歌既具有整饬之美，同时又充溢着一种流动的、活泼的诗意。生动地表现了遗爱寺周围生机盎然，清幽雅致的环境气氛。抒发了诗人对自然美景的热爱之情。

桓灵时童谣

【汉】佚名

举秀才，不知书。

举孝廉，父别居。

寒素[①]清白[②]浊如泥，

高第[③]良将怯如鸡。

注释

①寒素：汉晋时举拔士人的科目名。一说指出身清贫。

②清白：也是汉代选拔士人的科目名。一说指为官清廉。

③高第：汉代选拔士人的科目名。一说指出身豪门。

译文

被推举作秀才的人竟然不识字。

被荐举作孝廉的人竟然不赡养父母。

被选拔为寒素、清白的人竟然像污泥一样肮脏，

被称为干吏良将的竟然像鸡一样胆小。

赏析

“举秀才，不知书。”凡举作秀才科的人，本应文才深秀、学富五车，但实际上却连字都不识，于是便产生了名与实强烈的对比，夸张又并不让人觉得虚诞。

“察孝廉，父别居。”孝、廉本为两科，后来合而为一，应是事亲孝顺、处事廉洁之人当选。这里复词偏义，重在讲“孝”。孝之最为基本的，就是奉养双亲。但这位被荐之人，竟是与父亲分居而住，就中国古代家庭观念来看，无疑是不孝之举了。

“寒素清白浊如泥”，寒素与清白，可能是性质相近的两个科

目。汉代察举科目，只随皇帝高兴与需要而定，所以并不固定。《晋书·李重传》中讲到举寒素要符合“门寒身索，无世祚之资”的条件，选举制度汉晋相延，变化不应很大。范晔在《后汉书·扬雄传论》中说：“中兴以后，复增淳朴……清白、敦厚之属。”可见二者都是选举科目。一般科目之名称与它所要求的品质应是相当的。故清白、寒素科出来的，应是出身清贫、为官清正之人，而实际上，劳动人民的评价则是“浊如泥”，可见他们是当不起那四个字的。

“高第良将怯如鸡。”汉代不仅文官由重臣推荐，武将也如此。《汉书·昭帝纪》：“始元五年，诏举郡国文学、高第各一人。”《后汉书·安帝纪》：“永初五年七月，诏三公、特进、九卿、校尉，举列将子孙明晓战阵任将帅者。”大概武将之举，均要求“列将子孙”，正因为这样，此科目才取名“高第”吧。高第与文学对举，在此又与良将并举，可知与上面“寒素清白”一样，是两个相近科目。被荐之人，应“刚毅武猛，有谋谟（《顺帝纪》）”，然而实际上却胆小如鸡，这真是滑天下之大稽了。

这首民谣，用一两个典型的细节，通过形象的比喻与夸张，将一个个名不符实的推举现象并列起来，将封建时代选拔人才的虚伪、腐朽与可笑揭示得淋漓尽致，表现了劳动人民高超的战斗与讽刺艺术。

田园乐七首·其四

【唐】王维

萋萋春草秋绿[1]，
落落[2]长松夏寒。
牛羊自归村巷，
童稚不识衣冠。

注释

①绿:一作“碧”。

②落落:松高貌。孙绰《游天台山赋》:“藉萋萋之纤草，荫落落之长松。”

译文

茂盛的春草，在秋天还呈现出生机勃勃的绿色。高大挺直的松树，夏季的树荫凉爽。

牛羊无须人们去驱赶，自己会回到村里的小巷子中。孩子们天真烂漫，不认识达官显贵。

赏析

本诗意在表现自然、优美、淳朴的田园生活。在这一主题的引领下，秋日的绿草、松树的树荫、牛羊、小孩子等看似毫无联系的意象被作者巧妙地安排在一起，构成了一幅自然优美的村落图，正所谓形散神不散。本诗语言优美，结构灵活自如，真实表现出作者对田园生活的热爱之情。

清　明[1]

【唐】杜牧

清明时节雨纷纷，
路上行人欲断魂[2]。
借问[3]酒家何处有？
牧童遥指杏花村[4]。

注释

①清明：二十四节气之一，在阳历四月五日前后。
②欲断魂：形容伤感极深，好像灵魂要与身体分开一样。
③借问：请问。
④杏花村：杏花深处的村庄。受此诗影响，后人多用“杏花村”作酒店名。

作者名片

杜牧（803—约852），字牧之，号樊川居士，汉族，京兆万年（今陕西西安）人，唐代诗人。杜牧人称“小杜”，以别于杜甫。

与李商隐并称“小李杜”。因晚年居长安南樊川别墅，故后世称“杜樊川”，著有《樊川文集》。

译文

清明时节江南细雨纷纷飘洒，路上羁旅行人个个落魄断魂。

借问当地之人何处买酒浇愁？牧童笑而不答遥指杏花山村。

赏析

这一天正是清明佳节。诗人杜牧，在行路时，可巧遇上了雨。清明，虽然是柳绿花红、春光明媚的时节，可也是气候容易发生变化的期间，常常赶上“闹天气”。远在梁代，就有人记载过：“在清明前两天的寒食节，往往有‘疾风甚雨’”。若是正赶在清明这天下雨，还有个专名叫作“泼火雨”。诗人杜牧遇上的，正是这样一个日子。

诗人用“纷纷”两个字来形容那天的“泼火雨”，真是好极了。“纷纷”，若是形容下雪，那该是大雪，所谓“纷纷扬扬，降下好一场大雪来”。但是临到雨，情况却正相反，那种叫人感到“纷纷”的，绝不是大雨，而是细雨。这细雨，也正是春雨的特色。细雨纷纷，是那种“天街小雨润如酥”样的雨，它不同于夏天的如倾如注的暴雨，也和那种淅淅沥沥的秋雨绝不是一个味道。这“雨纷纷”，正抓住了清明“泼火雨”的精神，传达了那种“做冷欺花，将烟困柳”的凄迷而又美丽的境界。

这“纷纷”在此自然毫无疑问是形容那春雨的意境，不止如此，它还有一层特殊的作用，那就是，它实际上还在形容着那位雨中行路者的心情。

下面一句：“路上行人欲断魂”。“行人”，是出门在外的行旅之人，“行人”不等于“游人”，不是那些游春逛景的人。“魂”不是“三魂七魄”的灵魂。在诗歌里，“魂”多半儿指的是精神、情绪。“断魂”，是极力形容那一种十分强烈，可是又并非明白表现在外面的很深隐的感情，比方相爱相思、惆怅失意、暗愁深恨等等。当诗人有这类情绪的时候，就常常爱用“断魂”这一词语来表达他的心境。

清明这个节日，在古人感觉起来，和今人对它的观念不是完全一样的。在当时，清明节是个色彩情调都很浓郁的大节日，本该是家人团聚，或游玩观赏，或上坟扫墓，是主要的礼节风俗。除了那些贪花恋酒的公子、王孙等人，有些头脑的，特别是感情丰富的诗人，他们心头的滋味是相当复杂的。倘若再赶上孤身行路，触景伤怀，那就更容易惹动他的心事。偏偏又赶上细雨纷纷，春衫尽湿，这就又给行人增添了一层愁绪。这样来体会，才能理解为什么诗人在这当口儿要写“断魂”两个字；否则，下点儿小雨，就值得“断魂”，那太没来由了。

再回到“纷纷”二字上来。本来，佳节行路之人，已经有不少心事，再加上身在纷纷洒洒的雨丝风片之中，冒雨趱行，那心境更凄迷纷乱了。所以说，“纷纷”是形容春雨，可也形容情绪，甚至不妨说，形容春雨，也就是为了形容情绪。这正是中国古典诗歌里一种寓情于景、情景交融的绝艺与胜境。

前两句交代了情景，问题也发生了。必须得寻求一个解决的途径。这时行人不禁想到：往哪里找个小酒店才好。事情很明白：寻到一个小酒店，一来歇歇脚，避避雨；二来小饮三杯，解解料峭中人的春寒，暖暖被雨淋湿的衣服；最要紧的是，借此也就能散散心头的愁绪。于是，向人问路了。

诗人在第三句里并没有说出是向谁问路的。妙莫妙于第四句：“牧童遥指杏花村”。在语法上讲，“牧童”是这一句的主语，可它实在又是上句“借问”的宾词——它补足了上句宾主问答的双方。牧童是否答话了不得而知，但是以“行动”为答复，比答话还要鲜明有力。比如《小放牛》这出戏，当有人向牧童哥问路时，他将手一指，说：“您顺着我的手儿瞧！”是连答话带行动——也就是连“音乐”带“画面”，两者同时都使观者获得了美的享受。如今诗人手法却更简捷，更高超：他只将“画面”给予读者，而省去了“音乐”。

“遥”，字面意义是远。但切不可处处拘守字面意义，认为杏花村离这里一定还有十分遥远的路程。这一指，已经使读者如同看到，隐约红杏梢头，分明挑出一个酒帘——“酒望子”来了。若真的距离遥远，就难以发生艺术联系；若真的就在眼前，那又失去了含蓄无尽的兴味。妙就妙在不远不近之间。《红楼梦》里大观园中有一处景题作“杏帘在望”，那“在望”的神情，正是由这里体会脱化而来，正好为杜郎此句作注脚。《小放牛》里的牧童也说，“我这里，用手儿一指，……前面的高坡，有几户人家，那杨柳树上挂着一个大招牌”，然后他告诉女客人“你要吃好酒就在杏花村”，也是从这里脱化出来的。“杏花村”不一定是真村名，也不一定即指酒家。这只需要说明指往这个美丽的杏花深处的村庄就够了，不言而喻，那里是有一家小小的酒店在等候接待雨中行路的客人的。

不但如此。在实际生活中，问路只是手段，目的是奔到了酒店，而且喝到了酒。在诗里就不必然了，它恰恰只写到“遥指杏花村”就戛然而止，再不多费一句话。剩下的，行人怎样地闻讯而喜，怎样地加把劲儿趱上前去，怎样地兴奋地找着了酒店，怎样地欣慰地获得了避雨、消愁两方面的满足和快意……这些诗人就能“不管”了。他把这些都含蓄在篇幅之外，付与读者的想象，由读者自去寻求领会。他只将读者引入一个诗的境界，他可并不负责导游全景；另一面，他却为读者开展了一处远比诗篇字句所显示的更为广阔的想象余地。这就是艺术的“有余不尽”。

这才是诗人和读者的共同享受，这才是艺术，这也是中国古典诗歌所特别擅长的地方。古人曾说过：“好的诗，能够状难写之景，如在目前；含不尽之意，在于言外。”拿这首《清明》绝句来说，在一定意义上，也是当之无愧的。

这首小诗，一个难字也没有，一个典故也不用，整篇是十分通俗的语言，写得自如之极，毫无经营造作之痕。音节十分和谐圆满，景象非常清新、生动，而又境界优美、兴味隐跃。诗由篇法讲也很自然，是顺序的写法。第一句交代情景、环境、气氛，是“起”；第二句是“承”，写出了人物，显示了人物的凄迷纷乱的心境；第三句是一“转”，然而也就提出了如何摆脱这种心境的办法；而这就直接逼出了第四句，成为整篇的精彩所在——“合”。在艺术上，这是由低而高、逐步上升、高潮顶点放在最后的手法。所谓高潮顶点，却又不是一览无余，索然兴尽，而是余韵邈然，耐人寻味。这些，都是诗人的高明之处，也就是值得后人学习继承的地方。

山　行[①]

【唐】杜牧

远上[②]寒山[③]石径斜，
白云生处有人家。
停车坐[④]爱枫林晚，
霜叶[⑤]红于二月花。

注释

①山行：在山中行走。
②远上：登上远处的。
③寒山：深秋季节的山。
④坐：因为。
⑤霜叶：枫树的叶子经深秋寒霜之后变成了红色。

译文

沿着弯弯曲曲的小路上山，在那生出白云的地方居然还有几户人家。

停下马车是因为喜爱深秋枫林的晚景，枫叶秋霜染过，艳比二月春花。

赏析

这首诗描绘的是秋之色，展现出一幅动人的山林秋色图。诗里写了山路、人家、白云、红叶，构成一幅和谐统一的画面。这些景物不是并列的处于同等地位，而是有机地联系在一起，有主有从，有的处于画面的中心，有的则处于陪衬地位。简单来说，前三句是宾，第四句是主，前三句是为第四句描绘背景、创造气氛，起铺垫和烘托作用的。

首句“远上寒山石径斜”，由下而上，写一条石头小路蜿蜒曲折地伸向充满秋意的山峦。“寒”字点明深秋季节;“远”字写出山路的绵长;“斜”字照应句首的“远”字，写出了高而缓的山势。由于坡度不大，故可乘车游山。

次句“白云深处有人家”，描写诗人山行时所看到的远处风光。一个“深”字，形象地表现了白云升腾、缭绕和飘浮种种动态，也说明山很高。“有人家”三字会使人联想到炊烟袅袅，鸡鸣犬吠，从而感到深山充满生气，没有一点儿死寂的恐怖。“有人家”三字还照应了上句中的“石径”，因为这“石径”便是山里居民的通道。

对这些景物，诗人只是在作客观的描述。虽然用了一个“寒”字，也只是为了逗出下文的“晚”字和“霜”字，并不表现诗人的感情倾向。它毕竟还只是在为后面的描写蓄势—勾勒枫林所在的环境。

“停车坐爱枫林晚”便不同了，倾向性已经很鲜明，很强烈了。那山路、白云、人家都没有使诗人动心，这枫林晚景却使得他惊喜之情难以抑制。为了要停下来领略这山林风光，竟然顾不得驱车赶路。这句中的“晚”字用得无比精妙，它蕴含多层意思：（1）点明前两句是白天所见，后两句则是傍晚之景。（2）因为傍晚才有夕照，绚丽的晚霞和红艳的枫叶互相辉映，枫林才格外美丽。（3）诗人流连忘返，到了傍晚，还舍不得登车离去，足见他对红叶喜爱之极。（4）因为停车甚久，观察入微，才能悟出第四句“霜叶红于二月花”这样富有理趣的警句。

第四句是全诗的中心，是诗人浓墨重彩、凝聚笔力写出来的。不仅前两句疏淡的景致成了这艳丽秋色的衬托，即使“停车坐爱枫林晚”一句，看似抒情叙事，实际上也起着写景衬托的作用：那停车而望、陶然而醉的诗人，也成了景色的一部分，有了这种景象，才更显出秋色的迷人。而一笔重写之后，戛然而止，又显得情韵悠扬，余味无穷。

这是一首秋色的赞歌。诗人没有像古代一般文人那样，在秋季到来的时候，哀伤叹息。他歌颂的是大自然的秋色美，体现出了豪爽向上的精神，有一种英爽峻拔之气拂诸笔端，表现了诗人的才气，也表现了诗人的见地。

风鸢①图诗

【明】徐渭

柳条搓②线絮③搓棉，
搓够千寻④放纸鸢。
消得⑤春风多少力，
带将⑥儿辈上青天。

注释

①鸢：老鹰。
②搓：两个手掌反复摩擦，或把手掌放在别的东西上来回地揉。
③絮：柳絮，即柳树的种子，带有白色绒毛。
④千寻：极言其长。寻，古代的长度单位，以八尺为一寻。
⑤消得：消耗，耗费。
⑥带将：带领。

作者名片

徐渭（1521—1593），字文长，号青藤山人。山阴（今浙江省绍兴市）

人。明代著名的艺术家。早年参加乡试，屡试不第；中年做过浙闽总督胡宗宪的幕客，曾为对抗倭寇的军事活动出谋划策。但由于徐渭疾恶如仇，鄙视权贵，导致他一生穷困潦倒，甚至一度发狂，到了晚年只能靠变卖书画度日。他在书法、绘画、诗文、戏曲等多方面都有很高的造诣。他自成一家，尤其擅长画花鸟，据史料载，近代花鸟画中流行的润笔写意的泼墨画法，就是由他开启的。他的诗文不落窠臼，所作戏曲论著、杂剧，亦有不少超越前人的见解和打破陈规之处。

译文

一群天真可爱的孩子找来柳条和白色的柳絮放在小手上使劲地搓呀搓，搓出了很长的线之后，他们便兴致勃勃地来到郊外奔跑着放纸鸢。

和煦的春风轻轻地吹着，他们需要花多少气力，才能把纸鸢一个个送上天去，任意翱翔？长辈们又需要花多少心血，才能把一个个孩子培养成才呢？

赏析

诗人以丰富的想象将诗与画有机地结合起来，诗与画互相补足，饶有生趣。这首诗写放纸鸢前的准备和纸鸢飞上天时的感想，没有直接铺叙放纸鸢的活动，那该是留给画面去交代了。诗人告诉读者，一群孩子使劲地搓呀搓，等放纸鸢的线搓得够长了，大家便兴致勃勃地来到郊外。然后读者可从画面看到，这是一个放纸鸢的好日子，有风，阳光灿烂，孩子们不停地四处奔跑，把纸鸢送上天空。由这个画面，诗人兴起了感想：春风需要花多少气力，才能把纸鸢一个一个送上天去，任意翱翔？而长辈又需要花多少心血，才能把孩子一个一个培养成才，送上青云路呢？

诗的前半部分着力于对小孩子放纸鸢前准备活动的描述。诗人并没有全面描绘各项准备活动，只是从其中的一个细节入手，写他们如何努力地编织纸鸢引线。连续三个“搓”字把小孩子们认真而急切的形态表露无遗。缺乏耐心的儿童对这样的单调而费力的劳动不觉乏味，可见他们对放纸鸢是多么期待。紧接着的“够”字，写出他们搓的引线一达到足够的长度，便立即停止工作，那种按捺不住的喜悦和跃跃欲试的心情跃然纸上，仿佛一个个立刻就要跳将起来，把自己的纸鸢放上天去。诗人对儿童急切期盼的心理，把握得十分准确，刻画得细致入微。最后两句点明诗人思绪的飞扬，画面上的无忧无虑的儿童仿佛是他年少时的身影，他牵着纸鸢，怀着对未来生活的美好憧憬，沉浸在幸福里。不知何时起，严酷的现实击碎了他一个又一个梦想。如今已是垂暮之年，饱经人世沧桑，但他依然对未来存着希望。他深深祝福，但愿小孩子凭借春风的助力，飞上青云。对纸鸢而言，“春风”是指把它带上天空的和风；对小孩子而言，那是指父母师长的栽培，可以“带”著小孩子上青云之端。全诗虚实相生，既有浓厚的现实生活的气息，又不乏想象世界的瑰丽色彩。

好的题画诗，有助于理解画的内涵。读者读诗品画，可充分发挥想象。这首诗是诗画相生的典型例子。

淮上渔者

【唐】郑谷

白头波①上白头翁②，
家逐③船移江浦④风。
一尺鲈鱼新钓得，
儿孙吹火⑤荻⑥花中。

注释

①白头波：江上的白浪。
②白头翁：鸟类的一种，文中指白头发的老渔翁。
③逐：跟随，随着。
④浦：水边，岸边。
⑤吹火：生火。
⑥荻（dí）：生在水边的草本植物，形状像芦苇，花呈紫色。

作者名片

郑谷（约851—910），唐朝末期著名诗人。字守愚，汉族，江西宜春市袁州区人。僖宗时进士，官都官郎中，人称郑都官。又以《鹧鸪诗》得名，人称郑鹧鸪。其诗多写景咏物之作，表现士大夫的闲情逸致。风格清新通俗，但流于浅率。曾与许裳、张乔等唱和往还，号“芳林十哲”。原有集，已散佚，存《云台编》。

译文

无边淮河白浪滚滚，白发渔翁以船为家。水边轻风阵阵，渔船随处漂流。

老渔夫刚刚钓到一条尺把长的鲈鱼，儿孙们在荻花丛中忙着吹火饮食。

赏析

这是一首描写淮河渔民生活的七绝诗歌，短短七言二十八个字便展示了一幅垂钓风情画。此诗情理兼备，意境高雅，一幅自然和谐、闲适安逸的垂钓图表现了渔者生活的乐趣。

“白头波上白头翁，家逐船移江浦风”描述了一个白发苍苍的老渔父，以船为屋，以水为家，终日逐水而居，整年出没于江河水面，漂泊不定，饱受江风吹袭，为衣食而奔波劳苦。其中“白头波上白头翁”连用两个“白头”，是为了强调老渔父如此年纪尚漂泊打鱼，透露出作者的哀叹之意。写渔人之“渔”，表现了渔者搏击风浪的雄姿，洒脱、利落。“家逐船移江浦风”写渔人之“归”，对于渔人而言，家就是船，船就是家，故注一“逐”字，有一种随遇而安、自由自在的意味。

“一尺鲈鱼新钓得，儿孙吹火荻花中。”这两句生活气息浓郁，但于其中也隐隐透出一缕清苦的况味，渔人终日以渔为业，吃到鱼也并非易事。其中“一尺鲈鱼新钓得”写渔人之“获”，“新钓得”三字完全是一种乐而优哉的口吻，其洋洋自得的神情漾然纸上。“儿孙吹火荻花中。”写渔者的天伦之“乐”，优美的自然环境烘托了人物怡然的心情。尤其是一个“吹”字，富有野趣，开人心怀，那袅袅升腾的青白色炊烟，那瑟瑟摇曳的紫色荻花，再加上嘻嘻哈哈、叽叽喳喳的稚言稚语，和着直往鼻孔里钻的鱼香，较为安定的王朝周边地区构成了一个醉煞人心的境界。

寒　食①

【宋】王禹偁

今年寒食在商山②，
山里风光亦可怜③。
稚子就花拈蛱蝶④，
人家依树系⑤秋千。
郊原⑥晓绿初经雨，
巷陌春阴乍⑦禁烟。
副使⑧官闲莫惆怅，
酒钱犹有撰碑钱⑨。

注释

①寒食：古代节日，在清明节前一日或二日。依风俗，这天禁止烧火，只吃冷食，也就是第六句所说的“禁烟”。
②商山：即商州，今陕西商县。
③可怜：可爱。
④稚子：小孩子。就：走近。拈（niān）蛱（jiá）蝶：捉蝴蝶。
⑤系：悬挂。
⑥郊原：郊外的原野。
⑦巷陌：大街小巷。乍：刚刚。
⑧副使：即团练副使，宋朝安插降职官员的一种闲职。作者便是被贬到商州当团练副使。
⑨撰碑钱：替别人写碑记、墓志铭等得到的酬劳，俗称“润笔”。

作者名片

王禹偁（954—1001），字元之，济州钜野（今山东巨野）人，因晚年贬居黄州，故人称“王黄州”。家境贫寒，累代务农。宋太宗太平兴国八年（983年）中进士，历任成武主簿、右拾遗、直史馆、知制诰、翰林学士、判大理寺等职，因刚直敢谏，三遭贬谪。在文学上他

反对晚唐五代以来华靡颓唐的文风，主张改革。散文提倡学习韩愈、柳宗元，诗歌则学习杜甫、白居易。风格简淡洗练，平易有味。有《小畜集》《五代史阙文》，存词一首。

译文

我今年只能在商州山乡过寒食节了，但是山中的风光景物也一样可爱。

小孩子慢慢地凑近了花朵拈取蝴蝶，山中的人家在大树上挂起了秋千。

刚下过雨郊外原野呈现出一派翠绿，春阴中大街小巷刚刚开始禁烟火。

担任副使这样的闲官没什么可不满，为人写碑铭所得正可充当买酒钱。

赏析

《寒食》是一首朴素明快的诗，实实在在有点儿白居易的风格。这首诗如一幅风俗画，洋溢着浓厚的生活气息，抒发了欣欣的喜悦和淡淡的忧烦。

这首诗的首联两句点明了诗人此番过寒食节的时间、地点及当地的风光。“今年寒食在商山”，也就是说去年寒食在宋都汴梁，透露出人事变易，今非昔比的感慨。他从繁华的京都贬到这荒僻的山城，从清高的京官降为闲员团练副使，这个落差很大，生活和感情上难免有无可奈何的苦闷，所以这个时期他的诗作中有许多牢骚、思归之句，触目皆是。以前他对宫廷生活的奢侈靡费十分不满，此时他甚至认为官吏是老百姓的蠹虫，他虽然做了官，却又羞于做官。他守正不屈，宠辱不惊，又出身农家，能随遇而安，因而并不为遭贬懊悔。对句“山里风光亦可怜”抒写诗人此时此地的感受。诗人看到商州百姓欢度寒食的情景，觉得山里的风光也是很可爱的。句中用一“亦”字，是与诗人在都城汴梁过寒食的情景相互比较而言的。“亦”字隐隐流露出诗人对汴梁的怀恋和对此番遭贬的愤懑，同时也是他对山乡优美景色的认同与迷恋。这里虽没有汴梁的喧闹繁荣，但汴梁还没有这里的清爽宁静呢，他孤独凄凉的心境正与这清爽宁静的山乡相融合。他留连山水，寄情诗酒，以使抑郁的心情得以解脱，一时也能乐以忘忧。

颔联、颈联四句是对“山里风光亦可怜”的具体描绘，四句诗分远近两组四个画面，稚子捕蝶，人家秋千，郊原绿色，巷陌春阴，无一不切山中及寒食节令，远近高下，层次分明，清新可爱，宁谧恬静，颇能道出山居之趣，表现出一派恬淡清幽的气氛。

颔联两句写了山乡的风情。稚子拈蝶的画面，可以想象孩子当时的动作与心情：轻手轻脚、慢慢靠近，担心害怕，唯恐蝴蝶飞去，捉住了快乐，捉不住也快乐，一个“拈”字，生动传神地刻画出了孩子的稚气和可爱神态，这句诗中充满童趣。不过，寒食时节中国北方尚是早春天气，乍暖还寒，并无野花与蝴蝶，诗人如此写，融注了自己对儿时生活的回忆，表明他对山乡生活的熟稔。打秋千是中国广大农民冬季的娱乐方式，冬闲无事，农民无以为乐，就在两树之间各系一条绳子，中间绑以踏板，就成了秋千，儿童和成年人乐此不疲。秋千春秋时代就有，至今犹存，可见农民之喜爱。“就花”与“依树”不仅对仗工整，而且极真实、传神，情趣横生。这两句犹如一幅生动淡雅的山乡风情画。

颈联两句写了山乡的景色。是时也，草木争春，勃发新绿，一片嫩绿的郊外原野，又经过一场春雨的洗涤，更是一尘不染，绿得鲜亮照人。城里的街道旁绿荫点染，春意袭人。这一天全城禁火，无烟雾缭绕，空气更加清新明净，整个环境纯洁新妍，令人赏心悦目。所写的景色，与作者当时闲适的心境水乳交融，在淡泊中透出悠然之趣，在写风光节俗之间，表达了对乡村生活的向往和身在乡村的悠闲惬意。

尾联两句写诗人当时的心情。表面上是写节日痛饮，骨子里却隐含着深深的郁愤。虽然商州的风土人情给人以好感，但由于这春日的阴郁，不由得使人想起自己的不得志。诗人劝慰自己不要因为当团练

副使惆怅，说明他满腹惆怅。这种惆怅一来自闲，二来自贫。团练副使确实是个闲官，无事可干，他这时期写的诗多处写到“闲”字，如《闲居》：“何必问生涯，幽闲度岁华。”《日长简仲咸》：“日长何计到黄昏，郡僻官闲昼掩门。”《五更睡》：“如将闲比贵，此味敌公卿。”闲得百无聊赖，就产生惆怅。为了排解这种惆怅，就借酒浇愁。最后一句反衬了他的贫。团练副使为从八品，俸禄自然菲薄，饮酒常常付不起酒钱，幸好，所得“润笔”可供酒资，要用“润笔”支付酒钱，说明贫。他的《次韵和仲咸对雪散吟三十韵》中自注云“副使俸惟茶一包”；《御书钱》中说“谪官无俸突无烟”，《寄献仆射相公》中说“谪官无俸不胜贫”，都表现了当日生活的窘迫，正可与此诗相对应。但他贫而不堕其志，一次皇帝令京兆府（长安，今西安）赐予酒钱，他竟让而不受。后两句表露了他无以名状的哀愁与无法排解的惆怅，以旷语作结，实是发泄自己官冷俸微的牢骚。

这首诗浸透着一种清新自然的气息，与宋初诗坛上的浮华诗风大相径庭。王禹偁是反对浮华诗风的诗人，师法和推崇杜甫、白居易，他的诗有杜诗的关注现实，又有白诗的妇孺能解，这首诗可见一斑。诗中描写了清新的自然景观，也表露了浓重的惆怅心情，这种惆怅是对景难排的。

清明二绝·其一

【宋】陈与义

街头女儿双髻鸦①，

随蜂趁蝶学夭邪②。

东风也作清明节，

开遍来禽③一树花。

注释

①双髻（jì）鸦：又称双鸦，少女头上的双髻。鸦，比喻黑色，形容妇女鬟发。

②夭邪：袅娜多姿。

③来禽：即沙果。也称花红、林檎、文林果。果味甘美，能招众禽，故名。

作者名片

陈与义（1090—1138），字去非，号简斋，汉族，其先祖居京兆，曾祖陈希亮迁居洛阳，故为洛阳人（今属河南）。他生于宋哲宗元祐五年（1090），卒于宋高宗绍兴八年（1138）。北宋末年，南宋初年的杰出诗人，同时也工于填词。其词存于今者虽仅十余首，却别具风格，尤近于苏东坡，语意超绝，笔力横空，疏朗明快，自然浑成。著有《简斋集》。

译文

街头站满踏青的姑娘们，头上梳着乌黑的双髻，打扮得很漂亮。在这春光明媚的日子里，她们随着在花丛中飞舞的蜜蜂、蝴蝶，做出种种天真娇娆的姿态。

东风，这春天的使者，好像也在过清明节呢，吹得特别柔和。你看，它吹得来禽开了一树多么美丽的花！

赏析

这首诗描绘的是清明佳节人们户外踏青、游春、快乐嬉戏的美妙情景。开头一句的“街头”即是指明地点的：春天来了，清明走近，户外的景色这般美好，吸引了许许多多的男儿女儿。可诗人要着力渲染的并非是其他人与物，而是发如墨染，头盘双髻的一群群少女。她们的笑脸可与春色媲美，她们的腰肢可与杨柳争高低。徜徉在美妙的春光里，她们个个妖娆无比，几可追蜂赛蝶。一个“学”字，将人与物糅在一起，既有了错综交杂的色彩，又蕴含了丰富而不俗的韵致，这流淌在诗人笔端的诗句，无不表露出他热爱自然、热爱生活的真挚情意。接着，诗人笔锋一转，引向了东风，而且用一“作”字将其拟

人化，仿佛那东风也通晓人意似的，特意在这清明佳节之际，催开了一树树争奇斗艳的花朵，来点缀自然，点缀佳节，给游春的人们送上美景，也送上欣喜。整首诗词句清丽，音节流畅，表情达意浅白酣畅。

商山麻涧①

【唐】杜牧

云光岚彩②四面合，
柔柔垂柳十余家。
雉③飞鹿过芳草远，
牛巷鸡埘④春日斜。
秀眉⑤老父对樽酒，
茜袖女儿簪⑥野花。
征车自念尘土计，
惆怅溪边书细沙⑦。

注释

①商山：在今陕西商县东南。麻涧：在商山之中，山涧环绕，宜于种麻，故名麻涧。
②岚（lán）彩：山林中像云彩一样的雾气。
③雉（zhì）：野鸡。
④牛巷：牛儿进巷了。鸡埘（shí）：鸡儿进窝了。埘，在墙上挖洞而成的鸡窝。
⑤秀眉：老年人常有几根眉毫特别长，称为秀眉，旧时以为是长寿的象征。
⑥茜（qiàn）：即茜草，根可作红色染料，这里指红色。簪（zān）：插戴。
⑦书细沙：在细沙上书写。

译文

云气山岚升起弥漫四野，柔柳垂荫下有十余人家。
锦雉野鹿飞跃芳草地，村巷鸡畜沐浴春日斜。
长眉老翁悠闲自斟酒，红袖女娃清秀戴野花。
感自己舟车行旅总奔忙，怀惆怅叹向溪边乱涂鸦。

赏析

这首诗是诗人由宣州经江州回长安途中路过商山麻涧时所作。商山，在今陕西省商县东南，其地险峻，林壑深邃。麻涧，在熊耳峰下，山涧环抱，周围适宜种麻，因名麻涧。诗人以清隽的笔调从不同的角度展示了这一带优美的自然景色。淳朴、恬静的农家生活和村人怡然自得的意态，充满了浓厚的诗情画意。

在一个阳光明媚的春日，一辆风尘仆仆的“征车”曲折颠簸在商山的山路上。峰回路转，车子进入麻涧谷口，一片迷人的“桃源”境界，一股沁人心脾的清新气息扑面而来，使得诗人一下子忘记了旅途的疲困，精神为之一振。

举目遥望，周围群峰耸立，山上白云缭绕，山下雾霭霏微，在阳光的辉映下，折射出炫目的光彩；山风飘拂，山涧逶迤，远处在一片垂柳的掩映下，竟然坐落着一个十余户人家的小村庄。这是一个无比美好的休息之处。那袅袅的炊烟，那轻柔的柳丝，那悠悠的鸡犬声，引得诗人兴奋不已，催车前行。车轮辘辘向前，打破了山间的幽静，惊起了栖息在野草丛中的野鸡，纷纷扑棱着翅膀，从车前掠过；胆小的獐鹿竖起双耳，惊恐地逃到远处的草丛里。车子进入村庄时，太阳已经西斜，放牧的牛羊纷纷回栏，觅食的鸡鸭也开始三三两两地回窠了。

黄昏，是农家最悠闲的时光。劳动了一天的人们开始回到石头垒成的小院里休息，并准备晚餐了。那长眉白发的老翁悠然自得地坐在屋前的老树下，身边放了一壶酒；那身着红色衫袖的村姑正将一朵刚刚采撷的野花细心地插在发髻上。置身这恍如仙境的麻涧，面对这怡然自乐的村人，诗人心旷神怡。想到自己千里奔逐，风尘仆仆，想到明天又得离开这里，踏上征途，欣羡之余，又不禁升起了悠悠怅惘。一个人坐在溪涧边，手指不由自由地在细沙上画来画去。此时余晖霭霭，暮色渐渐笼罩了这小小的山村。

这首诗运用蒙太奇的艺术手法，通过巧妙的剪辑，远近结合，移步换形，一句一景，将商山麻涧一带的自然风光和山村农家的和美生活写得熙熙融融，生机盎然。最后，诗人将自己的怅然失落的神情一起摄入画面，曲折地表达了因仕途曲折而对田园生活的向往之情，富有意趣。

点绛唇①·蹴②罢秋千

【宋】李清照

蹴罢秋千，起来慵③整纤纤手。露浓花瘦，薄汗轻衣透。

见客入来，袜刬金钗溜④。和羞走，倚门回首⑤，却把青梅嗅。

注释

①点绛唇：词牌名。
②蹴：踏。此处指打秋千。
③慵：懒，倦怠的样子。
④袜刬：这里指跑掉鞋子以袜着地。金钗溜：意谓快跑时首饰从头上掉下来。
⑤倚门回首：这里只是靠着门回头看的意思。

作者名片

李清照（1084—1155），号易安居士，汉族，齐州济南（今山东济南）人。宋代（南北宋之交）女词人，婉约词派代表，有“千古第一才女”之称。所作词，前期多写其悠闲生活，后期多悲叹身世，情调感伤。形式上善用白描手法，自辟途径，语言清丽。论词强调协律，崇尚典雅，提出词“别是一家”之说，反对以作诗文之法作词。能诗，留存不多，部分篇章感时咏史，情辞慷慨，与其词风不同。有《易安居士文集》《易安词》，已散佚。后人有《漱玉词》辑本。今有《李清照集校注》。

译文

荡完秋千，慵倦地起来整理一下纤纤素手。瘦瘦的花枝上挂着晶莹的露珠，花儿含苞待放，因荡过秋千涔涔香汗渗透了薄薄的罗衣。

忽见有客人来到，慌得顾不上穿鞋，只穿着袜子抽身就走，连头上的金钗也滑落下来。含羞跑开，倚靠门回头看，明明看的是客人却要嗅嗅门前的青梅，以此掩盖。

赏析

此词，属存疑之作，若确为易安作品，当为清照早年作品，写尽少女纯情的神态。

上片写荡完秋千的精神状态。词人不写荡秋千时的欢乐，而是剪取了“蹴罢秋千”以后一刹那间的镜头。

此刻全部动作虽已停止，但仍可以想象得出少女荡秋千时的情景，罗衣轻飏，像燕子一样在空中飞来飞去，妙静中见动。“起来慵整纤纤手”，“慵整” 二字用得非常恰切，从秋千上下来后，两手有些麻，却又懒得活动一下，写出少女的娇憨。“纤纤手” 语出《古诗十九首》：“娥娥红粉妆，纤纤出素手。”借以形容双手的细嫩柔美，同时也点出人物的年纪和身份。“薄汗轻衣透”，她身穿“轻衣”，也就是罗裳，由于荡秋千时用力，出了一身薄汗，额上还渗有晶莹的汗珠。这份娇弱美丽的神态恰如娇嫩柔弱的花枝上缀着一颗颗晶莹的露珠。“露浓花瘦”一语既表明时间是春天的早晨，地点是花园，也烘托了人物娇美的风貌。整个上片以静写动，以花喻人，生动形象地勾勒出一少女荡完秋千后的神态。

下片写少女乍见来客的情态。她荡完秋千，正累得不愿动弹，突然花园里闯进来一个陌生人。“见客入来”，她感到惊诧，来不及整理衣装，急忙回避。

“袜刬”，指来不及穿鞋子，仅仅穿着袜子走路。“金钗溜”，

是说头发松散，金钗下滑坠地，写匆忙惶遽时的表情。词中虽未正面描写这位突然来到的客人是谁，但从词人的反应中可以印证，他定是一位翩翩美少年。“和羞走”三字，对她此时此刻的内心感情和外部动作作了精确的描绘。“和羞”者，含羞也；“走”者，疾走也。然而更妙的是“倚门回首，却把青梅嗅”二句。它以极精湛的笔墨描绘了这位少女怕见又想见、想见又不敢见的微妙心理。最后她只好借“嗅青梅”这一细节掩饰一下自己，以便偷偷地看他几眼。下片以动作写心理，几个动作层次分明，曲折多变，把一个少女惊诧、惶遽、含羞、好奇以及爱恋的心理活动，栩栩如生地刻画出来。唐人韩偓《竿奁集》中写过类似的诗句：“见客入来和笑走，手搓梅子映中门。”但相比之下，“和笑走”见轻薄，“和羞走”现深挚；“手搓梅子”只能表现不安，“却把青梅嗅”则可描画娇饰；“映中门”似旁若无人，而“倚门”则有所期待，加以“回首”一笔，少女窥人之态宛然在目。

这首词写少女的心态，虽有所本依，但却能青出于蓝而胜于蓝，获“曲尽情悰”之誉。

南乡子①·乘彩舫

【五代】李珣

乘彩舫②，过莲塘，棹歌③惊起睡鸳鸯。游女带香④偎伴笑，争窈窕⑤，竞折团荷遮晚照⑥。

注释

①南乡子：原唐教坊曲名，后用作词牌名。原为单调，有二十七字、二十八字、三十字各体，平仄换韵。此作前三句押下平七阳韵，后三句押十八啸韵。
②彩舫（fǎng）：画舫，一种五彩缤纷的船。
③棹（zhào）歌：行船时所唱之歌。

④游女：出游的女子。带香：一作“带花”。
⑤窈（yǎo）窕（tiǎo）：姿态美好。
⑥团荷：圆形荷叶。晚照：夕阳的余晖。

作者名片

李珣（生卒年不详），五代词人。字德润，其祖先为波斯人。居家梓州（四川省三台）。约唐昭宗乾宁中前后在世。少有时名，所吟诗句，往往动人。妹舜弦为王衍昭仪，他尝以秀才预宾贡。又通医理，兼卖香药，可见他还不脱波斯人本色。蜀亡，遂亦不仕他姓。珣著有《琼瑶集》，已佚，今存词五十四首（见《唐五代词》），多感慨之音。

译文

乘着五彩画舫，经过莲花池塘，船歌悠扬，惊醒安睡的鸳鸯。满身香气的少女只顾依偎着同伴嫣然倩笑，这些少女个个姿态美好，她们在娇笑中折起荷叶遮挡夕阳。

赏析

这首令词，是作者前期的作品。李珣共有《南乡子》词17首，描绘南国水乡的风土人情，具有鲜明的地方色彩、强烈的生活气息和浓厚的民歌风味。这是其中的一首，写的是南国水乡少女的一个生活片断，写春女游莲塘，触景生情，相与戏谑，煞是动人。

前三句“乘彩舫，过莲塘，棹歌惊起睡鸳鸯”写春女漫游莲塘。

春日里，芰荷满塘，碧水绿波，晴空夕照，景色融融。一群少女乘坐着彩饰华丽的游船，悠然地荡着桨儿，信船而游。她们陶然自乐，和棹而歌，一派优雅静谧的气象，令人沉醉。无意之中，那悠扬的歌声惊动了莲叶间沉睡的鸳鸯。这一来，则打破了那宁静的局面，勾起了春女们的奇思遐想，逗出无限情趣，引出了下文。

常言道：哪个少女不怀春！后三句正是游女们触景生情、敞露春心之态。

“游女带香偎伴笑”一句，紧承“惊起睡鸳鸯”而来，工笔绘出一幅少女喜春图。游女们惊动了结伴而居的鸳鸯，而鸳鸯又震颤了少女的春心，憧憬着幸福的爱情。“带香”也者，给人以“含辞未吐，气若幽兰”的感受，是对妙龄少女的真实写照。她们看看眼前偶居不离的鸳鸯，想着心上的人儿，彼此心照不宣，只是依偎在女伴身上出神，凭借着嫣然倩笑，流露出心底里的柔情蜜意，散发出少女的幽香，沁人肺腑。

沉浸在追味甜美爱情之中的少女们，一个比一个地娇羞艳丽，在一首短短的小词中，不允许逐个描状。亏作者想得出“争窈窕”一句，尽写怀春少女的娇美。给读者留下无穷想象。

少女们的异样情态，可能引起了其他游人的注目，觉得难为情。她们羞中生智，急忙从水中采摘下一片圆圆的荷叶，以遮挡夕阳的照射为防身，避开游人的围观，只自己消受那向往爱情的甜蜜滋味儿。“竞折团荷遮晚照”一句，既刻画出少女们活泼的举止，也揭示出她们害羞的神态。灿烂的阳光、绽绿的团荷与羞红的脸庞构成了一幅鲜亮美妙的画面。

这首小令，绘出一幅活泼俏丽的风俗画，卷面绚丽而明快，状景则景致秀美，状人则形神兼备，更兼妙语传神，丽而不妖，艳而能质，颇得民歌韵味。

南乡子①·画舸停桡

【五代】欧阳炯

画舸停桡②，槿花③篱外竹横桥。水上游人沙上女④，回顾，笑指芭蕉林里住。

注释

①南乡子：词牌名。
②画舸：彩饰的小船。桡：船桨。

③槿花：木槿花落叶灌木，有红、白、紫等色花。南方民间经常在院子四周种植，长大一些后即可作为篱笆，称为篱槿。
④沙上女：沙滩上的女孩子。

作者名片

欧阳炯（896—971），益州（今四川成都人），在后蜀任职为中书舍人。据《宣和画谱》载，他事孟昶时历任翰林学士、门下侍郎同平章事，随孟昶降宋后，授为散骑常侍，工诗文，特别长于词，又善长笛，是花间派重要作家。

译文

彩饰的小船停下船桨，槿花篱笆外，横着一座小竹桥。水上的游人问沙岸上的姑娘家住何处，（姑娘）回过头来，笑着指向芭蕉林深处。

赏析

统观欧阳词，如一人而有二面。其艳情词艳得近于淫靡，轻佻俳狎，几乎难以卒读。然如《南乡子》八首，却换了一副笔墨，一洗绮罗香泽，转为写景纪俗之词，全写广南百越少数民族地区风物。读其词，如夏日清风、久雨新晴，心神为之一爽。

这是八首之二，写景如画，写情传神，将广南少女的直率、羞涩、质朴的情状活脱脱显于纸上。词的开头两句，宛如一幅南国水乡图，而且是静物素描，不加渲染，不事润色。炎炎长夏，船儿不动，桨儿不摇，近处是以木槿花为篱（木槿为广南常见之物，夏秋间开花，红白相间，当地人常以为篱）的茅舍，远处是依稀可见的横江竹桥，静极了，也天然极了。而“画舸”与“槿花”两相辉映，又使恬静素淡之中平添了几分艳雅，也为痴男情女的出场作了引信。

下片写男女初聚之情。“水上游人”指远方来客，即“画舸”中的男子；“沙上女”与“水上游人”相对为文，即以槿花为篱的茅

舍的主人——立于沙头的一位少女。至此，词人又为读者在南国水乡图上叠印了一幅仕女图，尽管这幅仕女图似乎也是静的，不过已经呼之欲出，跃跃欲动了。男子，总是主动的，勇敢的，他伫立良久，便上前问话了，问女子姓甚名谁，年庚几许，家在何处。不过，这些作者都没有写，是画外之音，是省文，但却不是凭空遐想。且看，这位情窦初开的少女，欲答，又羞于答，她转身走了。走了，又不甘心，却又回头顾盼，“笑指芭蕉林里住”。这“芭蕉林”，或者就是“槿花篱”的旁景，或者竟是这女子撒了一个谎：“家可远哩，在芭蕉深处。”结句的答话，将全词的静景一下子点活了。原来“画舸”之所以要“停桡”，是因为男子被女子所吸引；槿篱竹桥，也几等于北方的“桑间濮上”；水上沙上，跃动着初恋者的倩影。

李白有《陌上赠美人》诗云：“骏马骄行踏落花，垂鞭直拂五云车。美人一笑褰珠箔，遥指红楼是妾家。”正与此词相近。然一指红楼，一指蕉林，各是自家身份。李清照《点绛唇》有句曰：“和羞走，依门回首，却把青梅嗅。”与此词写的“回顾”是同一笔意。盖“回顾”这一动作最能传女子的娇羞之态，故诗人每每写及。然彼一回顾而依门嗅梅，此一回顾而笑答客问，北国千金与水乡村姑的腔范就判然分明了。

春晚书山家屋壁二首·其一

【唐】贯休

柴门寂寂黍饭馨①，

山家烟火春雨晴。

庭花蒙蒙水泠泠②，

小儿啼索树上莺。

注释

①黍饭：黄米饭，唐人常以之待客。馨：香。

②蒙蒙：形容雨点细小。泠泠：形容流水清脆的声音。

作者名片

贯休（832—912），俗姓姜，字德隐，婺州兰溪（今浙江兰溪市游埠镇仰天田）人。唐末五代前蜀画僧、诗僧。七岁出家和安寺，日读经书千字，过目不忘。唐天复间入蜀，被前蜀主王建封为“禅月大师”，赐以紫衣。贯休能诗，诗名高节，宇内咸知。尝有句云：“一瓶一钵垂垂老，万水千山得得来，”时称“得得和尚”。有《禅月集》存世。亦擅绘画，尤其所画罗汉，更是状貌古野，绝俗超群，笔法坚劲，人物粗眉大眼，丰颊高鼻，形象夸张，所谓“梵相”。在中国绘画史上，有着很高的声誉。存世《十六罗汉图》，为其代表作。

译文

柴门一片寂静屋里米饭香喷喷，农家炊烟袅袅春雨过后天放晴。

院内鲜花迷蒙山间流水清凌凌，小儿又哭又闹索要树上的黄莺。

赏析

这首诗头两句写柴门内外静悄悄的，缕缕炊烟，冉冉上升；一阵阵黄米饭的香味，扑鼻而来；一场春雨过后，不违农时的农夫自然要抢墒春耕，所以“柴门”也就显得“寂寂”了。由此亦可见，“春雨”下得及时，天晴得及时，农夫抢墒也及时，不言喜雨，而喜雨之情自见。

后两句写庭院中，水气迷蒙，宛若给庭花披上了轻纱，看不分明；山野间，“泠泠”的流水，是那么清脆悦耳；躲进巢避雨的鸟儿，又飞上枝头，叽叽喳喳，快活地唱起歌来；一个小孩走出柴门啼哭着要捕捉鸟儿玩耍。这一切正是写春雨晴后的景色和喜雨之情。且不说蒙蒙的景色与泠泠的水声，单说树上莺。树上莺尚且如此欢腾聒噪，逗得小儿啼索不休，更可想见大田里农夫抢耕的情景了。

晚春是山家大忙的季节，然而诗人却只字不言农忙而着墨于宁静，由宁静中见农忙。晚春又是多雨的季节，春雨过后喜悦的心情是

农民普遍的心情，诗人妙在不写人，不写情，单写景，由景及人，由景及情。这样写，既紧扣了晚春的特色，又称得上短而精。方东树谓“小诗精深，短章酝藉，方是好诗”。这诗在艺术上的一个特色，就是它写得短而精，浅而深，景中有情，景外有人，于“澹中藏美丽”（薛雪《一瓢诗话》），于静处露生机。

贯休的诗在语言上善用叠字，如“一瓶一钵垂垂老，万水千山得得来”（《陈情献蜀皇帝》），人因之称他为“得得来和尚”。又如，“茫茫复茫茫，茎茎是愁筋”（《茫茫曲》），“马蹄蹋蹋，木落萧萧”（《轻薄篇》），等等。这诗也具有这一艺术特色。在四句诗中，叠字凡三见：“寂寂”，写出春雨晴后山家春耕大忙，家家无闲人的特点；“蒙蒙”，壮雨后庭花宛若披上轻纱、看不分明的情态；“泠泠”，描摹春水流动的声韵。这些叠字的运用，不仅在造境、绘形、模声、传情上各尽其宜，而且声韵悠扬，具有民歌的音乐美。在晚唐绮丽纤弱的诗风中，这诗给人以清新健美之感。

春晚书山家·其二

【唐】贯休

水香塘黑蒲森森，
鸳鸯鸂鶒[①]如家禽。
前村后垄桑柘[②]深[③]，
东邻西舍无相侵。
蚕娘[④]洗茧前溪渌[⑤]，
牧童吹笛和衣浴。
山翁留我宿又宿，
笑指西坡瓜豆熟。

注释

①鸂（xī）鶒（chì）：一种水鸟，形大于鸳鸯，而多紫色，好并游。俗称紫鸳鸯。
②桑柘（zhè）：桑木与柘木。
③深：茂盛。
④蚕娘：农家养蚕女。
⑤渌（lù）：水清而深的样子。

译文

池塘黑水飘香蒲草长得密森森，鸳鸯鸂鶒在水中嬉戏好像家禽。
村前村后田间地头桑柘多茂盛，东邻西舍界限分明彼此不相侵。
养蚕女在前面清澈的溪中洗茧，牧童吹着短笛穿衣在水中洗浴。
山翁好客热情挽留我一住再住，笑着指点西坡说瓜豆就要成熟。

赏析

从“山家”一家一户的小环境扩大到周围的大环境。前三句写自然景色。“前村后垄”犹言“到处”。这三句中虽没有一个赞美之词，然而田园的秀色，丰产的景象，静穆的生活气息已是触目可见，具体可辨，值得留恋。且不说桑柘的经济价值，单说蒲，蒲嫩时可食，成熟后可织席制草具，大有利于人。再说鸳鸯鸂鶒尚且宁静地生活着，何况乎人。这就又为第四句“东邻西舍无相侵”做了铺垫与烘托。而且植物的蓬勃生长，总离不开人的辛勤培植。诗句不言村民勤劳智慧，而颂扬之意俱在言外。

在上述景色秀丽、物产丰盛、生活宁静、村民勤劳的环境里，“东邻西舍”自然相安无事，过着“无相侵”的睦邻生活。没有强凌弱、众暴寡、尔虞我诈、互相争夺等社会现象。很明显，通过农家宁静生活的描写，诗人作为佛门人士，也不免寄托了诗人自已的理想和情趣，这自不待言。

诗的后四句，一口气写了包括作者在内的四个人物，在同类唐诗中，这还是不多见的。这四句从生活在这一环境中的人物内心的恬静，进一步展示出山家的可爱。寥寥几笔，把茧白、水碧、瓜香、豆熟以及笛声悦耳的客观景致，写得逼真如画；蚕娘、牧童、山翁的形象，勾勒得栩栩如生，宛然在目，呼之欲出。令人不难想见，蚕娘喜获丰收，其内心之甜美；牧童和衣而浴，其性格之顽皮；“山翁留我宿又宿”，其情谊之深厚。加上“笑指”等词语的渲染，更把山翁的动作、情态、声音、笑貌及其淳朴善良、殷勤好客的性格进一步显现出来；而诗人“我”，处在这样的环境里，不待言，其流连忘返的心情可想而知。更妙的是，诗在末尾用一“熟”字状“西坡瓜豆”，绘出一片丰收在望的景象，回应上文茂密的蒲草与茂盛的桑柘，真叫人见了喜煞。全诗至此戛然而止，却留下耐人回味的余地。

鹧鸪天①·正月十一日观灯②

【宋】姜夔

巷陌③风光纵赏④时。笼纱⑤未出马先嘶。白头居士⑥无呵殿⑦，只有乘肩小女⑧随。

花满市⑨，月侵衣。少年情事老来悲⑩。沙河塘⑪上春寒浅，看了游人缓缓归。

注释

①鹧鸪天：词牌名。双调，五十五字，押平声韵。也是曲牌名。
②正月十一日观灯：据周密《武林旧事》载，临安元夕节前常有试灯预赏之事。
③巷（xiàng）陌：街道的通称。
④纵（zòng）赏：尽情观赏。
⑤笼纱：灯笼，又称纱笼。
⑥白头居士：作者自指。
⑦呵（hē）殿：前呵后殿，指身边随从。
⑧乘肩小女：坐在肩膀上的小女孩。
⑨花满市，月侵衣：谓花灯满街满市，月光映照衣裘。侵，映照。
⑩“少年”句：指作者的爱情悲剧。二十多岁时，姜夔在合肥曾有一位情人，后来分手了，但一直念念不忘，长久不得见，旧事上心头，无限惆怅。
⑪沙河塘：地名，在钱塘（今浙江杭州）南五里。

作者名片

姜夔（1154—1221），字尧章，号白石道人，汉族，饶州鄱阳（今江西省鄱阳县）人。南宋文学家、音乐家。其作品素以

空灵含蓄著称。姜夔对诗词、散文、书法、音乐，无不精善，是继苏轼之后又一难得的艺术全才。有《白石道人诗集》《白石道人歌曲》《续书谱》《绛帖平》等书传世。

译文

在纵情观赏街道上的风光的时候，豪贵家的纱灯笼还未出门，门外的马儿已在嘶吼。我这白发苍苍的平民百姓，没有随从呼前拥后。只有相随做伴的小女，坐在自己的肩头。

花灯满街满市，月光映照衣裘。少年时的赏心乐事，老来却是悲凉的感受。来到繁华的沙河塘上，初春稍微有点儿寒冷，看完了灯的游人们，慢慢地朝家中行走。

赏析

这首词的上片通过对比手法，反映南宋统治集团贪图享乐、昏聩腐朽和正直志士的清贫孤寂。“巷陌”两句写权贵们观灯的盛大场面。据吴自牧《梦粱录》卷一“元宵”云：“公子王孙，五陵年少，更以纱笼（即灯笼）喝道，将带佳人美女，遍地游赏。”“笼纱”即纱笼。词人仅以七字概括了这些贵族公子外出观灯的气派，气象华贵，隽永有味，意境高远。正如况周颐所说：“七字写出华贵气象，却淡隽不涉俗。”（《蕙风词话》卷二）其所以达到如此艺术效果，主要是因为词人从侧面着笔，写出一个典型的细节，故能先声夺人，造成一种无形的美感。若从正面落墨，不知要费多少气力，然终不如此句含蓄有味。“纵赏”，表现了权贵们的贪婪恣肆。“未出”与“先嘶”并举，显示权贵们观灯场面的铺张与神态的得意骄矜。“白头”二句，笔势骤转，写自身寂寥落寞，与前两句形成鲜明对照，是作者晚年贫寒落拓生活的写照，也是当时所有正直志士生平遭际的缩影。这两句正为“笼纱”句反衬：贵家子弟出游，前呼后拥；词人观灯，唯有小女乘肩，其冷暖自知，悲欢异趣，固有不同矣。“乘肩小

女”，旧有二说。《武林旧事》卷二“元夕”云：“都城自旧岁孟冬驾回，已有乘肩小女鼓吹舞绾者数十队，以供贵邸豪家幕次之玩。”系指歌舞艺人。黄庭坚《山谷内集》卷六《陈留市隐》诗序云：陈留“市上有刀镊工，惟一女年七岁，日以刀镊所得钱与女醉饱，则簪花吹长笛，肩女而归。”诗有“乘肩娇小女”之句。白石此处当用后一事，借以抒写穷中觅欢、苦中作乐之意，而笔锋也关顾到灯节舞队中的“乘肩小女”。吴文英《玉楼春·京市舞女》有“乘肩争看小腰身”之句，与《武林旧事》所记的“乘肩小女”舞队，同叙南宋临安灯节风光。此句中以“随”字暗射“呵殿”，这与晋代阮咸，当七月七日循俗晒衣，同族富家皆纱罗锦绮，阮咸独以竹竿挂大布犊鼻裈，云“未能免俗，聊复尔耳”，同一机杼，有异曲同工之妙，不唯解嘲，亦含激愤。

下片写身世悲感。先承上片写元宵灯市的繁华，以“花满市”三字总括。接着以“月侵衣”三字补述花好月圆的良辰，并带出“老来悲”的哀叹。“少年”句则是写哀情，乃是冷笔。以乐景写哀情，则倍增其哀，以冷笔处理热情，其冷情心境固已自明矣。细细涵泳，这几句确实是动人的。这里所悲的“情事”没有点明，可能是壮志未酬的惆怅，也可能是婚姻爱情上的遗憾。结尾二句写夜深灯散，春寒袭人，游人逐渐归去，表现了词人在沙河塘上目送游人缓缓而归，顿生孤寒寂寥之感。这里的沙河塘，即首句“巷陌”的具体化查明具体地点；两个结句，也是与起首二句前后呼应的。来时巷陌马嘶，何其热闹；去时游人缓归，又何其冷清。这与李清照写元宵佳节的《永遇乐》“不如同帘儿底下，听人笑语”实有一种相同的说不出的痛。两相对照，视柳永的“随分良聚，堪对此景，争忍独醒归去。”（《迎新春》），又是何种不同的心情。不过，相比于李清照词的凄凉、冷寂，柳永词的欢欣鼓舞，白石词更能化实为虚，空灵含蕴，所谓无限感慨，都在虚处。

此词题作“正月十一日观灯”，乃写灯节前的预赏。但此词的主旨不在于描绘灯节的繁华热闹景象和叙写节日的愉悦心情，而在于抒写漂泊江湖的身世之感和情人难觅的相思之情。

寄东鲁[①]二稚子

【唐】李白

吴地[②]桑叶绿，
吴蚕已三眠[③]。
我家寄东鲁，
谁种龟阴田[④]？
春事[⑤]已不及，
江行复茫然。
南风吹归心，
飞堕酒楼[⑥]前。
楼东一株桃，
枝叶拂青烟[⑦]。
此树我所种，
别来向三年[⑧]。
桃今与楼齐，
我行尚未旋[⑨]。
娇女字平阳[⑩]，
折花倚桃边。
折花不见我，

注释

①东鲁：即今山东一带，春秋时此地属鲁国。
②吴地：即今江苏一带，春秋时此地属吴国。
③三眠：蚕蜕皮时，不食不动，其状如眠。蚕历经三眠，方能吐丝结茧。
④龟阴田：源自《左传·哀公十年》“齐国归还鲁国龟阴田”。杜预注：“泰山博县北有龟山，阴田在其北也。”这里借此指李白在山东的田地。
⑤春事：春日耕种之事。
⑥酒楼：据《太平广记》所载，李白在山东寓所曾修建酒楼。
⑦拂青烟：被青烟笼罩，形容枝繁叶茂状。
⑧向三年：快到三年了。向，近。
⑨旋：还，归。
⑩“娇女字平阳”：此句下一作“娇女字平阳，有弟与齐肩。双行桃树下，折花倚桃边。折花不见我，泪下如流泉。”

泪下如流泉。
小儿名伯禽，
与姊亦齐肩。
双行桃树下，
抚背[11]复谁怜？
念此失次第[12]，
肝肠日忧煎。
裂素[13]写远意，
因之[14]汶阳川。

⑪抚背：抚摩肩背，指长辈对晚辈的抚爱举动。

⑫失次第：失去了常态，指心绪不定，七上八下。次第，常态，次序。

⑬裂素：指准备书写工具之意。素，绢素，古代作书画的白绢。

⑭之：到。汶阳川：指汶水，因汶阳靠近汶水故称。

作者名片

李白（701—762），字太白，号青莲居士，又号“谪仙人”，唐代伟大的浪漫主义诗人，被后人誉为“诗仙”，与杜甫并称为“李杜”，为了与另两位诗人李商隐与杜牧（即“小李杜”）区别开，杜甫与李白又合称“大李杜”。据《新唐书》记载，李白为兴圣皇帝（凉武昭王李暠）九世孙，与李唐诸王同宗。其人爽朗大方，爱饮酒作诗，喜交友。李白深受黄老列庄思想影响，有《李太白集》传世，诗作多为醉酒时写下的，代表作有《望庐山瀑布》《行路难》《蜀道难》《将进酒》《明堂赋》《早发白帝城》等多首。

译文

吴地的桑叶已经碧绿，吴地的蚕儿已经三眠。

我的家室远寄东鲁，我家的田地谁人劳作？

我欲春日耕种已经赶不上了，能否乘船江行而返也心感茫然。

南方来风吹着我的思乡之心，飞堕在家乡的酒楼门前。

楼的东边有一株桃树，枝条高耸被青烟笼罩。

这株桃树是我临行时所栽，一别至今已是三年。

桃树如今与酒楼一样高了，我出行在外仍未回返。

我的娇女名叫平阳，手折花朵倚在桃树边盼我回家。

折下桃花不见父亲的面，眼泪哗哗如同泉水流淌。

我的小儿名叫伯禽，已经与姐姐一样高了。

他俩并肩双行在桃树之下，谁能抚背怜爱他俩?

想到这里心中不定七上八下，肝肠忧煎日甚一日。

撕片素帛写下远别的心怀，借此我仿佛也回到了汉阳之川。

赏析

这是一首情深意切的寄怀诗，诗人以生动真切的笔触，抒发了思念儿女的骨肉深情。诗以景发端，在读者面前展示了“吴地桑叶绿，吴蚕已三眠”的江南春色，把自己所在的“吴地”（这里指南京）桑叶一片碧绿，春蚕快要结茧的情景，描绘得清新如画。接着，即景生情，想到东鲁家中春天的农事，感到自己浪迹江湖，茫无定止，那龟山北面的田园不知由谁来耕种。思念及此，不禁心急如焚，焦虑万分。春耕的事已来不及料理，今后的归期尚茫然无定。诗人对离别了将近三年的远在山东的家庭，田地、酒楼、桃树、儿女，等等一切，无不一往情深，尤其是对自己的儿女更倾注了最深挚的感情。“双行桃树下，抚背复谁怜？”他想象到了自己一双小儿女在桃树下玩耍的情景，他们失去了母亲（李白的第一个妻子许氏此时已经去世），此时不知有谁来抚摩其背，爱怜他们。想到这里，又不由得心烦意乱，肝肠忧煎。无奈之下，只能取出一块洁白的绢素，写上自己无尽的怀念，寄给远在汶阳川（今山东泰安西南一带）的家人。诗篇洋溢着一个慈父对儿女所特有的抚爱、思念之情。

这首诗一个最引人注目的艺术特色，就是充满了奇警华赡的想象。

“南风吹归心，飞堕酒楼前”，诗人的心一下子飞到了千里之外的虚幻境界，想象出一连串生动的景象，犹如运用电影镜头，在读者

眼前依次展现出一组优美、生动的画面：山东任城的酒楼；酒楼东边一棵枝叶葱茏的桃树；女儿平阳在桃树下折花；折花时忽然想念起父亲，泪如泉涌；小儿子伯禽，和姐姐平阳一起在桃树下玩耍。

诗人把所要表现的事物的形象和神态都想象得细致入微，栩栩如生。“折花倚桃边”，小女娇娆娴雅的神态惟妙惟肖；“泪下如流泉”，女儿思父伤感的情状活现眼前；“与姊亦齐肩”，竟连小儿子的身长也未忽略；“双行桃树下，抚背复谁怜？”一片思念之情，自然流泻。其中最妙的是“折花不见我”一句，诗人不仅想象到儿女的体态、容貌、动作、神情，甚至连女儿的心理活动都一一想到，一一摹写，可见想象之细密，思念之深切。

紧接下来，诗人又从幻境回到了现实。于是，在艺术画面上读者又重新看到诗人自己的形象，看到他“肝肠日忧煎”的模样和“裂素写远意”的动作。诚挚而急切的怀乡土之心、思儿女之情跃然纸上，凄楚动人。

全诗由见吴人劳作而思家里当是春耕时节，继而对家中的桃树展开描写，随即由树及人，抒发对儿女的一片想念之情。结尾点明题意，表达寄托思念之意。全篇如同一封家书，言辞亲切，充满关爱之情。

毋庸置疑，诗人情景并茂的奇丽想象，是这首诗神韵飞动、感人至深的重要原因。过去有人说：“想象必须是热的”（艾迪生《旁观者》），意思大概是说，艺术想象必须含有炽热的感情。读者重温这一连串生动逼真、情韵盎然的想象，就不难体会到其中充溢着怎样炽热的感情了。如果说，“真正的创造就是艺术想象的活动”（黑格尔语），那么，李白这首充满奇妙想象的作品，是无愧于真正的艺术创造的。

归园田居·其六

【晋】陶渊明

种苗在东皋①，

苗生满阡陌②。

注释

①东皋（gāo）：水边向阳高地。也泛指田园、原野。陶渊明《归去来兮辞》有“东皋”“西畴”。

②阡（qiān）陌：原指田界，此处泛指田地。

虽有荷锄倦，
浊酒聊自适。
日暮巾柴车[3]，
路暗光已夕。
归人望烟火[4]，
稚子候檐隙[5]。
问君亦何为，
百年会有役[6]。
但愿桑麻[7]成，
蚕月[8]得纺绩。
素心[9]正如此，
开径望三益[10]。

③巾柴车：意谓驾着车子。柴车，简陋无饰的车子。
④归人：作者自指。烟火：炊烟。
⑤檐隙：檐下。
⑥百年：一生。役：劳作。
⑦桑麻：泛指农作物或农事。
⑧蚕月：忙于蚕事的月份。
⑨素心：本心，素愿。
⑩三益：谓直、谅、多闻。此处指志趣相投的友人。

作者名片

陶渊明（352？—427年），名潜，字渊明，又字元亮，自号“五柳先生”，私谥“靖节”，世称靖节先生，浔阳柴桑人。东晋末至南朝宋初期伟大的诗人、辞赋家。曾任江州祭酒、建威参军、镇军参军、彭泽县令等职，最末一次出仕为彭泽县令，八十多天便弃职而去，从此归隐田园。他是中国第一位田园诗人，被称为“古今隐逸诗人之宗”，有《陶渊明集》。

译文

在东边高地上种植禾苗，禾苗生长茂盛遍布田野。

虽然劳作辛苦有些疲倦，但家酿浊酒还满可解乏。
傍晚时分驾着车子回来，山路也渐渐地变得幽暗。
望着前村已是袅袅炊烟，孩子们在家门等我回家。
要问我这样做是为什么？人的一生总要从事劳作。
我只希望桑麻农事兴旺，蚕事之月纺绩事务顺遂。
我不求闻达心愿就这样，望结交志趣相投的朋友。

赏析

“种苗在东皋，苗生满阡陌。”这两句叙事，显得很随意，是说在东皋种苗，长势如何如何。但就在随意的话语中，显出了一种满意的心情，他说这话好像是在欣赏自己的劳动成果。“虽有荷锄倦，浊酒聊自适。”陶诗中有“戴月荷锄归”，“浊酒”云云是常见的语句。看来他对“荷锄”并不感到是多大的重负，差不多习惯了。“日暮巾柴车，路暗光已夕。”《归去来兮辞》有“或巾柴车”的句子。这两句写得很自然，“日出而作，日入而息”，农家的生活本来就是如此自然。“归人望烟火，稚子候檐隙。”《归去来兮辞》有“稚子候门”的话。等着他的就是那么一个温暖的“归宿”，此时他的倦意会在无形中消释了。这四句写暮归，真是生动如画，画面浮动着一层安恬的、醉人的气氛。这就是陶渊明“田居”的一天，这一天过得如此充实、惬意。

“问君亦何为，百年会有役。”这是设问，自问自答，如同陶诗“问君何能尔？心远地自偏”的句式。这与陶诗“人生归有道，衣食固其端。孰是都不营，而以求自安”意思相似，表示了对劳动的重视。“但愿桑麻成，蚕月得纺绩。”桑麻兴旺，蚕事顺遂，这是他的生活理想，正如陶诗所写：“耕织称其用，过此奚所须？”下面写道：“素心正如此，开径望三益。”“素心”，也就是上面所说的心愿。后面这一段通过设问，揭示陶渊明劳动的体验、田居的用心，很符合陶渊明的实际情况。

今《文选·江淹拟古三十首》收有这首诗，并被当作《归园田居》的第六首。宋代大文豪苏轼就以此为陶诗，还特举“日暮”以下四句赞扬之，且写了《和陶归园田居六首》。而后世诸家以为此诗非陶渊明所作，当是江淹所作的拟陶诗。

清平乐①·博山道中即事

【宋】辛弃疾

柳边飞鞚②，露湿征衣重。宿鹭窥沙孤影动，应有鱼虾入梦。

一川明月疏星，浣纱人影娉婷③。笑背行人归去，门前稚子④啼声。

注释

①清平乐：词调乃两片，前片四句字数号码为四五七六，后片则六六六六也。
②鞚（kòng）：马笼头，代指马。
③娉婷（pīng tíng）：形容女子娇美的身姿。
④稚子：婴儿、幼儿。

译文

驱马从柳树旁边疾驰而过，柳枝上的露水拂落在行人身上，衣衫就沾湿变重了。一只白鹭栖宿在沙滩上，不时地眯着眼睛向沙面窥视，它映在沙上的身影也轻轻摇晃，准是在梦中见到鱼虾了吧！

夜深人静，溪山沐浴在疏星明月的清光中。月光下的浣纱女身姿娇美。宁静的村舍门前忽然响起孩子的哭声，正在溪边浣纱的母亲立即起身往家赶，路上遇见陌生的行人，只羞怯地低头一笑，随即背转身匆匆离去。

赏析

此词上片描绘自然景色，写栖宿在芦苇丛边的白鹭的睡态：头朝着水边的沙滩，睡梦中时不时地晃动身躯；下片写水边浣纱女，在月光下，浣纱女边劳作边嬉戏，出门浣纱，听到孩子的啼哭声，急忙背着大伙儿，溜回家照顾孩子。全词采用白描手法，上片写物，下片写人，一静一动，互相映衬，勾画出一幅清新的农村风景图。

“柳边飞鞚，露湿征衣重。”二句描写在山道中夜行的情景：驱马从柳树旁边疾驰而过，柳枝上的露水拂落在行人身上，衣衫就沾湿变重了。这里既表现出山道上柳密露浓，景色优美；也表现出行人心情舒畅，虽觉衣衫湿重，但游兴仍然很高。

“宿鹭窥沙孤影动，应有鱼虾入梦。”二句描写在行经河滩旁边时，看到的一幅饶有幽趣的画面：一只白鹭栖宿在沙滩上，不时地眯着眼睛向沙面窥视，它映在沙上的身影也轻轻摇晃，准是在梦中见到鱼虾了吧！看到宿鹭目眯影动，便断定它正在做梦，又因鹭鸟以鱼虾为食，进而断定它梦见了鱼虾，虽是想象之辞，但又合情合理。词人既能极细致地观察又能极深微地体会，因而写的是如此生动、多趣。

“一川明月疏星，浣纱人影娉婷。”二句描写在行经溪流附近的村庄时看到的一幅更富有诗意的画面：夜深人静，溪山沐浴在疏星明月的清光中；年轻的妇女在溪边浣纱，在月光的照耀下，她那美丽轻盈的身影映在水中和沙上。词人使用的语句极其简淡，却能把环境和人物写得清雅秀洁，风韵悠然。

“笑背行人归去，门前稚子啼声。”二句又在前边的画面上绘出了新的情采：宁静的村舍门前忽然响起孩子的哭声，正在溪边浣纱的母亲立即起身往家赶，路上遇见陌生的行人，只羞怯地低头一笑，随即背转身匆匆离去，这真实而自然的描绘，不但给画面增添了浓厚的生活情味，而且生动地表现了山村妇女淳朴温良的心性和略带几分羞涩的天真。

总观此词，全篇都是写景，无一句抒情，但又处处融情于景中，寄意言外。从描写月光柳露的文字中，可以感知作者对清新淡雅的自然风光的喜爱；从描写浣纱妇女的文字中，可以感知作者对淳厚朴实的民情风俗的赞赏。况周颐说："词有淡远取神，只描取景物，而神致自在言外，此为高手"（《惠风词话续编》卷一）。词人正是这样的高手。

在风景和人物的具体描写上，此词也具有动静结合、形神兼备的妙处。柳密露浓原是静景，但词人却借露湿征衣的动象来表现，比直写其静态美更觉真实多彩。沙滩宿鹭亦在静中，但词人却写其睡中之动态，并写其梦中之幻影，使读者不仅可见其形动，而且可感其神动，因而别生奇趣。篇末写浣纱妇女亦能遗貌取神，用"笑背行人归去"的动态美，表现妇女温良淳朴的性情美，真是栩栩如生，呼之可出。

此词在结构上的特点是外以词人的行程为次序，内以词人的情感为核心。词人从沿途所见的众多景观中选取自己感受最深的几个片断，略加点染，绘成了一幅情采俱胜的溪山夜景长卷，表现出一种清幽淡远而又生机蓬勃的意境，使人读之宛若身随词人夜行，目睹诸种景观，而获得"俯拾即得，不取诸邻。俱道适往，著手成春。如逢花开，如瞻岁新"（司空图《诗品·自然》）的特殊美感。因此，前后景观虽异，但结构却是完整的。

秋雨叹三首·其三

【唐】杜甫

长安布衣谁比数①？
反锁衡门守环堵②。
老夫不出长蓬蒿，
稚子无忧走风雨③。
雨声飕飕催早寒，
胡雁翅湿高飞难④。

注释

①长安布衣：杜甫自谓。谁比数：是说人们瞧不起他，不肯关心其死活。司马迁《报任安书》："刑馀之人，无所比数。"

②"反锁"句：说自己也不望救于人，所以从里面把门锁了。衡门，以横木作门，言居处简陋。环堵，只有四堵墙。

③"稚子"句：形容稚子无知的光景。大人正以风雨为忧，小孩则反以风雨为乐。

④"胡雁"句：有自比意。浦起龙说："句中有泪。"

秋来未曾见白日，

泥污后土何时干[5]？

⑤“秋来”二句：从宋玉《九辩》“皇天淫溢而秋霖兮，后土何时而得干”化出。后土，大地。

译文

我这困居长安的书生有谁关心过死活？反锁着柴门孤零地守着四面墙。

久雨不能出门，致使院里长满蓬蒿。小儿不知忧愁，在风雨中戏耍奔跑。

飕飕的雨声催促寒季到来早，到来的大雁翅膀沾湿难飞高。

入秋以来未曾见过出太阳，泥污的大地何时才能干透了。

赏析

诗人着眼于自己的斗室。“长安布衣谁比数”，少陵多有自称“布衣”“野老”之辞，实不甘也。“谁比数”可较太史公《报任安书》言“刑余之人，无所比数”，意绝之至也。而“长安”亦不过客居之地，“反锁衡门守环堵”亦是绝望之举，路穷则独守一隅，实也不过是暂时的避世，避开内心纠结无解的困愕。将烦忧锁在门外茫茫世界，门内的心还念念不忘欲与其汇合。“老夫不出长蓬蒿”，相比隐居的寂寥，更多的是郁郁不平与刻意求静的痛苦。风雨中无忧无虑奔跑嬉戏的孩子却给诗增添了新鲜的颜色：“稚子无忧走风雨”。同时也带来更多的不确定，给人以悠长的忧虑：如此单纯的孩子未来能承受多重的阴霾很难说。

“雨声飕飕催早寒，胡雁翅湿高飞难”，外界溢入的雨声和寒意又唤起心中恒久的幽灵，欲“奋翅起高飞”而复深觉身居此困厄、混沌之世。无奈而于末尾作楚吟：“秋来未曾见白日，泥污后土何时干”。仇氏《杜诗详注》中言：“日者君象，土者臣象，日暗土污，君臣俱失其道矣”。杜诗中末句常作此等疑问，他一生都似在这种等待中度过。

昭君怨[1]·赋松上鸥

【宋】杨万里

偶听松梢扑鹿[2]，知是沙鸥来宿。稚子[3]莫喧哗[4]，恐惊他。

俄倾[5]忽然飞去，飞去不知何处？我已乞归休[6]，报沙鸥[7]。

注释

①昭君怨：词牌名，又名《宴西园》《一痕沙》。四十字，全阕四换韵，两仄两平递转，上下片同。
②扑鹿：状声音。张志和《渔父》："惊起鸳鸯扑鹿飞。"
③稚子：幼子；小孩儿。
④喧哗：声音大而杂乱。
⑤俄倾：片刻；一会儿。
⑥归休：辞官退休；归隐。
⑦报沙鸥：《文选》卷三十一江淹《杂体诗》"拟张绰"，李善注引《庄子》："海上有人好鸥鸟者，旦而之海上，从鸥鸟游，鸥鸟至者百数。其父曰：'吾闻鸥从汝游，试取来，吾从玩之。'曰：'诺。'明旦之海上，鸥鸟舞而不下。"今本无之。《列子·黄帝篇》略同。人无机心，能感动异类，称"鸥鸟忘机"。这里意谓自己志在隐居，约沙鸥为伴，今即将实行，故告知它。曹松《赠方干》二之二："他时莫为三征起，门外沙鸥解笑君。"本词似用此意。黄庭坚《登快阁》："万里归船弄长笛，此心吾与白鸥盟。"沙鸥，栖息于沙滩、沙洲上的鸥鸟。

译文

偶尔听到窗外松树上扑扑鹿鹿拍打翅膀的声音，知道沙鸥在夜宿，十分惊喜。小孩子声音小一些，别惊动了鸥鸟。

不一会儿工夫，沙鸥突然振翅远飞，不知道它落到何处去了。告诉沙鸥，我已经向朝廷提出请求，要辞官归隐了。

赏析

上片写作者静坐书室，意外地听到窗外松树上有沙鸥前来投宿，十分惊喜。“偶听松梢扑鹿”，“偶”字意即偶然地，或者说是意料之外地，“扑鹿”是象声词。首句说，他偶然听到门前松树梢上有飞鸟拍打翅膀的“扑鹿”声，凭着生活经验，他“知是沙鸥来宿”。首二句无丝毫的渲染与夸饰，似乎是简单地平铺直叙，但只要稍稍揣摩，便不难发现，这十二个字既写出了环境的寂静，又写出了树上鸥鸟的活动，从字面看，人未见形，鸥未露体，而在读者的意念中，却分明“看”到作者凝神谛听的神态，“听”到沙鸥抖动翅膀的扑扑鹿鹿的声音，这足以说明，这两句近似口语的话，并非随意信手写来，而是经过认真推敲锤炼而得，因此颇为传神。

“稚子莫喧哗，恐惊他。”沙鸥前来投宿，作者无限欣喜，他小心翼翼地向正在玩耍的孩子们示意，告诫他们不要吵闹，恐怕惊吓了鸥鸟。这两句于字里行间透露出作者对沙鸥这种鸟儿非常喜欢，同时表现了作者对生活的热爱，而且增加了本词的生活气息。“莫”字和“恐”字表达出作者对沙鸥由衷的喜爱。

下片写鸥鸟远飞，词人不免怅然若失，进而将鸥鸟人格化，与之沟通思想，借以抒发心志。“俄顷忽然飞去，飞去不知何处？”作者正因为沙鸥落在“诚斋”门前松树上高兴，转瞬间沙鸥忽然振翅远飞，作者深感失望，先前的激情顿时冷落下来。“不知何处”说明作者对鸥鸟十分记挂，面对一片空虚的茫茫夜空，他万分焦虑，却又无可奈何。两句中“飞去”二字重复使用，这种手法在现代修辞学上称为“顶真”，因为用得恰切自然，所以读起来丝毫没有重复的感觉。

“我已乞归休，报沙鸥。”结尾两句，作者和盘托出心志，把自己辞官归隐的事告诉沙鸥，表述了他期望求得沙鸥“理解”的心情。据《宋史》记载，杨万里长期被贬，愤而辞官家居，临终前曾有“韩侘胄奸臣，专权无上，动兵残民，谋危社稷。吾头颅如许，报国无路，惟有孤愤！”的话，说明他因为报国无门，又不被人理解，忧愤至死。本词把沙鸥视为“知己”，寄托自己的感情，其意也在于排解内心的苦闷。

进艇

【唐】杜甫

南京久客耕南亩①，
北望伤神②坐北窗。
昼引老妻乘小艇，
晴看稚子浴清江。
俱飞蛱蝶元③相逐，
并蒂芙蓉④本自双。
茗饮蔗浆⑤携所有，
瓷罂无谢⑥玉为缸。

注释

①南京：指当时的成都。客：杜甫到成都是避难和谋生兼而有之，也非情愿，所以自称为“客”。南亩：田野，引申为田园生活。

②北望：相对于成都而言，长安在其北。伤神：伤心。

③蛱（jiá）蝶：蝴蝶。元：犹“原”，本来。

④并蒂（dì）：指两朵花并排地长在同一个茎上。芙蓉：荷花的别名。也指刚开放的荷花。

⑤茗（míng）饮：指冲泡好的茶汤，亦是茶的别称。蔗浆：即甘蔗榨成的浆汁。

⑥瓷罂（yīng）：盛酒浆等用的陶瓷容器。无谢：犹不让，不亚。

译文

我望眼欲穿，而你却是那么遥远，在遭遇了叛贼的践踏之后，九重宫阙、雕梁画栋早已满目疮痍，昔日的繁华旧景也早已荡然无存，留下的怕是只有摇摇欲坠的城阙和遍地斑斑的血迹，这怎不教人感到黯然神伤呢！

在这个风和日丽的早晨，我身着布衣，深情地牵引着老妻乘上小艇，在浣花溪上鼓棹游赏，清澈的溪水在阳光下荡漾，不远处，孩子们在水里无忧无虑地洗澡嬉戏。

浣花溪岸边的蝴蝶缠缠绵绵翩翩双飞，你追我逐。溪水上的荷花如双栖鸳鸯一般，并蒂双双。

煮好的茶汤和榨好的甘蔗浆，用瓷坛来盛装也不比玉制的缸差，放在艇上可以随取随饮。

赏析

诗人在一开始就直抒胸臆，一种悲怆感伤的情绪油然而生。诗人在草堂的北窗独坐，极目北望，感慨万千。此联对仗极工，“南”“北”二字迭用对映，以“南京” 对“北望”、以“南亩”对“北窗”。

颔联由抒怀转入描写在成都的客居生活：“昼引老妻乘小艇，晴看稚子浴清江”。此情此景富有诗情画意，是一种和平宁静、朴素安适的乡野生活。波光云影伴着棹声、嬉闹声，杜甫望着眼前这位同他患难与共的糟糠之妻杨氏，两鬓业已有些斑白，细细的皱纹开始悄悄爬上曾经细嫩的面庞，回想起和她一起看过的风景和一起走过的人生旅程，今生有伊相伴，纵然再苦也甘之如饴，这或许就是一起吃苦的幸福吧。想到这里，杜甫内心深处的感情犹如潮水从心底奔涌而出，多年漂泊与流离的苦痛和如今能执子之手与子偕老的幸福，两种冰火两重天的情感交杂在一起，最终化作颈联“俱飞蛱蝶元相逐，并蒂芙蓉本自双”这两句。“俱飞蛱蝶”和“并蒂芙蓉”，如双栖鸳鸯一般，都是成双成对的，象征着夫妻或两个相爱的恋人双宿双飞，永不离分，唯美的梁祝化蝶所表达的也正是此意。

末联诗人又把游走的思绪拉回现实中来，将视线转移到随艇携带的“茗饮”和“蔗浆”上来。“茗饮”这一叫法最早出自三国曹魏张揖的《广雅》一书中：“荆巴间采茶作饼，叶老者，饼成以米膏出之。欲煮茗饮，先炙令赤色，捣末置瓷器中，以汤浇覆之。”可见，在三国时期，荆巴一带（今湖北、四川交界一带）把茶汤称作“茗饮”，而且煮饮的方式也比较特别。另据北魏杨炫之《洛阳伽蓝记》

记载："菰稗为饭，茗饮为浆"，"时给事中刘镐，慕肃之风，专习茗饮"。"荼"字最早见于唐显庆中（656—661）苏恭的《本草》中，距离杜甫写此诗的时代已有百余年，而成都位于巴蜀一带，自古以来就饮茶成风，这在张载的"芳荼冠六清，溢味播九区"（《登成都白菟楼》）中可窥见一斑。杜甫在诗中用"茗饮"而不用"荼"，足见他移风易俗，受当地饮茶习俗影响颇深。诗人在尾联中至少寄寓了两层意思：一是道出他的人生滋味，二是表达他的人生价值观。于杜甫而言，他的人生只有"苦"和"甜"两味，而且苦是远远多于甜的，早年多舛的命运和后来的尘埃落定恰如这清苦的"茗饮"和甘甜的"蔗浆"。他与妻子经历了多少的离别、思念之苦，如今能手牵手、肩并肩同乘一艇，是在尝尽苦辛之后换来的甜蜜，来之不易。"茗饮蔗浆携所有"，把苦茗与甜蔗都同置一艇上，时饮茗来时饮浆，时苦时甜，恰如在回味一段人生。至于人生价值观，在此时的杜甫眼里，茗饮蔗浆都用普通的再也不能普通的瓷坛来盛放，一点儿也不逊色于精美的玉缸。瓷坛与玉缸，虽功用相同，内涵却有天壤之别，一朴质，一奢华；一象征着简淡平凡的生活，一象征着穷奢极恶的生活。诗人认为"瓷罂无谢玉为缸"，意味着他的人生价值观发生了重大转变，由追求显达仕途转变成追求陶然田园，由勃勃雄心转变成淡泊宁静，这一过程也诚如茶由醇厚渐转淡薄的过程。

答友人赠乌纱帽

【唐】李白

领得①乌纱帽，

全胜白接蓠②。

山人③不照镜，

稚子道相宜。

注释

①领得：诗曰"领得"，此乌纱帽当为兖州瑕丘官府的友人所赠。

②白接蓠：白接篱，意指白头巾。

③山人：李白自谓。李白奉诏入京之前，应正隐于徂徕山之竹溪，故自称"山人"。

译文

戴上了乌纱帽，真是比白色接篱好得多。

我并不去照镜子，因为小儿子已经说很合适了。

赏析

查旧版《辞海》“乌纱”条，谓“古官帽名”，并引《晋书·舆服志》及《唐书·舆服志》作为佐证。说是“古官帽名”，当然无误；但读了此条，失之太简，仍不能使人明白乌纱帽的来龙去脉。

其实，乌纱帽早先并非官帽。如果望文生义，以为李白既然戴了乌纱帽，一定是做了官了，其实不然，乌纱帽在唐代与“白接”一样，是一种日常便帽。因此，李白此诗所写，只是隐处期间的一件小事。据薛天纬考证：“宋元时代，尚未见将官帽称为‘乌纱帽’，而明以后的文学作品中，则屡见不鲜。”这个结论是符合历史实际的。

此诗运用铺叙的手法，描绘出一幅戴乌纱帽犹胜白头巾、儿子言辞很相宜的生活情趣图，诗句通俗易懂、言简意赅，生动诙谐地表达出诗人小有情致的隐居生活。

此诗以画面清晰胜，浓墨淡彩，人、物、情浑然一体，透露了诗人脱却山人服、试戴乌纱帽时的喜悦心情，与《南陵别儿童入京》诗中“仰天大笑出门去，我辈岂是蓬蒿人”之心情相合，据诗意，此诗略在前，《南陵别儿童入京》诗稍后。

赠张徐州谡①

【南北朝】范云

田家樵采去，

薄暮方来归。

注释

①张徐州稷（jì）：指徐州刺史张稷，系范云旧友。稷，一作“谡”。

还闻[②]稚子说，
有客款柴扉[③]。
傧从皆珠玳[④]，
裘马悉轻肥[⑤]。
轩盖照墟落[⑥]，
传瑞[⑦]生光辉。
疑是徐方牧[⑧]，
既是复疑非。
思旧[⑨]昔言有，
此道今已微[⑩]。
物情弃疵贱[⑪]，
何独顾衡闱[⑫]？
恨不具鸡黍[⑬]，
得与故人挥[⑭]。
怀情徒草草[⑮]，
泪下空霏霏[⑯]。
寄书云间雁，
为我西北飞[⑰]。

②还闻：回来听说。
③款：叩。柴扉：柴门。
④傧（bīn）从：随从。珠玳（dài）：据《史记》载，赵平原君派使者去楚国，为了炫耀，使者皆“为玳瑁簪，刀剑并以珠饰之”。
⑤裘马悉轻肥：此句典出《论语》“（公西）赤之适齐也，乘肥马，衣轻裘。”悉，尽。轻肥，指裘轻马肥。
⑥轩盖：车上的伞盖。墟落：村落。
⑦传瑞：符信，官员身份的牌照。
⑧徐方牧：徐州刺史，即张稷。
⑨思旧：顾念旧情。
⑩微：稀少。
⑪物情：世情。疵（cī）贱：卑贱。
⑫衡闱（wéi）：衡门，即上文之柴扉。
⑬具鸡黍（shǔ）：杀鸡作黍。据《后汉书》载，山阳范式与汝南张劭为友，春别京师时，范约定九月十五日到张家看望，到了这一天张在家杀鸡作黍，范果然不远千里而来。范张鸡黍遂传为美谈。这里巧用此典，姓氏正好相同，恰到好处。
⑭挥：挥酒，饮酒。
⑮草草：忧愁的样子。一作“慅慅”。
⑯霏（fēi）霏：泪流的样子。
⑰西北飞：徐州在京城西北方，故言。

作者名片

范云（451—503），字彦龙，南乡舞阴（今河南泌阳县西北）

人，南朝文学家。范缜从弟，子范孝才。

译文

清晨我进山去采樵，黄昏时我挑柴薪回到家。

放下担听小儿子详细述说，今天有客人叩我家门。

随从的人佩珠玑还有玳瑁，穿轻裘乘肥马奔驰如云。

华车盖极辉煌照亮村落，捧符节执瑞信光耀行人。

我猜想来客是徐州太守，先肯定后怀疑并非此人。

拜访老朋友固然是传统风气，此美德今天已荡然无存。

目前的世情是爱富嫌贫，为什么车骑会来访问我？

恨未能烹肥鸡蒸熟小米，茅屋中与故人畅叙衷情。

满胸怀聚深情忧思不已，洒泪珠密如雨沾湿衣襟。

把书信交与那云间鸿雁，请为我向西北迅速飞行。

赏析

前八句写张稷来访。“田家樵采去，薄暮方来归。”这两句所写未必都是实情，作者这样写是表示落职之后地位的卑下、生活的艰辛，以反衬张徐州来访情谊的珍贵。下面转述孩子的话语。“有客款柴扉”，这客就是张稷。孩子的话是说客人的排场，但不直指客人，而是先讲客人的随从穿戴、乘骑是如何豪华，后讲客人的车盖、符信如何辉煌、炫目，那么客人如何就不言而喻了。“轩盖照墟落”，还有惊动村民的意思，“传瑞生光辉”，也见出村民的羡叹。孩子这样说，符合作者的观感，逼肖其口吻；作者这样写，也避免了面谀，用笔显得委婉。这样铺写朋友车骑盛况，更见得此访非同寻常。

中间八句写闻朋友来访的心情。“疑是徐方牧，既是复疑非。”作者一听说就怀疑是张徐州，转而又觉得好像不是。怀疑是，表现出对张稷的信赖，朝中往日友朋当非仅此一人，而在作者看来他是最可相信的。怀疑非，乃炎凉世态造成，下面写到：“思旧昔言有，此道今已微。”作者说：这种情谊以前听说有，现在差不多看不到了。古语说：“一贵一贱，交情乃见。”朋友间因地位变化而冷淡的太多了，因此作者怀疑身为徐州刺史的朋友不还会来看望他。“物情弃疵贱，何独顾衡闱？”作者说：世态皆是这样，而张稷为何还要来看望我这丢官的人呢？上面展示的这些矛盾心情，说明作者受世态刺激太深了，作者越怀疑越说明世风的浇薄；同时作者这样写，实际上也是有意对照两种交态，以赞扬朋友的高谊。作者这样“是耶非耶”地用笔，实在高妙。“恨不具鸡黍，得与故人挥。”引用范张鸡黍典故。下一句是省略句，“挥”的对象为酒，用陶渊明《还旧居》“一觞聊可挥”。这两句说：遗憾的是未能杀鸡作黍，与朋友把酒欢会。朋友来访他未遇到，感到十分遗憾。这里用典很巧，姓氏正同。把自己与张稷的交谊比作范式、张劭的交谊，这是对朋友的赞美，对二人间情意的自重、自珍。

最后四句写对朋友的思念，落实到题目上的“赠”字。“怀情徒草草，泪下空霏霏。”这两句说自己对友人非常想念，但又不能相见，故曰“徒”“空”。“寄书云间雁，为我西北飞。”徐州在京都的西北方向。这两句说：请天上的大雁为我捎封信给张徐州吧。托雁传书，嘱飞西北，见出情意的殷切，从这两句告语中，分明见有翘首西北的诗人在。这里“寄书”的书，其实就是这首诗。

这是一首赠诗。赠诗一般的写法是正面表达自己的情意，表达对对方的祝愿等意思。而这首诗的写法主要写对方的来访，通过对方不寻常的来访见出深情厚谊，然后以对深情厚谊的感激还报对方，可以说这是以其人之情还报其人。这首诗多叙事，情事写得很具体、生动，诉说友人来访时何以未遇、稚子如何转告、听到这情况时自己的心情，像是絮话一般。这又是书信的写法了，可以说是以诗代书。这两种写法在作者的时代还是少见的，很是新鲜别致。

遣　兴①

【唐】杜甫

骥子②好男儿，

①遣兴（xìng）：犹“遣意”，也就是以写诗来消遣之意。

②骥（jì）子：杜甫儿子宗武的小

前年学语时。
问知人客姓，
诵得老夫诗[3]。
世乱怜渠[4]小，
家贫仰[5]母慈。
鹿门[6]携不遂[7]，
雁足系难期。
天地军麾[8]满，
山河战角[9]悲。
傥[10]归免相失[11]，
见日敢辞迟[12]。

名，这一年刚五岁。
③问知人客姓，诵得老夫诗：指骥子三岁时，知道问家里来人来客的姓名，能背诵他父亲的诗。这是称赞骥子的颖悟。
④渠：他，指骥子。
⑤仰：依赖。
⑥鹿门：山名，在襄阳（今属湖北）境内，汉江东岸。东汉末，天下大乱，庞德公携全家隐居于此。后成为隐居地的代称。
⑦不遂：不成。
⑧军麾：军旗。
⑨战角：军中号角。
⑩傥：通“倘”，如果。
⑪ 免相失：免于相互离散。
⑫ 迟：延迟。

译文

骥子是个乖巧懂事的孩子，前年牙牙学语的时候，就知道问家里来的客人的姓名，也能背诵我的诗了。

世道不太平，可怜骥子还是个小孩子，家中贫困，全部仰仗他母亲来照应。未能携全家一同避难，不知道何时才能互通音信。

全国到处是举着麾旗的军队，战乱不止，倘若我能回去跟家人相聚，那就一定要争取早日见面，决不拖延。

赏析

杜甫有二子，长子名宗文，次子名宗武，宗武乳名骥子。《遣兴》这首诗怀念的对象是儿子，慈爱之情溢于全篇。这是一首排律

（俗称长律），中间四联全是对仗。全诗可分三层。“骥子好男儿，前年学语时。问知人客姓，诵得老夫诗。”前两联回忆过去，写骥子两三岁时颖悟过人，能问知来客的姓名及背诵自己的诗句。杜甫通过回忆前年他牙牙学语时娇趣的憨态，极力把儿子宗武可怜可爱、天真无邪的神态表达出来，激起读者的同情，催发读者亲子之情。“世乱怜渠小，家贫仰母慈。鹿门携不遂，雁足系难期。”中间两联写骥子当前的遭遇，因逢“世乱”，居无定所，又值父亲外出，音信全无，只能仰赖母亲的爱抚，更让诗人后悔不已的是没能携带全家一起逃难，以致如今分隔两地，不知何时才能互通音信。“天地军麾满，山河战角悲。傥归免相失，见日敢辞迟。”最后两联描写的是一副国破乱世的情景，到处都是举着军旗的军队，号角声声激起诗人心中无限悲凉，于是诗人感叹曰，如果能有举家团圆的机会，必定不敢迟慢，表达了诗人在这种国破家碎的情况下急切盼望和平及和全家团聚的急切心情。

这首诗先写过去是有深刻用意的。按作诗的时间来推算，骥子“学语时”当为公元755年，战乱还没有发生，可是谁也没有料想到就在这年的十一月安禄山发动安史之乱，战争波及广大地区，使千万个家庭流离失所。诗人先写骥子在先前的颖悟的表现，再写他在战争中的遭遇，就更能引起读者的同情。此外，从“怜渠小”“仰母慈”诸语中还能看出诗人因未能尽到自己的责任而深感内疚的心情。

昌谷读书示巴童

【唐】李贺

虫响灯光薄①，

宵②寒药气浓。

①薄：微弱。

②宵：宵夜。

君[3]怜垂翅客[4]，
辛苦尚[5]相从。

③君：指巴童。
④垂翅客：诗人以斗败垂翅而逃的禽鸟自比。
⑤尚：还。

作者名片

李贺（约790—约817），字长吉，汉族，唐代河南福昌（今河南洛阳宜阳县）人，家居福昌昌谷，后世称李昌谷，是唐宗室郑王李亮后裔。有“诗鬼”之称，是与“诗圣”杜甫、“诗仙”李白、“诗佛”王维相齐名的唐代著名诗人。著有《昌谷集》。李贺是中唐时期的浪漫主义诗人，与李白、李商隐合称“唐代三李”。有“太白仙才，长吉鬼才”之说。李贺是继屈原、李白之后，中国文学史上又一位颇享盛誉的浪漫主义诗人。李贺长期抑郁感伤，焦思苦吟，元和八年（813）因病辞去奉礼郎回昌谷，27岁时便英年早逝。

译文

虫噪灯暗，我的家境是那样贫寒。夜寒药浓，我的身体是那样孱弱。

茕茕陈陈孑立、形影相吊，我是那样孤单。只有你，怜悯我这垂翅败落的苦鸟，不畏艰辛，与我做伴。

赏析

虫噪灯暗，夜寒药浓。政治上的失意与贫病交加，令诗人感到茕茕孑立形影相吊，诗人把他的感激之情奉送给了日夜相随的巴童。不难发现闪烁其中的，还有诗人横遭委弃的悲情。此诗可与诗人代巴童作答的诗——《巴童答》对读。“巨鼻宜山褐，庞眉入苦吟。非君唱乐府，谁识怨秋深。”诗人百般无奈，又借巴童对答来做自我宽慰。

题竹石牧牛

【宋】黄庭坚

子瞻①画丛竹怪石，
伯时②增前坡牧儿骑牛，
甚有意态，戏咏。
野次③小峥嵘④，
幽篁⑤相倚绿。
阿童⑥三尺箠⑦，
御⑧此老觳觫⑨。
石吾甚爱之，
勿遣牛砺角。
牛砺角⑩犹可，
牛斗残⑪我竹。

注释

①子瞻：苏轼。苏轼工画竹石枯木。
②伯时：李公麟，号龙眠居士，善绘人物与马，兼工山水。
③野次：野外。
④峥嵘：山高峻貌。这里代指形态峻奇的怪石。
⑤幽篁：深邃茂密的竹林。语出屈原《九歌》："余处幽篁兮终不见天。"这里代指竹子。
⑥阿童：小童儿。语出《晋书·羊祜传》中吴童谣"阿童复阿童"句。这里代指小牧童。
⑦箠（chuí）：竹鞭。
⑧御：驾驭。
⑨觳觫（húsù）：恐惧得发抖状。语出《孟子·梁惠王》。这里以动词作名词，代指牛。
⑩砺角：磨角。
⑪残：损害。

作者名片

黄庭坚（1045—1105），字鲁直，号山谷道人，晚号涪翁，洪州分宁（今江西省九江市修水县）人，北宋著名文学家、书法家，为盛极一时的江西诗派开山之祖，与杜甫、陈师道和陈与义素有"一祖三宗"（黄庭坚为其中一宗）之称。与张耒、晁补之、秦观都游学于苏轼门下，合称为"苏门四学士"。生前与苏轼齐名，世称"苏黄"。著有《山谷词》。黄庭坚书法亦能独树一格，为"宋四家"之一。

译文

郊野里有块小小的怪石，怪石边长着丛竹子，挺拔碧绿。

有个小牧童持着三尺长的鞭子，骑在一头老牛背上，怡然自乐。

我很爱这怪石，小牧童你别让牛在它上面磨角。

磨角我还能忍受，可千万别让牛争斗，弄坏了那丛绿竹。

赏析

宋代绘画艺术特别繁荣，题画诗也很发达，苏轼、黄庭坚都是这类诗作的能手。此诗为苏轼、李公麟合作的竹石牧牛图题咏，但不限于画面意象情趣的渲染，而是借题发挥，凭空翻出一段感想议论，在题画诗中别具一格。

诗分前后两个层次。前面四句是对画本身的描绘：郊野间有块小小的怪石，翠绿的幽竹紧挨着它生长。牧牛娃手执三尺长的鞭子，驾驭着这头龙钟的老牛。四句诗分咏石、竹、牧童、牛四件物象，合组成完整的画面。由于使用的文字不多，诗人难以对咏写的物象作充分的描述，但仍然注意到对它们的外形特征作简要的刻画。“峥嵘”本用以形容山的高峻，这里拿来指称石头，就把画中怪石嶙峋特立的状貌显示出来了。“篁”是丛生的竹子，前面着一“幽”字写它的气韵，后面着一“绿”字写它的色彩，形象也很鲜明。牧童虽未加任何修饰语，而称之为“阿童”，稚气可掬；点明他手中的鞭子，动态亦可想见。尤其是以“觳觫”一词代牛，更为传神。按《孟子·梁惠王》“王曰：舍之，吾不忍其觳觫，若无罪而就死地。”这是以“觳觫”来形容牛的恐惧颤抖的样子。画中的老牛虽不必因恐惧而发颤，但老而筋力疲惫，在鞭子催赶下不免步履蹒跚，于是也就给人以觳觫的印象了。画面是静态的，它不能直接画出牛的觳觫，诗人则根据画中老牛龙钟的意态，凭想象拈出“觳觫”二字，确是神来之笔。诗中描写四个物象，又并不是孤立处理的。石与竹之间着一“倚”字，不仅写出它们的相邻相靠，还反映出一种亲密无间的情趣。牧童与老牛间着一“御”字，则牧童逍遥徜徉的意态，亦恍然如见。四个物象分成前后两组，而在传达宁静和谐的田园生活气息上，又配合呼应，共同构成了画的整体。能用寥寥二十字，写得这样形神毕具，即使作为单独的题画诗，也应该说是很出色的.

但是，诗篇的重心还在于后面四句由看画生发出来的感想：这石头我很喜爱，请不要叫牛在上面磨角！牛磨角还罢了，牛要是斗起来，那可要残损我的竹子。这段感想又可以分作两层：“勿遣牛砺角”是一层，“牛斗残我竹”另是一层，它们之间有着递进的关系。关于这四句诗，前人有指责其“何其厚于竹而薄于石”的（见陈衍《石遗室诗话》），其实并没有评到点子上。应该说，作者对于石与竹是同样爱惜的，不过因为砺角对石头磨损较少，而牛斗对竹子的伤残更多，所以作了轻重的区分。更重要的是，石与竹在诗人心目中都代表着他所向往的田园生活，磨损石头和伤残竹子则是对这种宁静和谐生活的破坏，为此他要着力强调表示痛惜，而采用递进的陈述方式，正足以体现他的反复叮咛，情意殷切。

说到这里，不免要触及诗篇的讽喻问题。诗中这段感想议论，除了表现作者对大自然的爱好和破坏自然美的痛心外，是否另有所讽呢？大家知道，黄庭坚所处的北宋后期，是统治阶级内部党争十分激烈的时代。由王安石变法引起的新旧党争，在神宗时就已展开。哲宗元祐年间，新党暂时失势，旧党上台，很快又分裂为洛、蜀、朔三个集团，互相争斗。至绍圣间，新党再度执政，对旧党分子全面打击。统治阶级内部的这种哄争，初期还带有一定的政治原则性，愈到后来就愈演变为无原则的派系倾轧，严重削弱了宋王朝的统治力量。黄庭坚本人虽也不免受到朋党的牵累，但他头脑还比较清醒，能够看到宗派之争的危害性。诗篇以牛的砺角和争斗为诫，以平和安谧的田园风光相尚，不能说其中不包含深意。

综上所述，这首诗从画中的竹石牧牛，联想到生活里的牛砺角和牛斗，再以之寄寓自己对现实政治的观感，而一切托之于“戏咏”，在构思上很有曲致，也很有深度。宁静的田园风光与烦嚣的官场角逐，构成鲜明的对比。通篇不用典故、不加藻饰，以及散文化拗体句式（如“石吾甚爱之”的上一下四，“牛砺角犹可”的上三下二）的

使用，给全诗增添了古朴的风味。后四句的格调，前人认为是模仿李白《独漉篇》的“独漉水中泥，水浊不见月。不见月尚可，水深行人没”（《陵阳先生室中语》引韩驹语）。但只是吸取了它的形式，词意却翻新了，不仅不足为病，还可看出诗人在推陈出新上所下的功夫。

殿前欢[①]·酒杯浓

【元】卢挚

酒杯浓，一葫芦春色[②]醉山翁[③]，一葫芦酒压花梢[④]重。随我奚童[⑤]，葫芦干，兴不穷。谁人共？一带青山送。乘风列子[⑥]，列子乘风。

注释

①殿前欢：曲牌名。小令兼用。入双调。
②春色：此处指酒。宋代安定郡王用黄柑酿酒，名为“洞庭春色”。一说即指春天色彩，亦通。
③山翁：指山简，字季伦。晋时镇守襄阳，好酒，常出游，并常醉酒而归。
④花梢：指花木的枝梢。
⑤奚童：小童仆，书童。
⑥列子：即列御寇，战国时郑人。

作者名片

卢挚（1242——1314），字处道，一字莘老，号疏斋，又号蒿翁。元代涿郡（今河北省涿州市）人。至元五年（1268）进士，任过廉访使、翰林学士。诗文与刘因、姚燧齐名，世称“刘卢”“姚卢”。与白朴、马致远、珠帘秀均有交往。散曲如今仅存小令。著有《疏斋集》（已佚）、《文心选诀》和《文章宗旨》，传世散曲一百二十首。有的写山林逸趣，有的写诗酒生活，而较多的是“怀古”，抒发对故国的怀念。今人有《卢疏斋集辑存》，《全元散曲》录存其小令。

译文

酒杯中的酒香正浓，而春色更令我陶醉。一边喝酒一边赏春，花的美比酒更能醉人。跟随我的书童，边看边喝兴致无穷。和谁一起回去呢，一带青山来相送。归来途中，虽微有醉意，却一点儿也不疲倦，步履轻快，仿佛列子御风而行，飘然欲仙。

赏析

古时文人墨客常常借酒抒怀，使得酒有了“钓诗钩”的美名。这篇《殿前欢·酒杯浓》正是卢挚乘着酒兴挥洒而成的作品。这首小令写作者携酒游山，任性自然之乐。曲子开篇就带着浓浓醉意，而后极力渲染率情任意的醉翁之态，意态飘逸。

“酒杯浓，一葫芦春色醉山翁，一葫芦酒压花梢重。”开篇三句渗透着浓醇的酒香，满目春色尽在酒中。醉后的卢挚品味出欧阳修“醉翁之意不在酒，在乎山水之间也。山水之乐，得之心而寓之酒也”的意趣来。一杯接一杯的美酒，蕴藏着生机勃勃的大地和花繁叶茂的美景。酒“钓”出了春景和醉趣，作者将酒葫芦挂在枝丫上，显示出自己率真自然的醉翁情态。不仅作者自己如此，连书童也兴致高昂：“随我奚童，葫芦干，兴不穷。”两人就算喝尽了葫芦中的美酒，兴致也依然高昂。这时候酒已非必要的存在，作者因酒兴而诗意大发，畅游山水间，忘记了俗世的杂念，变得无拘无束。

“谁人共？一带青山送。”此时他已与自然融为一体，达到物我合一的境界，于是有了“乘风列子，列子乘风”这样的妙句。列子名列御寇，是传说中得道的“至人”，是“任真脱俗”的代表。此处借用列子的故事来表现自己饮酒之后所达到的冲而不薄、淡而有味的精神境界。卢挚正如其笔下的醉翁一般，即不追求“桃花源”式的理想，他所表现出来的超然也并不是另有寄托，别有怀抱。官运尚算亨

通的他，并没有矫揉造作地强诉愁思，而是表达一种纯净无忧的情怀。他饮酒不是为了排解忧郁，而是为了享受独酌的乐趣。以“酒”贯穿全篇，是这首小令的特色。卢挚处处将情绪的表达与“酒兴”结合起来，使整首曲子读来酣畅淋漓。最后两句句式反复，又增加了几分洒脱之趣。

卢挚是元代早期散曲作家“清丽派”有影响的人物，但他的“清丽”还没有像以后散曲那样过多地向词靠近。此曲体现了散曲特有的灏烂放达之趣。如“葫芦”一词在全曲中重复出现三次，这种情况是作诗词的大忌，然却是散曲特有的风味。这种以“葫芦”为语脉串通全篇，紧扣“酒杯浓”层层递进展开的做法颇得酣畅爽快的曲旨。而曲尾颠倒反复的句式更增加了全曲的洒脱之趣。此外，清丽之中而兼豪放，也是疏斋散曲的一大特色，此曲以“清”为里，以“放”为面，作者是在“我”的抒展中进入“冲虚”之境的。这种悠远和安宁与诗词大多以一种含蓄的内向深化而进入“超然”之境迥异其趣。

渔家傲①·题玄真子②图

【宋】张元干

钓笠③披云青嶂④绕，绿蓑⑤细雨春江渺⑥。白鸟飞来风满棹⑦。收纶⑧了，渔童拍手樵青⑨笑。

明月太虚⑩同一照，浮家泛宅⑪忘昏晓⑫。醉眼冷看城市闹。烟波老，谁能惹得闲烦恼。

注释

①渔家傲：词牌名之一，北宋流行。也是曲牌名，南北曲均有。
②玄真子：唐代诗人张志和。
③笠（lì）：用竹或草编成的帽子，亦称斗笠。
④嶂（zhàng）：高险如屏障的山峰。

⑤蓑（suō）：蓑衣，用草或棕制成，遮雨所用。
⑥渺（miǎo）：形容水面辽阔浩瀚。
⑦棹（zhào）：指船。
⑧纶（lún）：钓鱼线。
⑨渔童、樵（qiáo）青：张志和的奴婢。
⑩太虚：天空，天光。
⑪浮家泛宅：指以船为家。
⑫昏晓：黄昏与拂晓。

作者名片

张元干（1091—约1161），字仲宗，号芦川居士、真隐山人，晚年自称芦川老隐。芦川永福人（今福建永泰嵩口镇月洲村人）。历任太学上舍生、陈留县丞。金兵围汴，秦桧当国时，入李纲麾下，坚决抗金，力谏死守。曾赋《贺新郎》词赠李纲，后秦桧闻此事，以他事追赴大理寺除名削籍。元干尔后漫游江浙等地，客死他乡，卒年约七十，归葬闽之螺山。张元干与张孝祥一起号称南宋初期“词坛双璧”。

译文

钓鱼的玄真子头戴斗笠，顶着天上正在下雨的云，周围青山环绕，细雨洒落在青绿色的蓑衣上。春江江面上辽阔苍茫，白鹭飞来的时候风满船。收钓线了，站在旁边的渔童和樵青都高兴地拍手笑了起来。

天光和月色一同映照着小船，在船上居住的时候是不会去分辨早晨还是傍晚的。喝醉了酒，面对着城市的繁华和喧闹冷眼旁观。我若在烟波浩瀚的江湖中终老一生，怎么还能招惹世俗社会上的无聊烦恼呢。

赏析

开头一句，勾勒出一幅远山环绕着春江，烟雾迷蒙而渔翁独钓的优美画面。“白鸟飞来”二句，生动地描述了具有无穷乐趣的渔家生活。如果说张志和《渔父》词是一幅斜风细雨垂钓图，表现了词人浸沉在江南春色的自然美景之中的欣快心情，那么，词人的词所写则是静中有动，如闻喧闹之声而不见其来自何处，是一幅细雨迷蒙的春江垂钓的有声画，表现了词人对充满诗情画意的江南景色的喜爱以及对自由自在的渔家生活的热情向往。

“明月”二句，境界由动入静，清静幽远，反映了词人不愿与世俗同流的举世皆醉我独醒的心情。“醉眼”三句，直接抒发了词人不羡慕功名利禄，摆脱世俗烦恼的超然物外的旷达情怀。“闲烦恼”指一种不必认真的烦恼。南宋沈瀛《水调歌头》：“枉了闲烦闲恼，莫管闲非闲是，说甚古和今。”表露词人终身浪迹江湖的飘逸情致，而用“烟波老”三字，不仅表现词人蔑视“城市闹”的繁华景象的深层意念，又是词人忘却一切世俗烦恼的落脚点。词以情作结，真切自然，与句首的垂钓景象相呼应，构成一种情景交融的意境。

词的上片主要写景，由景入情，下片着重抒情，融情入景。全词艺术构思新颖，自辟蹊径，不落陈套地描绘一位不求功名利禄、流连山水的渔翁形象，既道出玄真子的心事，又借以表达出词人自己的真情。

阆水①歌

【唐】杜甫

嘉陵江②色何所似？
石黛碧玉相因依。
正怜日破浪花出，
更复春从沙际归。

注释

①阆水：又名“阆中水”。即嘉陵江。

②嘉陵江：长江上游支流。在四川省东部，发源于秦岭，在重庆市注入长江。

巴童荡桨欹[③]侧过，
水鸡[④]衔鱼来去飞。
阆中胜事可肠断，
阆州城南天下稀[⑤]！

③巴童：巴地儿童。欹（qī）：倾斜。
④水鸡：水鸟名。
⑤“阆州”句：阆州城南三里有锦屏山。错绣如锦屏，号为天下第一。

译文

嘉陵江水色像什么？仿佛就是石黛碧玉相接交错的感觉。
可爱的红日正冲破浪花出来，更有春色从沙海那边归来。
巴地的孩童荡着桨从旁边经过，水鸡衔着小鱼来回飞翔。
阆中胜事美景令人悲怆，阆州城南的胜景真是天下稀有！

赏析

首句“嘉陵江色何所似”问春天的嘉陵江水的颜色，次句“石黛碧玉相因依”是对上一句的回答。这两句是在描述嘉陵江水的自然景色，属于寄情于景的抒情诗句表现法。

“正怜日破浪花出”说乘船于嘉陵江上，正在对倒映在江面上的太阳进行欣赏之际，一阵阵浪花涌来而将水面上的日影搅乱，杜甫对此美景受破坏感到怜惜。杜甫在刚表达了对嘉陵江江面倒映着红日的美景被破坏之惋惜心绪后，紧接着又将岸边河滩上的绿草看在眼里而使用转折的语句“更复春从沙际归”来赞美嘉陵江（西汉水）。前句中“日破浪花出”是在写景，而前面的“正怜”就是在写情；后句中“春从沙际归”，既与“日破浪花出”相对仗，又与“更复”即“更看到希望”所表达的情感相交融。这两句属于融景于情的抒情诗句表现法。

“巴童荡浆敧侧过”在《杜诗镜铨》中被刘须溪评价为“景少”；“水鸡衔鱼来去飞”又被刘须溪评价为“语长”。这里的前

句，虽然只描写了有巴地儿童划着小船从杜甫的身边穿过去这一较为单调的景色，但是在此却体现了杜诗之中的人民性——“巴童”，这是在《阆山歌》与《阆水歌》里面第一次、也是唯一一次直接出现在诗中的人物代表；这里的后句隐约寓指杜甫在写此首诗时他所处的位置——大约就是在阆中的南津渡或正处在南楼（华光楼）一带。这后句看似写景的诗，却被刘须溪评价为“语长”的地方，既是在为后人辨别杜甫写此诗的环境而告诉人们诗圣当时的位置，又能为此诗重点内容即最后一句的现出，铺展其必要的文化意境，所以“语长”。这两句用了情景交融的抒情诗句表现法。

“阆中胜事可肠断”，杜甫用“可肠断”的悲情，来叙说他在了解阆中古老“胜事”之后的感受，说明杜甫得知“阆中胜事”时的心绪与回忆遭遇“安史之乱”时相似。《杜诗镜铨》所引《杜臆》犹云“恼杀人意”来解释杜甫此时此刻的心情，说明了杜甫此时很可能心绪悲怆。结句“阆州城南天下稀”：《杜诗镜铨》结合“阆州城南天下稀”所做的解释，举出了“阆之为郡，有五城十二楼之胜概”的例子。这说明在清代，已有文人（包括在此之前而可能前延于唐代或更早的文化背景）识阆中古地，就是昆仑阆苑、就是阆苑仙境——阆州城南的锦屏山以山载人，人高如山自成仙，其山势、其风水、其神话“三位一体”，成为了杜甫所赞的“天下稀”。最后两句诗，是抒情兼叙事的诗句——这样的表现手法，就更易于将现实主义与浪漫主义结合在诗句之中。

杜甫在阆中的时间虽然不长，创作的诗篇却不少。这首《阆水歌》专咏阆水之胜，它与《阆山歌》一起成为杜甫在这一时期的代表作。

江南春

【唐】杜牧

千里莺啼①绿映红，

注释

①莺啼：即莺啼燕语。

②郭：外城。此处指城镇。

③酒旗：一种挂在门前以作为酒店标

水村山郭[2]酒旗[3]风。
南朝[4]四百八十寺，
多少楼台[5]烟雨中。

记的小旗。
④南朝：指先后与北朝对峙的宋、齐、梁、陈政权。
⑤楼台：楼阁亭台。此处指寺院建筑。

译文

辽阔的江南到处莺歌燕舞绿树红花相映，水边村寨山麓城郭处处酒旗飘动。

南朝遗留下的许多座古寺，如今有多少笼罩在这朦胧烟雨之中。

赏析

这首《江南春》，千百年来素负盛誉。诗中不仅描绘了明媚的江南春光，而且还再现了江南烟雨蒙蒙的楼台景色，使江南风光更加神奇迷离，别有一番情趣。迷人的江南，经过诗人生花妙笔的点染，显得更加令人心旌摇荡了。这首诗四句均为景语，有众多意象和景物，有植物有动物，有声有色，景物也有远近之分，动静结合，各具特色。全诗以轻快的文字，极具概括性的语言描绘了一幅生动形象、丰富多彩而又有气魄的江南春画卷，呈现出一种深邃幽美的意境，表达出一缕缕含蓄深蕴的情思。

首句“千里莺啼绿映红”。诗一开头，诗人放开视野，由眼前春景而想象到整个江南大地。千里江南，到处莺歌燕舞，桃红柳绿，一派春意盎然的景象。在写作上，诗人首先运用了映衬的手法，把“红花”与“绿叶”搭配，并用一个“映”字，从视角上突出了“江南春”万紫千红的景象。同时，诗人也从声音的角度，通过听觉，表现

出江南春天莺歌燕舞的热闹场面。诗句中的“千里”用得很妙，也很有分量，不但空间上扩大诗歌的审美境界，而且为后面的描写奠定了基础。

第二句“水村山郭酒旗风”。“山郭”山城。指修建在山麓的城池。“酒旗”指古代酒店外面挂的幌子。这一句的意思是说，在临水的村庄，依山的城郭，到处都有迎风招展的酒旗。这里，诗人运用了列锦的修辞手法，描写了进入眼帘的物象——水村、山郭、酒旗。这几个物象由大到小，不但表现出一定空间位置，突出了“村”和“郭”依山傍水的江南独有的建筑特色。特别是一个“风”字，不但增添了诗歌的动态感，而且更好地突出了“酒旗”，从而增添了诗歌的文化底蕴，人文气息。

第三句“南朝四百八十寺”，“南朝”指东晋以后隋代以前的宋、齐、梁、陈四个朝代，都建都于建康（今江苏南京），史称南朝。“四百八十寺”是形容佛寺很多。因为那时，南朝佛教非常盛行，寺庙也建得很多。这句意思是说，南朝遗留下了四百八十多座古寺。这里，诗人在“水村山郭酒旗风”上一转，视线集中在“寺庙”上，想象空间拉大，思维回溯到“南朝”，这样，给增强了诗歌历史文化意蕴，而且提升了诗歌的审美境界。同时，诗人用“寺”代指佛教，并用“四百八十”这个虚数来修饰，不但使诗歌富于形象感，也照应着首句中的“千里”，更为重要的是表现了南朝时代佛教盛行的状况，并为后面结句中的抒情奠定基础。

第四句“多少楼台烟雨中”。“烟雨”即如烟般的蒙蒙细雨。这句的意思就是说无数的楼台全笼罩在风烟云雨中。这里，诗人不用“寺”，而又改换成了“楼台”，这不仅是为了避免用词重复，更主要的是适应“烟雨”这样的环境。在这里，诗人通过虚实结合，由眼前而历史，内心无比感慨——历史总是不断发展变化的，朝代的更替也是必然的。这里，诗人以审美的眼光，欣赏着江南春的自然美景；诗人以深邃的思维，穿过时空，感悟历史文化的审美意义。

杜牧特别擅长于在寥寥四句二十八字中，描绘一幅幅绚丽动人的图画，呈现一种深邃幽美的意境，表达一缕缕含蓄深蕴的情思，给人以美的享受和思的启迪。《江南春》反映了中国诗歌与绘画中的审美是超越时空的、淡泊洒脱的、有着儒释道与禅宗“顿悟”的思想，而它们所表现的多为思旧怀远、归隐、写意的诗情。

酬①刘柴桑②

【晋】陶渊明

穷居③寡人用④，
时忘四运⑤周。
门庭多落叶，
慨然知已秋。
新葵⑥郁⑦北牖⑧，
嘉穟⑨养南畴⑩。
今我不⑪为乐，
知有来岁不？
命室⑫携童弱⑬，
良日登远游⑭。

注释

①酬（chóu）：答谢，酬答，这里是指以诗相答的意思。用诗歌赠答。
②刘柴桑：即刘程之，字仲思，曾为柴桑令，隐居庐山，自号遗民。
③穷居：偏僻之住处。
④人用：人事应酬。
⑤四运：四时运行。
⑥葵（kuí）：冬葵，一种蔬菜。
⑦郁（yù）：繁盛貌。
⑧牖（yǒu）：原作“墉”，指城墙。
⑨穟（suì）：同“穗”，稻子结的果实。
⑩畴（chóu）：田地。
⑪不（fǒu）：同“否”。
⑫室：妻室。
⑬童弱：子侄等。
⑭登远游：实现远游。

译文

偏僻的居处少有人事应酬之类的琐事，有时竟忘记了一年四季的轮回变化。

巷子里、庭院里到处都是树木的落叶，看到落叶不禁发出感叹，才知道原来已是金秋了。

北墙下新生的冬葵生长得郁郁葱葱，田地里将要收割的稻子也金黄饱满。

如今我要及时享受快乐，因为不知道明年此时我是否还活在世上。

吩咐妻子快带上孩子们，乘这美好的时光我们一道去登高远游。

赏析

《酬刘柴桑》前两句“穷居寡人用，时忘四运周”说没有什么人与他来往，所以他有时竟然忘了四季的节序变化。然而事实并非如此，诗人正是在知与不知中感受生命的意趣。之后吟道：“门庭多落叶，慨然知已秋。新葵郁北牖，嘉穟养南畴。今我不为乐，知有来岁不？命室携童弱，良日登远游。”此八句所写与前两句恰好相对，时忘四运与叶落知秋，多落叶与葵穗繁茂，甘心穷居与择日远游，此数者意象矛盾，却展现了时间的永恒性与生命的暂时性。由忘时乃知穷居孤寂落寞；而枝头飘然而至的落叶，乃知秋天的到来，生命的秋天亦在浑然不觉中悄悄来临；墙角的新葵、南畴的嘉穗，虽暂时茂盛繁荣却犹似生命的晚钟难得长久，从而暗示生命的荣盛行将不再。因此诗人在穷居忘时之际又察其生命飞逝，择良日作此远游折射出生命的亮色。“今我不为乐，知有来岁不？”一句没有对来岁未知的恐怖，但有尽享今朝的胸襟。诗人情绪的婉转之变与物的荣悴之态，不能忘世的感慨之忧与对生命的达观之乐，交织成多层次的意义。

诗中以隐居躬耕的自然乐趣和人生无常的道理来酬答刘柴桑，在淳朴祥和之中，诗篇流露着田园生活的乐趣。这首小诗共十句，虽然比较简短，然而它内容醇厚。在写法上也比较独特，撇开与对方问答一类的应酬话，只写自己的感受、抱负与游兴，显得十分洒脱别样。在遣词造句上，粗线条的勾勒，并着墨点染，使全诗呈现出古朴淡雅的风格，又洋溢着轻快明朗的感情。

浣溪沙·照日深红暖见鱼

【宋】苏轼

照日深红暖见鱼，连溪绿暗晚藏乌①。黄童白叟聚睢盱②。

麋鹿③逢人虽未惯，猿猱④闻鼓不须呼。归家说与采桑姑。

注释

①乌：乌鸦。
②黄童：黄发儿童。白叟：白发老人。睢盱（suī xū）：喜悦高兴的样子。
③麋鹿：鹿类的一种。
④猱（náo）：古书上说的一种猴。

译文

阳光照入潭水中形成深红色，暖暖的潭水中能见鱼儿游，潭四周树木浓密可藏乌鸦，儿童和老人喜悦地聚观谢雨盛会。

常到潭边饮水的麋鹿突然逢人惊恐地逃避，猿猱听到鼓声不用呼叫而自来。这样的盛况回家应告诉未能目睹的采桑姑。

赏析

这首诗写谢雨路上所见之景：丽日、碧溪、游鱼、树木、黄童、白叟、麋鹿、猿猱，一景一句，恰似电影镜头，连续将客观景物一个

个展现在读者面前。

“照日深红暖见鱼”，深红温暖的夕阳斜斜地映照潭水，把潭水染得通红也增加了一份暖意，而潭中的鱼儿欢快游玩，清晰可见，染红了的潭水、欢快游动的鱼儿都是春旱过后、大雨降后的情景，词人虽未点出春旱之时的情景，但读者可以想象那一定是潭水干枯、鱼儿无处寻觅，这样的前后对比之中、温馨的画面之中隐含了词人欣喜的心态。“连溪绿暗晚藏乌”，沿着石潭向四处望去，看见成荫的绿树接连一片，而深藏其中的乌鹊发出鸣噪的声响，动静结合，更显幽静。“黄童白叟聚睢盱”，以黄童、白叟代称所有聚集的人群，词人看到他们都呈现出喜悦兴奋的神态。上片中红、绿、黄、白等色彩和谐搭配，动景、静景巧妙结合，景物、人群完美融合，运笔灵动、构思精巧。

“麋鹿逢人虽未惯，猿猱闻鼓不须呼”，麋鹿在突然之间逢遇如此多的人群顿觉不习惯，有一种惊慌之感，而猿猱却一听到喧天的喜庆鼓声不招自来，极度兴奋，这一对比的描写情趣盎然。以动物的反映间接写出石潭谢雨的欢闹情景，不着一字，而风流自现，可谓神笔。“归家说与采桑姑”，结尾由实转虚，笔法灵活，词人想象这些观看长官亲自谢雨而欢喜异常、激动难耐的在场者，归家之后一定会把谢雨之时的欢腾景象向采桑姑细细诉说。

在这首小词之中，词人丝毫没有描写自己的心境，但透过词人所见、所闻、所想的一切，读者自可体会词人无比兴奋之情，含蓄隽永，耐人寻味。

踏歌词四首·其三

【唐】刘禹锡

新词宛转递相传①，
振袖倾鬟②风露前。
月落乌啼云雨散，
游童陌上拾花钿③。

①递相：轮流更换。
②鬟（huán）：环形发髻。
③花钿（diàn）：金片做成的花朵形的装饰品。

译文

新词宛转轮流相传，在风露前振袖倾鬟。

月落乌啼云雨消散，游童在路上拾花钿。

赏析

记写当时四川民俗，即每当春季，民间男女相聚会，联翩起舞，相互对歌的热烈场景。全诗四句，主要在勾勒一种狂欢的场面和气氛。第一句写歌，第二句写舞，第三句写歌停舞散，第四句却从侧面含蓄地补足写出歌舞场面的热烈。

首句的“新词”，表示当时那些歌男舞女所唱的歌子，都是即兴抒怀、脱口而出的新曲，悠扬宛转，十分悦耳动听，并一递一句接连不歇。这句虽用平述记叙的语气，却寄寓着作者对民间男女的无上智慧和艺术才能的赞赏与称颂。第二句用“振袖倾鬟”来写他们的舞姿情态，活现出当时那些跳舞者热烈的情绪和狂欢的情景。“月落乌啼云雨散”是说他们歌舞竟夜，直至天明。从意思上讲，狂欢之夜的情景已经写完，但作者又用“游童陌上拾花钿”一语，对狂欢之夜做了无声的渲染。次日，游童们沿路去拾取女郎遗落的花钿，花钿遗落满地而不觉，可知当时歌舞女子是如何沉浸在歌舞狂欢之中。这种侧面的、启人想象的写法，其含意的丰富和情味的悠长，更胜于正面的描写。这可联想到画家齐白石在艺术构思上的一个故事，一次，齐白石画“蛙声十里出山泉”诗意，但画家在画面上并没有画蛙，而是用一股山泉、几个蝌蚪来表现，从而调动人们的想象，使人联想到“蛙声十里”的喧嚣情景。艺术巨匠们的构思，常常是出人意表的。

归家

【唐】杜牧

稚子牵衣问，

注释

归来何太迟[①]。
共[②]谁争岁月，
赢得鬓[③]边丝。

①迟：晚。
②共：和。
③鬓：鬓角，面颊两边靠近耳朵前面的地方。

译文

儿子拉着我的衣服问我，为什么回来得那么晚？
是在和谁争夺岁月，赢得了双鬓边上的白发？

赏析

这首五绝诗描述了一个令人伤感的事实，即仕途不畅，宦海多险，以致愁白了头。但诗中不直述其事，而以儿童发问的方式，抒发自己悲苦的心情。

稚子的天真好奇与诗人内心的伤感形成强烈的对比。发问奇特，又很尖锐，以致被问者张口结舌，无以为答，竟至尴尬。发问背后，蕴藏着诗人深深的悲苦和辛酸。

前两句稚子的天真与可爱，用来衬托后两句诗人的严肃的沉思。后两句其实是诗人的自问，自己在官场沉浮，争名夺利，不知不觉人已渐渐老去，双鬓渐染。

诗人抒发了内心的对日薄西山淡淡的感叹。诗最后“赢得”二字更是刻画了诗人安详之中略带苦笑的神情。

赠王九[①]

【唐】孟浩然

日暮[②]田家远，
山中勿久淹[③]。

注释

①王九：指王迥
②日暮：太阳下山。
③久淹：长久滞留。

归人[④]须早去[⑤]，
稚子望陶潜。

④归人：回家的人。
⑤去：离开。

译文

天快黑了，山里的农家也越来越难以看清，不要在山里久留。孩子们都等着你呢。赶紧离开山里回家吧。

赏析

全诗写悠游山中、日暮忘归的情景，表现出醉心于山水的雅兴和意趣，抒发了作者对田园农家生活的热爱之情。诗人随口吟来，促友早归，平淡如话，却鲜活有趣。诗人化用了陶渊明《归去来兮辞》中的意境，表现出“稚子候门”的温馨场景。

渔　父

【五代】李中

偶向芦花深处行，
溪光山色晚来晴。
渔家开户相迎接，
稚子争窥[①]犬吠[②]声。
雪鬓衰髯白布袍，
笑携赪鲤[③]换村醪[④]。
殷勤[⑤]留我宿溪上，

注释

①窥：偷看。
②吠：指狗叫。
③赪（chēng）鲤：红色鲤鱼。
④醪（láo）：未滤出渣子的酒，即浊酒。
⑤殷勤：热情而周到。
⑥钓艇：渔船

钓艇[6]归来明月高。

作者名片

李中，五代南唐诗人，生卒年不详，大约920—974年在世。字有中，江西九江人。仕南唐为淦阳宰。有《碧云集》三卷，今编诗四卷。《郡斋读书志》卷四著录《李中诗》二卷。另《唐才子传校笺》卷十有其简介。《全唐诗》编为四卷。人毕生有志于诗，成痴成魔，勤奋写作，自谓“诗魔”，创作了大量的诗篇佳作。与诗人沈彬、孟宾于、左偃、刘钧、韩熙载、张泊、徐铉友好往来，多有唱酬之作。他还与僧人道侣关系密切，尤其是与庐山东林寺僧人谈诗论句，与庐山道人听琴下棋，反映了当时崇尚佛道的社会风气。

译文

我向芦花深处走去，群山掩映着潺潺溪水，在夕阳中显出明艳的美景。

打鱼人家打开房门出来迎接我的到来，小孩子偷偷地看我，狗也在一旁叫个不停。

我的头发和胡须都已经花白，穿着一件白色的布袍，笑着提着一条红鲤鱼来换乡村里的酒喝。

渔人殷勤地留我住下，明月高照之下，打鱼船也归来了。

赏析

这首诗描写了一幅清新动人的水乡风俗画，它从一个侧面反映出渔家生活的恬静闲宜，令人陶醉。

前两句写诗人寻访：一个偶然的日子里，朝着芦花丛中行去，但见波光粼粼，山色青青，好一派晚晴秋色！着一“偶”字，可见并非常来，而是忽然发现这宜人之处，就更显其风光优美了。用一“深”字，大有一种曲径通幽、诱人前往的情趣，其芦花飘飞、芦叶瑟瑟之景跃入眼帘。“行”字令人浮想联翩，诗人也许是乘着一叶扁舟来的吧，或是独自闲步信走?不管怎样，总之是一路观赏、一路欢愉，雅情逸致溢于言表，从中亦可想见渔人生活之诱人。后两句写渔家迎客：诗人的行踪，惊动了渔村里的狗，它叫了起来。于是村舍里的大人急忙打开门户，迎接远来的客人，孩子们也争先恐后地看个究竟。诗人先写“开户”，再言“犬吠”，足见渔家迎客速度之敏捷，感情之殷切，而且“犬吠声”起，于水乡宁静的氛围中，又增添了浓郁的生活气息。“争窥”二字，活脱脱地勾勒出孩子们的形象，其机灵活泼、逗人喜爱的神情漾然纸面。这首诗，取材平易，只是渔家寻常事，但写得真切自然，情酣意浓，不做作，无斧凿，使人觉得淳朴的民风迎面吹来，好舒畅！

旅寓洛南①村舍

【唐】郑谷

村落清明近，
秋千稚女夸②。
春阴妨柳絮③，
月黑见梨花④。
白鸟窥鱼网⑤，
青帘⑥认酒家。
幽栖虽自适⑦，
交友在京华⑧。

注释

①洛南：指河南省洛阳以南的地方。
②秋千：唐代时俗，女孩子在清明节时打秋千。杜甫《清明》中有“万里秋千习俗同”的诗句。
③“春阴”句：柳絮在晴天有风时到处飘飞，天气阴时难以飞扬。
④见梨花：由于梨花是白色，所以黑夜里也能看见。
⑤白鸟：指鹭鸶之类的鸟，白色，喜吃鱼，因此窥视鱼网。
⑥青帘：青布幌子，是酒家的市招。
⑦幽栖：幽静闲居。自适：自得舒适。
⑧京华：指京城。

译文

乡村中清明节即将临近，荡秋千的少女人人争夸。

春天阴雨柳絮难以飞起，夜色昏黑也能看见梨花。

雪白的鸟儿窥视着鱼网，青帘飘飘那是卖酒人家。

幽居闲静虽然自得安适，终难忘好朋友住在京华。

赏析

辛文房的《唐才子传》卷九中言：“（郑）谷诗清婉明白，不俚而切。”这个特点在这首诗歌中有着较为典型的表现。这首诗写于诗人客居于洛南乡村时，对富有乡村情趣的生活作了生动的描写，颇有亲切之感。

开笔点写的村落，就是题中旅窝的洛南村舍，正因为是村舍，因此看见的人、事均有乡间的特色，所写的景象也是乡间的景象。此时正是清明节近，所以诗中所描写的景象也均打上了初春的印迹。这样，此诗就有了鲜明的地方特色和时令特点。临近清明佳节，春风荡漾，恰好是少女荡秋千游戏的大好时节，清明节打秋千是当时的一种习俗。诗中的“稚女夸”三字表现出女孩子们争玩秋千的热闹情景，而着一个“夸”字，那嬉戏，那追逐，那热闹场景便描绘得生动传神。同时，也可想见到她们轻盈矫健的身影，飘然欲飞的舞姿。

第三句是诗人见到的一个特别景致。柳絮随风飘飞是春天常见的现象，也是诗人们经常歌咏的对象。而诗人所见的却是柳絮不飞、杨花不起，经诗人琢磨之后方才悟出其中的道理，原来是由于天气阴湿的缘故。所以诗人用一个“妨”字真实地写出其中的道理，这里也表现出诗人的心情。第四句是写诗人晚间所见。这句生动别致，颇为传神。乡村黑夜，野阔天低，借着星星的微光能见得出白色梨花。这一“黑”一“白”更相映成趣，诗味盎然。如果说这四句诗是诗人第一天游此村时映入眼帘的景象，那么，五、六句便应当是第二天游览时所见，或者是第一天所见景物的补充。“白鸟窥鱼网”，这句说村外有一条小溪，小溪上经常有渔人张网捕鱼。在晾晒鱼网之际，一些白色水鸟窥视着网上的小鱼，这意境真堪称一幅优美的图画。诗人用一个“窥”字准确地写出了白鸟的情态，使得这幅平淡的画面顿时活跃起来。第六句又写了诗人在漫游水边之时，举目远眺，发现有一张青色酒旗在迎风飘飞。这样，沙地上有晾晒的鱼网和窥伺鱼网的白鸟，上空有青帘飘扬，上下相映，构思巧妙。

从首联至此，一个在乡村的前前后后边散步边忘情欣赏的诗人形象赫然呈现。同时，诗人也通过村落、秋千、柳絮、梨花、白鸟、鱼网、青帘等景致，展示了一幅清明时节浓郁的乡野情调的风俗画。诗歌至此，诗人似都在作静态、客观的描述，但通过“夸”“妨”“见”“窥”“认”等字词的运用，表现了对这乡村生活的一草一木的热爱，并深深地沉醉其中。

上六句是诗人所见，后两句是诗人所想。最后，诗人才直接表露了心迹，“幽栖”在这景致宜人的乡村，远离了尘嚣与纷扰，自然会感到心境恬适，但是心中仍然时时想念着京中的至交好友。“虽”字表明诗人觉得洛南的风光如此之美，自己实在不能独享，而应该让京城中的朋友也来此享受一番。诗文就在这向上的情调中结束了。

这首诗的格调清婉、淡雅而不失真切，画面的选择也颇见匠心，写景与抒情的结合十分自然。

咏 史

【汉】班固

三王德弥薄，
惟后用肉刑①。
太苍令②有罪，
就递长安城。
自恨身③无子，
困急④独茕茕⑤。
小女痛父言，
死者不可生。
上书诣北阙，
阙下歌鸡鸣。

注释

①惟：语气词。肉刑：古时切断肢体、割裂肌肤的刑罚，包括墨刑、劓（yì）刑、剕（fèi）刑、宫刑、大辟等。

②太仓令：官名，管理太仓（汉代政府储粮之仓）的行政长官。缇萦之父淳于意曾担任齐之太仓令。

③身：自身，自己。

④困急：危急关头。

⑤茕（qióng）茕：孤独之状。汉文帝四年（前175），有人告发太仓史淳于意触犯刑律。淳于意被逮，押赴长安。淳于无子，有五女。将行，骂其女曰：“生子不生男，有缓急，非有益也。’”

忧心摧折裂⑥，

晨风⑦扬激声。

圣汉孝文帝⑧，

恻然感至情。

百男何愦愦⑨，

不如一缇萦。

⑥摧折裂：谓断裂。此句形容缇萦号哭阙下、伤心断肠之状。

⑦晨风：源自《诗经·秦风·晨风》。《诗序》谓此诗乃刺国君弃其贤臣之作。后人多以为歌咏女子“未见君子”之忧。

⑧圣：圣明。孝文帝：汉文帝刘恒，汉高祖刘邦之子，公元前179年至前156年在位。在位期间提倡农耕、轻徭薄赋，国富民强，与其子汉景帝统治时代并称为“文景之治”。

⑨愦（kuì）愦：昏愚。

作者名片

班固（32—92），字孟坚，扶风安陵（今陕西咸阳东北）人，东汉著名史学家、文学家。班固出身儒学世家，其父班彪、伯父班嗣，皆为当时著名学者。班固一生著述颇丰。作为史学家，修撰《汉书》，该书是继《史记》之后中国古代又一部重要史书，“前四史”之一；作为辞赋家，班固是“汉赋四大家”之一，其大赋《两都赋》开创了京都赋的范例，列入《文选》第一篇；同时，班固还是经学理论家，他编辑撰成的《白虎通义》，集当时经学之大成，使谶纬神学理论化、法典化。

译文

禹、汤和周文王以文德治国的美德已经越来越淡薄，随之实行残酷的肉刑。

太仓令（淳于意）被诬有罪，押解到长安城。

只悔恨没生儿子，困苦危难时才孤立无援。

小女（淳于缇萦）听父亲这么说心痛不已，她想人死了哪还能复生。

她到皇宫门前给汉文帝上书，并在宫门前吟唱《鸡鸣》诗。

缇萦号哭阙下、伤心断肠，而见不到君王更忧心如焚。

圣明的孝文帝，终于被至诚所感动。

天下男儿为什么那么愚笨无能，竟比不上弱女子缇萦。

赏析

该诗借用西汉文帝时缇萦上书的事迹，表达了对诸子不肖使自己受到牵累的哀伤与无奈， 同时也流露出能够因圣主明君发动恻隐之心而获得宽宥的微茫期许。该诗叙事凝练，语言质朴；全诗中遣字用韵融入声韵理论，偶句押韵，一韵到底，全押平声。该用韵方式为后人效法，也接近唐律诗用韵方式。

全诗可分为三部分。开首两句，是第一部分。简短捷说。追叙肉刑起始，以引出太仓令将受肉刑一事。这两句，类似全诗的“引子”，却暗含着对肉刑的谴责。意思是说，夏禹、商汤、周文王等三王的仁德之治，随着时代的变迁，渐渐被淡薄了，后来就使用起了肉刑。赞“三王”之道用“德”，那么“用肉刑”者自是不德。作者对残暴肉刑的谴责，对仁德之政的向往，就尽在这两句中了。

由“太仓令有罪”至“恻然感至情”，是第二部分。这部分是叙述缇萦之父获罪，缇萦上书救父，汉文帝深受感动的历史故事。

在这部分中，诗人先用四句，来写齐太仓令淳于意获罪，将被递解长安受刑，以及他自恨没有男儿，到危急之时深感孤独无援的悲痛。再用四句，来写幼女缇萦伤于父亲“生子不生男，缓急无可使者（指危急时无可用之人）”的话，伤于父亲的命运，想到古歌《鸡鸣》中那“虫来啮桃根，李树代桃僵”的诗句，于是随父至京，“诣阙下（即到宫阙之下）”上书朝廷，“愿入身为官婢，以赎父刑罪”。接下来两句“忧心摧折裂，晨风扬激声”，是渲染缇萦的为父心忧和上书之言，足以使天地折裂，晨风为之传颂。其悲壮之言行，足以感天动地。果然，连皇帝也被感动了。这两部分的末两句，“圣汉孝文帝，恻然感至情”，就是写汉文帝被他那孝父至情所感动，顿生恻隐怜悯之情。结果是不言而喻的，正如《史记·扁鹊仓公列传》所载，“上悲其意，此岁中亦除肉刑法。”

缇萦，身为一个封建社会的弱女子，竟敢伏阙上书，甘愿没身为婢以赎父罪，并且希望废止肉刑而给人以改过自新的机会。其情可

悯，其见甚明，其行亦悲壮矣。

因而，诗人在最后一部分，将她的言行与男子作比道：“百男何愦愦，不如一缇萦！”以“百男”与一女作比，本身已见出高下之势：百男竟“不如”一女，则更见出此女子的不同凡俗。作者正是通过这样一个强比，将他对这奇女子的敬佩和盛赞之情以及对“百男”的轻蔑之意充分地表达出来了。

该诗有两点需要说及。一是，在男尊女卑的封建社会，班固能以“百男何愦愦，不如一缇萦”的态度，来歌颂一个奇女子，已属难能可贵。二是，此诗虽仅老实叙事，缺乏文采和形象性，但它毕竟是有文献可考的第一首文人五言诗，那种初学者的质朴和幼稚是情有可原的，而作者那种敢于实践新诗体的精神，也是可贵的。

娇女诗

【晋】左思

吾家有娇女①，
皎皎颇白皙②。
小字为纨素③，
口齿自清历④。
鬓发覆广额，
双耳似连璧。
明朝⑤弄梳台，
黛眉类扫迹。
浓朱衍丹唇⑥，
黄吻烂漫赤。

注释

①娇女：据《左棻墓志》记载，左思有两个女儿，长名芳，次名媛。这里的娇女，即左芳及左媛。
②皎皎：光彩的样子。白皙：面皮白净。
③小字：即乳名。纨素：左媛，字纨素。
④清历：分明，清楚。
⑤明朝：犹清早。
⑥浓朱：即口红。衍：漫，染。丹唇：即朱唇。

娇语若连琐[7]，
忿速乃明集。
握笔利彤管，
篆刻未期益。
执书爱绨素[8]，
诵习矜所获。
其姊字惠芳，
面目粲如画。
轻妆喜楼边，
临镜忘纺绩。
举觯拟京兆，
立的成复易。
玩弄眉颊[9]间，
剧兼机杼役[10]。
从容好赵舞，
延袖象飞翮。
上下弦柱际，
文史辄卷襞[11]。
顾眄屏风书，
如见已指摘。
丹青日尘暗，

⑦连琐：滔滔不绝。
⑧绨（tí）：比绸子厚实，粗糙的编织品，用来做书的封面。素：白绢。
⑨颊：嘴巴。
⑩剧：疾速。兼：倍。机抒：纺织机。这两句是说化妆时的紧张情况，倍于纺绩工作。
⑪襞（bì）：折叠。这两句是说她又喜好弦乐，当她松紧琴瑟弦轴的时候，便漫不经心地把文史书籍都卷折起来。

明义为隐赜。
驰骛[12]翔园林，
果下[13]皆生摘。
红葩缀紫蒂[14]，
萍实骤柢掷。
贪华风雨中，
眒忽数百适。
务蹑霜雪戏，
重綦常累积。
并心注肴馔，
端坐理盘槅[15]。
翰墨戢闲案[16]，
相与数离逖。
动为垆钲屈，
屐履任之适。
止为荼荈据，
吹嘘对鼎[17]立。
脂腻漫白袖，
烟熏染阿锡。
衣被皆重地[18]，
难与沉水碧。

⑫骛：乱跑。
⑬果下：指果实下垂。这两句是说在园林中乱跑，把未成熟的果实都摘下来。
⑭红葩：红花。蒂：花和枝茎相连的地方。
⑮槅：同“核”，是古人宴飨时放在笾里的桃梅之类的果品。这两句是说她们心肠狭窄地注视着肴馔，端坐在那里贪婪地吃盘中的果品。
⑯戢（jí）：收藏。闲：一作函，即书函（盒）。案：即书案（桌）。
⑰据：急速。鼎：三足两耳烹饪之器。这两句是说她们因汤煎不熟而着急，因此对着鼎不停地吹。
⑱衣被：衣服和被子。重地：质地很厚。

任其孺子[19]意，
羞受长者责。
瞥闻当与杖[20]，
掩泪俱向壁。

⑲孺子：儿童的通称。
⑳瞥：见。当与杖：应当挨打。

作者名片

左思（约250—305），字太冲，齐国临淄（今山东淄博）人。西晋著名文学家，其《三都赋》颇被当时称颂，造成“洛阳纸贵”。左思自幼其貌不扬却才华出众。晋武帝时，因妹左棻被选入宫，举家迁居洛阳，任秘书郎。晋惠帝时，依附权贵贾谧，为文人集团“二十四友”的重要成员。永康元年（300），因贾谧被诛，遂退居宜春里，专心著述。后齐王司马冏召为记室督，不就。太安二年（303），因张方进攻洛阳而移居冀州，不久病逝。

译文

我家有娇女，小媛和大芳。
小媛叫纨素，笑脸很阳光。
皮肤很白净，口齿更伶俐。
头发遮宽额，两耳似白玉。
早到梳妆台，画眉像扫地。
口红染双唇，满嘴淋漓赤。
说话娇滴滴，如同连珠炮。
爱耍小性子，一急脚发跳。
执笔爱红管，写字莫指望。
玩书爱白绢，读书非所愿。

略识几个字，气焰冲霄汉。
她姐字惠芳，面目美如画。
喜穿轻淡装，楼边常溜达。
照镜就着迷，总是忘织布。
举笔学张敞，点朱老反复。
涂抹眉嘴间，更比织布累。
从容跳赵舞，展袖飞鸟翅。
奏乐调弦时，书籍靠边去。
粗看屏风画，不懂敢批评。
画为灰尘蚀，真义已难明。
追逐园林里，乱摘未熟果。
红花连紫蒂，萍实抛掷多。
贪花风雨中，跑去看不停。
为踩霜雪耍，鞋带捆数重。
吃饭常没劲，零食长精神。
笔墨收起了，很久不动用。
一听拨浪鼓，拖鞋往外冲。
为使汤快滚，对锅把火吹。
白袖被油污，衣服染成黑。
衣被都很厚，脏了真难洗。
长期被娇惯，心气比天高。
听说要挨打，对墙泪滔滔。

《娇女诗》是中国最早吟咏少女情态的诗歌之一。左思以诗人的敏

锐和慈父的怜爱，选取了两个女儿寻常的生活细节，写出了两个女儿幼年逗人喜爱的娇憨，同时也写出了两个女儿令人哭笑不得的天真顽劣，展露了幼女无邪无忌的纯真天性。

此诗采用了分总式的结构方式，开头简洁利落点出“娇女”主题。接着用了十四句描写小女儿纨素，中间十六句描写大女儿惠芳，诗人恰如其分地展现了两个不同年龄的幼女形象，小女儿娇憨笨拙，稚气横生；大女儿矜持爱美，稚气未脱。后半部分合纵写了她们共有的顽劣乐趣，同时展现了她们活泼可爱的天性，字里行间闪烁着一个慈父忍俊不禁的爱意和家庭生活特有的情趣。

“吾家有娇女，皎皎颇白皙。”左思有两个女儿，大女儿叫左芳，小字“惠芳”，小女儿叫左媛，小字“纨素”，两个女儿长得白皙靓丽。“小字为纨素，口齿自清历”，自己孩子说话伶俐，诗人很得意。“鬓发覆广额，双耳似连璧”，额头很宽，鬓发下垂盖住前额，双耳白润，就像一双相连的美玉。诗人以父亲的慈爱，从不同角度品味女儿的可爱。“明朝弄梳台，黛眉类扫迹”，天一亮就跑到梳妆台前玩弄化妆品，抓起眉笔乱画，把眉毛画的很不像样，就像扫把扫过一样。“浓朱衍丹唇，黄吻烂漫赤”，这两句写纨素笨拙地模仿大人化妆，显示出幼童爱美的娇憨。这一段清晰可见活灵活现的刻画，使读者如临其境，如见其人，一个跃然纸上宽额白嫩的小女孩，一大早照着镜子如猴子学人一般乱涂乱抹的笨拙憨态，叫人顿生忍俊不禁的欣然爱意。“娇语若连锁，忿速乃明集”。这又是一幅生动的童趣速写，从中可以看出孩子的无忌任性。“握笔利彤管，篆刻未期益”，这里陈述的是小孩子没有目的随意爱好。“执书爱绨素，诵习矜所获”，这里描写了小孩子毫不掩饰的自信娇态。以上写妹妹纨素，下文是写姐姐惠芳。

“其姊字惠芳，面目粲如画。”姐姐惠芳的眉目如画，光彩亮丽。“轻妆喜楼边，临镜忘纺绩”，姐姐比妹妹会美且化妆淡雅，不像妹妹把脸画得乱七八糟。但是姐姐和妹妹一样爱化妆，常常坐在窗口入神地为自己化妆，对着镜子经常忘了纺花织布的分内事情。“举觯拟京兆，立的成复易”。汉朝的张敞做过京兆尹，他曾经为妻子画过眉，所以说“举觯拟京兆”。“立的”是在额头点上一种图案，如梅花、月牙或者一个圆点。因为小孩子化妆技术不成熟，点的位置老

是不当，所以点了嫌不好，擦掉了重新点，这样描来描去就有了重复的影子了。诗人这里要表达的意思是虽说姐姐比妹妹会打扮，但是化起妆来总归不如大人，尽管姿势摆得像京兆尹张敞画眉的样子，可画的结果还是不够完美以至留有擦不干净的重复影迹。“玩弄眉颊间，剧兼机杼役”，在眉间脸上来来回回地描摹，动作比织布穿梭还要辛苦几倍。“从容好赵舞，延袖象飞翮，”因为春秋时赵国的女乐以能歌善舞闻名，所以古人以赵舞指代歌舞。“延”伸长的意思，“延袖”就是把长长的袖子甩开，晋代人衣袖宽松，甩开袖子有些类似唱戏的水袖。这两句是说惠芳跳起舞来无拘无束自然大方，甩开袖子的翩翩姿势就像鸟儿展翅一样。“上下弦柱际，文史辄卷襞”，她随着弦乐的节奏上下舞动，常常忘记了正在诵读的文史类书，所以把书卷折起来丢在一面不管了。小孩子天性贪玩，好表现自己，喜欢歌舞，不愿专注于枯燥的文史学习。“顾眄屏风书，如见已指摘”，有时候回头瞟一眼屏风上的画，还没有看清楚，就指指点点评论起来。没有看清楚的原因，其一是小孩子不懂得仔细观察，其二是因为“丹青日尘暗，明义为隐赜”。“丹青”指屏风上的画。小孩子不知道欣赏屏风画面的本来意旨，看到画面陈旧模糊就随意指责。以上刻画的是姐姐惠芳。下文是姐妹俩共同的喜好与顽劣。

“驰骛翔园林，果下皆生摘。红葩缀紫蒂，萍实聚柢掷。”她们常常飞奔在园子里，把没有成熟的果子生摘下来，把正开的鲜花连紫色的花托一起掐下来玩。“萍实”是一种很大很贵重的果实。相传楚王渡江看到江里有一个斗大的红色圆东西飘来，随从把这东西捞上来，没有人认识。于是楚王派人去问孔子。孔子说：“这个东西叫萍实，可以剖开吃。”并说萍实是一种吉祥物，只有功业大的人才能得到。于是楚王就把萍实吃了。小孩子不知道萍实的珍贵，拿着它抛来抛去当皮球玩。“贪华风雨中，眒忽数百适”，小女孩喜欢花，不管刮风下雨都要到园子里去看。就是说小孩子喜欢跑到园子里玩花，刮风下雨都无所顾忌，大人们不愿意让她们出去，但是却看不住她们，转眼的工夫她们就往园子里跑好几趟。“务蹑霜雪戏，重綦常累积”，她们觉得雪天新鲜，偏爱在雪地里玩耍，大人们怕她们冷，可是拦不住她们。“綦”在这里指代脚印，她们跑来跑去，雪地里踏下了重重叠叠的脚印。“并心注肴馔，端坐理盘槅。”小女孩关注做饭做菜的事情，她们郑重其事地摆弄盘子，却不愿意写字。“翰墨戢闲案，相与数离逖。”她们把笔墨收起来装在匣子里，放在书桌上，常常是一前一后地相跟着离开书桌老远。“动为垆钲屈，屐履任之适。”只要外边有敲锣打缶的声音，她们就什么也不顾地往外跑，甚至连鞋子也来不及穿好，拖拉着就跑出去了。“止为茶荈据，吹嘘对鼎立”。饭食对她们有吸引力，看着锅里煮饭，她们会消停下来，对着火吹，希望食物快点熟。“脂腻漫白袖，烟熏染阿锡”，“阿”是细缯，“锡”是细布，“阿锡”这里指细的丝织品或细布做成的衣服。她们喜欢拨弄吃的，使得袖子上沾满油腻，衣服被烟雾熏黑。所以“衣被皆重地，难与沉水碧”，就是说衣服的底色被油烟污染得看不出原来的底色。“碧”指水清亮，这里是干净的意思，她们的衣服脏得放在水里很难洗得干净清亮了。

“任其孺子意，羞受长者责”，小孩子任性，羞于接受大人的责备。“瞥闻当与杖，掩泪具向壁”，感觉大人要打，就用手捂着眼泪躲到墙的一边去了。

这首诗用了不少当时的口语白话，所以有些字句难以给它恰当的解释。但它确实是一首很有特色的好诗。俩少女稚气拙朴的情态和形态，写得真切生动，展现了自然本真的生命意趣，蕴含着人之初生的纯净美。

蟾宫曲·寒食新野①道中

【元】卢挚

柳濛烟梨雪参差②，
犬吠柴荆③，
燕语茅茨④。
老瓦盆⑤边，
田家翁媪⑥，
鬓发如丝。

注释

①寒食：我国古代的传统节日。在清明节的前一天（一说前二天）。新野：县名，今属河南省。

②参差（cēn cī）：不整齐。

③柴荆：柴门。用木棍、荆条搭成的院门。

④茅茨：茅屋的屋顶。这里指屋檐。

⑤老瓦盆：指民间粗陋的酒器。杜甫诗《少年行》：“莫笑田家老瓦盆，自从盛酒长儿孙。”

⑥媪（ǎo）：年老的妇人。

桑柘[7]外秋千女儿，
髻双鸦[8]斜插花枝。
转眄移时[9]，
应叹行人，
马上哦[10]诗。

⑦柘（zhè）：落叶灌木或小乔木，叶可喂蚕。
⑧髻双鸦：即双丫形的发髻。
⑨转眄（miàn）移时：转眼斜视多时。眄，斜视。
⑩哦（é）：低声吟咏。

译文

柳树萌芽，上面是面像飘浮着一层嫩绿色的轻烟。梨花似雪，参差地交杂在柳枝中间。柴门外狗儿在叫，茅屋顶上燕子呢喃。

一对白发的农家老夫妻正围着老瓦盆饮酒用饭。

桑林外，一位梳着双丫髻的小姑娘头上斜插着花枝，在荡秋千。

她转眼注视多时，大概是赞叹我这个行路之人坐在马上吟哦诗篇。

赏析

鬓发已白的夫妇，活泼天真的孩子；似雪的梨花，朦胧的柳树；还有荆门上的犬吠，茅茨上的燕语，一幅天然的没有任何雕饰的美丽画卷：人与人和谐，物与物相融，各安其位，自然和谐。更有意思的是那桑柘树上荡着秋千的孩子，梳着发髻，插着花枝，闲适、快乐，却被我这路人吸引，她好奇地顾盼，眸子里有疑问，只因我在摇头晃脑地吟诗。江山一片秀，温暖在心头。这是作者眼中的美，不仅美在景，更是美在一片和谐的人间之情。作者用清丽的笔法、温和的色彩，表现出曲中人陶然忘机的情怀和一片生机盎然的农家生活情趣。

这支曲子所写景象喜人，表现出作者对农民怀有深厚的感情和浓烈的平民意识。此曲抒写作者于清明前的寒食节在新野道中看到的农村初春景象。开头三句是写农村的自然风光。接着是写农村老年人的悠闲生活。

“桑拓”两句是写农村孩子们的快乐生活。最后三句是写作者看到这些迷人的景象后，感到无比的喜悦，情不自禁地“转眄移时”，在马上不住吟诗称颂。

吴孙皓初童谣

【晋】佚名

宁饮建业①水，
不食武昌鱼。
宁还建业死，
不止武昌居。

注释

①建业：建业是南京在东吴时期的名称，是三国时期东吴的都城，当时中国南方的经济、文化、政治、军事中心。

译文

宁肯喝建业的水，也不吃武昌的鱼。

宁肯回到建业死，也不继续在武昌居住。

赏析

三国时期，地处东南的吴国是立国时间最长的国家。但在孙权病亡前后，统治集团内部在继承权问题上就乱开了。朝官分成拥嫡、拥庶两派，为废、立太子斗争非常尖锐。公元252年，孙权去世，内部矛盾很快表面化，宗室和大臣间彼此屠戮，长期进行争权夺势的斗争。孙权之后，由孙亮、孙休先后称帝，为时不长。公元264年，由孙皓执政。这个吴国的末代皇帝凶顽残暴，穷奢极侈。他用剥面皮、凿眼睛、灭三族等酷刑杀人。后宫已有数以千计的宫女，还在民间掠夺少女。甚至明令年年上报“将吏家女”的名册，女孩子一到十五、六岁就要“简阅”一番，供其挑选。暴虐的政治，苛酷的剥削，激起人民不断起义，终于将吴国推进覆灭的深渊。

在吴国历史上曾有过多次迁都事件。公元211年，孙权从吴迁都秣陵，并改名建业（即今南京），后来随着政治、经济形势的发展，孙权迁都鄂，改名武昌。229年，又还都建业。很有进取精神的孙权，十分重视这两个军事重镇，通过建都，使两地经济日臻繁荣。尤其是建业，成了南方政治、经济和文化的中心。到孙皓时代，公元265年，他在西陵督阐的建议下，也来了一次迁都。什么原因呢？据说“荆州有王气”，而建业宫殿已破旧。这个贪欲无度的暴君但求享尽人间欢乐，于是吹吹打打地从建业搬到武昌，并下令扬州地区的人民远道从长江送去供享乐的一切耗资。沿江人民怨声载道，苦不堪言。

“政事多谬”，加上“公私穷匮”，虽然孙皓还在醉生梦生之中，可国政已是风雨飘摇、岌岌可危了。左丞相陆凯是孙权留下的旧臣，对孙权的治国之道有切身感受，对孙皓的腐朽专横有冷静观察，算是个统治集团中的清醒者。凭借旧臣身份，还敢于直言疏。《吴孙皓初童谣》就是陆凯在武昌劝孙皓时引用的一首童谣。陆凯在这个奏疏中，痛陈国衰民弱之现状，力劝孙皓“省息百役，罢去苛扰，科出宫女，清选百官。”孙皓当然十分不悦，只是慑于陆凯的“宿望”，才没有加害于他。

《吴孙皓初童谣》仅短短四句，却从中透露出了人民的苦难、怨恨和不平。尽管武昌有美鱼可烹食，有房屋可停居，但百姓宁愿到建业去，即使在那里只能饮水充饥，以至如履死地，也心甘情愿，在所不辞。为什么呢？就因为武昌为孙皓所居，人民苦于暴政久矣，已不能共存于一处。当然，这里还有一层深意，那就是建业曾是孙权的古都，人民向往建业，实是怀念创业皇帝孙权。当时为了备战，孙权虽然也曾强赋厚税，然而他个人尚能自持节俭。在倡导发展农业生产时，他不但赞同陆凯开垦农田的命令，而且主动提出他和儿子们亲自受田耕种，“亦欲与众均等其劳也”。公元。247年，建业宫年久失修，武昌宫已用了二十八年，这些材料不能再用，建议采伐新材以筑新宫。孙权不许，认为正是战争期间，百姓负担已重，如若再有通伐，就会妨损农桑，坚决让臣下搬来武昌宫材瓦改作太初宫。对比孙皓的暴虐贪残，人们能不痛恨万分吗？童谣正是通过向往建业、远避武昌这种直率的语言责孙皓。以宁死而不愿留居武昌的激愤之声，揭露了当时“苛政猛虎”的血淋淋的社会现实，控诉了孙皓暴政的滔天罪恶，抗议了他们的胡作非为。

当时永安山区的农民忍无可忍，在施但领导下发动了一次起义。初则数千人，发展到万余人，直杀至建业城里，给孙皓政权以极大威胁，就在这种天怨人怒的境况下，孙皓不得已于266年冬天灰溜溜地还都建业，一方面血腥镇压施但义军，一方面以此平息朝野反抗。但是，他的骄奢淫逸并未就此收敛。一到建业又耗费数以亿计的资财筑起了一座显明宫，“大开园囿，土山楼观，穷极伎巧。”陆凯也曾强劝，而孙皓至死不悟，终于弄到财竭国亡的地步。

这首歌谣为陆凯作为例证引用于奏疏中，但保留着民谣朴实生动的面貌。它用强烈对比的手法，从正反两方面突出反封建暴政的主题思想。相近的句式，相近的韵脚，成为在民间口口相传、不胫而走的有利条件。

陌上花三首

【宋】苏轼

游九仙山，闻里中儿歌陌上花，父老云，吴越王妃每岁春必归临安，王以书遗妃曰：“陌上花开，可缓缓归矣。”吴人用其语为歌，含思宛转，听之凄然。而其词鄙野，为易之云。

一

陌上花开蝴蝶飞，
江山犹是昔人非①。
遗民几度垂垂②老，
游女③长歌缓缓归。

二

陌上山花无数开，
路人争看翠軿④来。

注释

①昔人非：作者作此诗时，距离太平兴国三年已近一百年，当时之人自无在者。
②遗民：亡国之民。垂垂：渐渐。一作“年年”。
③游女：出游陌上的女子。
④翠：青绿色。軿（píng）：车幔，代指贵族妇女所乘有帷幔的车子。

若为留得堂堂⑤去，
且更从教⑥缓缓回。

三

生前富贵草头露⑦，
身后风流陌上花。
已作迟迟⑧君去鲁，
犹教缓缓妾还家。

⑤堂堂：指青春。
⑥从教：听任，任凭。
⑦草头露：草头的露水，一会儿就干掉，比喻生前富贵不长久。
⑧迟迟：源自《孟子·尽心下》“孔子之去鲁，曰：‘迟迟吾行也，去父母国之道也’”。比喻吴越国降宋。

译文

我在游览九仙山时，听到了当地儿歌《陌上花》。乡亲们说吴越王钱镠的妻子每年春天一定回到临安，吴越王派人送信给王妃说：“田间小路上鲜花盛开，你可迟些回来。”吴人将这些话编成歌儿，所含情思婉转动人，使人听了心神凄然，然而它的歌词比较粗俗、浅陋，因此给它换掉，而成以下三首诗。

一

田间小路上的花儿开了，蝴蝶在花丛中飞呀飞，江山还没有更改呀，往昔的主人早已更替。

经过了几度春秋，遗民已逐渐老了，出游的女子长歌着缓缓返归。

二

田间小路上无数花儿烂漫盛开，路上的行人争相围观那彩车驶来。

如果要留住这明艳的春花，那就暂且听从吴越王的意见，不要急着返回。

三

生前的富贵荣华好似草尖上的露珠，死后的风流情感正如那田间小路上的春花。

吴越国已降宋，还要教妻子不急于从陌上归家。

赏析

第一首对吴人歌《陌上花》事作了概括的叙述。首句由眼前景物写起：春天时节，陌上鲜花盛开，蝴蝶在翩翩飞舞。这迷人的春色，跟“吴越王妃每岁春必归临安”时的景象并无不同。然而，随着时光的流逝，吴越王朝早已灭亡，吴越王妃也已不复存在，只留下了令人凄然的故事传说。故次句紧承首句，转出“江山犹是昔人非”，由眼前的景物联想到已成过往的人事，两相对照，发出了“江山依旧，人事已非”的感慨。三四两句着眼于吴人歌《陌上花》事。尽管吴越王朝的遗民已渐渐地衰老，但游女们仍在长声歌唱《陌上花》，以寄托对王妃的追忆与悼念。这说明《陌上花》流传颇广，在吴人中有很强的生命力。

第二首写吴越王妃春归临安的情景。春天来了，陌上的无数山花争奇斗艳，王妃按照惯例，乘坐富丽的翠軿，又来到了临安，吸引了过往的路人竞相观看。诗人以“山花”“翠軿”来衬托王妃的青春美貌，又以“路人争看”渲染王妃归来的盛况，透露出吴越王朝曾有的一点儿承平气象。三、四句是设想之辞。意谓如能留得青春在，王妃即可遵从吴越王的嘱咐“缓缓而回”，尽情观赏临安旖旎的春光。“堂堂”，指青春。唐薛能诗云：“青春背我堂堂去，白发摧人故故生。”青春，一语双关，有青春年华之意，也有春天之意。杜甫《闻官军收河南河北》云：“白日放歌须纵酒，青春结伴好还乡。”然而，无论是春天还是人的青春年华，都不可能永存长在，因而，“陌上花开，可缓缓归矣”之类的风流轶事也必然有终结之时。

第三首慨叹吴越王的去国降宋。头两句即以鲜明的对照说明：吴越王及其妃子生前的富贵荣华，犹如草上的露珠，很快就消失了，但其风流余韵仍流传于《陌上花》的民歌中。前者是短暂的，后者是长久的；帝王的富贵与吴人无关，而他们的风流轶事，由于含有普通人的情感、爱情以

及多少带有悲剧的色彩，故能引起人们的兴趣，以致通过民歌来传诵。最后两句写吴越王虽然已去国降宋，丧失了帝王之尊，却仍保留着“陌上花开，可缓缓归矣”的惯例；可叹的是，“王妃”的身份已改变为“妾”，“路人争看翠軿来”的盛况大概不会再出现了。细品诗味，其中不无诗人的深沉感慨和委婉讽喻。

这三首诗中都贯穿了“江山犹是昔人非”的历史哀思，而婉转凄然则成为作者的抒情基调。全诗虽以“吴越王妃每岁必归临安”的轶事为题材，却委婉曲折地咏叹了吴越王朝的兴亡，带有怀古咏史的性质。诗中感慨虚名浮利，皆如那草头露、陌上花，转眼即消逝不见；人们生前的一切荣华富贵，全如那清晨草头上的露水，不多久就散发消失；死后所留下的美好名声，全如那路上的花朵，很快就会凋枯谢落。民歌原来就“含思宛转，听之凄然”，经苏轼润色创作的《陌上花》，既保留了民歌的基本内容、形式及其朴素自然的风格，又显得语言典雅，意味深长，诗情凄宛。诗中多用叠字，如“垂垂”“缓缓”“堂堂”“迟迟”等，不仅恰切地描摹了人物的情态，且能增加节奏感和音乐美。

奉先刘少府新画山水障①歌

【唐】杜甫

堂上不合②生枫树，
怪底③江山起烟雾。
闻君④扫却⑤赤县⑥图，
乘兴遣画沧洲⑦趣。
画师亦无数，

注释

①山水障：即画有山水的屏障。
②不合：不该。
③底：什么，为什么。
④君：指刘单。
⑤扫却：画成。扫，有一挥而就的意思。
⑥赤县：唐时京都所辖的县称赤县，此处指奉先县。
⑦沧洲：滨水之地，古时常用以称隐士居住的地方。

好手不可遇。
对此[8]融心神[9]，
知君重毫素[10]。
岂但祁岳[11]与郑虔[12]，
笔迹远过杨契丹[13]。
得非玄圃[14]裂，
无乃潇湘翻？
悄然坐我天姥[15]下，
耳边已似闻清猿[16]。
反思前夜风雨急，
乃是蒲城[17]鬼神入。
元气淋漓障犹湿[18]，
真宰[19]上诉天应泣。
野亭春还[20]杂花远，
渔翁暝[21]踏孤舟立。
沧浪[22]水深青溟[23]阔，
欹[24]岸侧岛秋毫末[25]。
不见湘妃鼓瑟[26]时，
至今斑竹临江活。
刘侯[27]天机[28]精，
爱画入骨髓[29]。

⑧此：指山水障。
⑨融心神：即呕心沥血作画。
⑩重毫素：重视绘画，酷爱绘画。毫素，毛笔和素绢，都是用来绘画的。
⑪祁岳：与杜甫同时的著名画家。《图绘宝鉴·补遗》说他“工山水”。
⑫郑虔：杜甫好友。夏文彦《图绘宝鉴》卷二说他“善画山水，山饶墨，树枝老硬”。
⑬杨契丹：隋朝名画家，张彦远《历代名画记》卷八说他官至上仪同，列为“上品中”。
⑭玄圃：一作“县圃”。传说为昆仑山巅名，乃仙人所居之处。
⑮天姥：山名，在今浙江嵊州东、天台西北。杜甫早年游吴越时曾到此，《壮游》诗有“归帆拂天姥”之句，可证。
⑯清猿：猿的叫声凄清。李白《梦游天姥吟留别》：“渌水荡漾清猿啼。”
⑰蒲城：即奉先县旧名。因唐睿宗李旦死后葬于蒲城西北之桥陵，遂改名奉先。
⑱障犹湿：是说墨迹未干。
⑲真宰：指天神。
⑳春还：春回大地。
㉑暝：暮夜。
㉒沧浪：多用于形容水极清。
㉓青溟：青色的大海。
㉔欹：倾斜。
㉕秋毫末：指所画岸、岛等景物细致入微。
㉖鼓瑟：语出《楚辞·远游》“使湘灵鼓瑟兮”。湘灵，即湘妃。
㉗刘侯：指刘单。
㉘天机：犹言灵性。

处有两儿郎，
挥洒[30]亦莫比。
大儿聪明到[31]，
能添老树巅崖里。
小儿心孔开[32]，
貌[33]得山僧及童子。
若耶溪[34]，
云门寺[35]。
吾独胡为[36]在泥滓[37]，
青鞋布袜[38]从此始。

㉙入骨髓：是说酷爱作画。
㉚挥洒：挥笔洒墨，指作画。
㉛聪明到：犹言绝顶聪明。到，至、极。
㉜心孔开：心窍机灵。
㉝貌：描画，描摹。
㉞若耶溪：在今浙江绍兴市南若耶山下。
㉟云门寺：临若耶溪，风景优美。杜甫年轻时曾到此。
㊱胡为：为什么。
㊲泥滓：泥垢，比喻俗世。
㊳青鞋布袜：隐者所服。

译文

走进刘单家厅堂，一抬眼就看见山水屏障，其枫树之生，烟雾之起震撼人心。

刘单刚画完了描绘奉先县的《赤县图》，又乘兴画出了这幅充满隐逸情趣的山水障子。

画师虽然很多，但是好的画师确实很难找到。

从刘单呕心沥血画山水障子来看，他是酷爱绘画艺术的。

刘画水平超过了杨契丹、祁岳和郑虔等著名画家。

所画山水神奇秀美，逼似玄圃和潇湘。

看了画中境界，不禁使自己仿佛回到早年游过的天姥山又听到了猿猴凄清的叫声。

回想前夜刘单作画时风大雨大，好像是惊动了蒲城的鬼神。

刚做好的山水屏障墨迹未干，让人联想到女娲补天的神话传说。

春天归来，野亭外长满了野花野草，水中的孤舟上，渔翁正趁着暮色钓鱼。

水非常清澈，也非常深，水面非常开阔，倾斜的小岛上景物细致入微。

屏障上的江岸还有竹林，沿江生长的斑竹活灵活现。

刘单天生聪慧，又非常喜爱作画。

现在有两个儿子，挥笔洒墨也无人可比。

大儿子绝顶聪明，能在悬崖里画上老树。

小儿子心窍机灵，相貌还如同童子一般。

若耶溪，旁边有云门寺，风景优美。

我被刘单所画盛景吸引，不禁心驰神往，忽有归隐的想法。

赏析

这首咏画长歌的开端，确实来得突兀，令人惊奇。南宋时，杨诚斋就指出这是惊人之句。虽是惊人，但并非没头没脑地虚张声势，而是合情合理地实叙起因。天宝十三载秋，杜甫因长安米贵，送家属到奉先县寄居，才有机会见到刘少府和他画的屏障，这对我们理解这开端大有好处。杜公去拜访刘县尉，走进他家厅堂，一抬眼就看见山水屏障。“堂上不合生枫树，怪底江山起烟雾”，拿现在流行的术语来说，就是主人震撼人心的作品，对杜甫这个审美主体所产生的效应。这屏障一下子就能把眼力很高的杜公摄住，足见其绝非凡笔。枫树之生，烟雾之起，又用语言画出了画的真实生动，使人目眩神摇，惊奇赞叹。从诗的章法看，开端这两句，就足以笼罩全篇。

惊奇赞叹之际，杜公自然要向主人问起屏障的来由。所以接着“闻君扫却赤县图，乘兴遣画沧洲趣”。唐朝人画画，是不兴题款的，更没有题上“某某图”或一段诗文，所以杜公因问而得闻。“扫却”是落笔迅

疾，足见刘少府绘事之精熟。唐人山水画中，也就有写实的，如杜公后来在成都所咏“蜀道地图”。先画赤县图，引起了画兴，于是“乘兴遣画沧洲趣”，这是不拘泥于实景的写意。画家的精神自由，情趣酣畅，技巧也就能充分发挥。“沧洲趣”这三个字，实是全篇之眼，亦即主题思想之所在。谢朓《之宣城郡出新林浦向板桥》：“既欢怀禄情，复协沧洲趣。”“沧洲趣”就是与仕宦之情相对立的隐逸之趣。这首歌行写到的三方面，一是画家刘少府，二是他的作品山水障，三是诗人自己，这三者都由沧洲趣绾合在一起。

“画师亦无数”以下六句，算是第二段，赞美刘少府是难得的画家。这赞美分三层说。一层说画师虽多，好手难遇，而你这画使我心神俱融，足见你极重绘事，功力深厚，不愧好手。二层说当代名家祁岳、郑虔都赶不上你。三层说即使是前代名家杨契丹，你也远远超过了。三层递进，越赞越高。照张彦远《历代名画记》的记载，杨契丹的画列为“上品中”，那么，刘少府就该是“上品上”了。刘少府可能就是后来代宗时被宰相元载援引的礼部郎中刘单，然至今没有发现有关他善画的记载。

盛赞画家其人，接着便落实在画上，“得非玄圃裂”以下八句，从大处着眼，写屏障山水的奇妙入神。这画中的山水是不可实指，难以名称的，“得非玄圃张，无乃潇湘翻”，于是以怪叹的语气喝起。昆仑山颠的玄圃是仙人所居，流向洞庭的潇湘也是神人所在，玄圃的山分裂到画上，潇湘的水翻腾在画上，这种神奇超妙可以想象而难以言传。如果光是这样比譬，还是虚了一点，接着进一步坐实：“悄然坐我天姥下，耳边似已闻清猿”。诗人这一坐进去，令人有了恍如眼前的感觉。宋时黄山谷就化用此意，写了一首题画诗：“惠崇烟雨归雁，坐我潇湘洞庭。欲焕扁舟归去，故人言是丹青。”画的神妙，形容到此地步，也算到顶了。殊不知到顶还要上天“反思前夜风雨急，乃是蒲城鬼神入。元气淋漓障犹湿，真宰上诉天应泣”。画能移人还不算，更神奇到足以惊天地、泣鬼神，而且借用本地风雨，说得煞有介事，活灵活现。于此，我们不得不惊叹杜公诗思之瑰奇，这种写法也沾溉后人不浅。李贺的《李凭箜篌引》“梦入神山教神妪……石破天惊逗秋雨”，便是从此化出。如此的浪漫夸张，之所以令人神往，在于“元气淋漓障犹湿”，画上水墨的渲淡变幻便是它生发的实处。

杜公不愧是卓越的鉴赏家，他不但能深赏画趣，深通画理，而且还深知画法。上面八句勾出了全幅屏障的大势。“野亭春还杂花远”以下六句，便描绘了画中的细节，这样的顺序，和一幅山水的创作过程是一致的。“野亭春还杂花远”是陆地近景，“渔翁暝踏孤舟立”是水中近景，“沧浪水深青溟阔”是水的中远景，“欹岸侧岛秋毫末”是水边远景，“不见湘妃鼓瑟时，至今斑竹临江活”又是水边的近景。能辨清竹子的种属的地方必定是画下方的近处。这六句写得很妙，不仅使我们看出山水的回环交错，近细远略，而且还仿佛使我们随着杜公仔细观赏，视点也随之转移。

“刘侯天机精”以下至篇末，犹如作画最后收拾点缀，毫发无憾，总束全篇。“刘侯天机精，爱画入骨髓”，照应前面“知君重毫素”，说刘天资颖异，又喜爱绘事至于刻骨沦髓，工力之深，不言而喻，这就点明了他的画出神入化的原因。“两儿郎”六句，人与画同时补收，俱臻完美。一位艺高当代的画家还有两儿克绍箕裘，一幅神奇的山水屏障添上老树山僧和童子丽更饶情趣，都使人心悦意快。接着笔锋一转，说到诗人自己。“若耶溪，云门寺。吾独胡为在泥滓，青鞋布袜从此始。”这看起来，似乎收得太突然，前代评家们都说到这点，但未说出所以然。其实，只要明白杜公通篇都没有离开画面，也就不会感到突然了。

全诗或虚或实，波澜层出，生动传神，笔力饱满，脉络分明，实为古代题画诗中的珍品。

池　上

【唐】白居易

小娃①撑小艇②，
偷采白莲③回。
不解藏踪迹④，
浮萍⑤一道开。

注释

①小娃：男孩儿或女孩儿。
②艇：船。
③白莲：白色的莲花。
④踪迹：指被小艇划开的浮萍。
⑤浮萍：水生植物。椭圆形叶子浮在水面上，叶下面有须根。夏季开白花。

译文

小孩撑着小船，偷偷地从池塘里采了白莲回来。

他不懂得掩藏自己的行踪，浮萍被船儿荡开，水面上留下了一条长长的水线。

赏析

这首诗好比一组镜头，摄下一个小孩儿偷采白莲的情景。从诗的小主人公撑船进入画面，到他离去只留下被划开的一片浮萍，有景有色，有行动描写，有心理刻画，细致逼真，富有情趣；而这个小主人公的天真幼稚、活泼淘气的可爱形象，也就栩栩如生，跃然纸上了。

这是一首描写儿童生活的诗。诗人以他特有的通俗风格将诗中的小娃娃描写得非常可爱、可亲。整首诗如同大白话，但极富韵味，令人读后忍俊不禁、哑然失笑。诗人在诗中叙述一个小娃娃生活中的一件小事，准确地捕捉了小娃娃瞬间的心情，勾画出一幅采莲图。

莲花盛开的夏日里，天真活泼的儿童，撑着一条小船，偷偷地去池中采摘白莲花玩。兴高采烈地采到莲花，早已忘记自己是瞒着大人悄悄地去的，不懂得或是没想到去隐蔽自己的踪迹，得意忘形地大摇大摆划着小船回来，小船把水面上的浮萍轻轻荡开，留下了一道清晰明显的水路痕迹。诗人以他特有的通俗风格将诗中的小娃娃描写得非常可爱、可亲，整首诗如同大白话，富有韵味。

白居易是一位擅长写叙事诗的大诗人。他的长篇叙事诗，将所叙事物写得曲折详尽、娓娓动听，饱含着自己的情感。同样的，他的诗中小品，更通俗平易。

所　见

【清】袁枚

牧童①骑黄牛，

注释

①牧童：指放牛的孩子。

歌声振[②]林樾[③]。
意欲[④]捕[⑤]鸣蝉，
忽然闭口立。

②振：振荡；回荡。说明牧童的歌声嘹亮。
③林樾（yuè）：指道旁成荫的树。
④欲：想要。
⑤捕：捉。

作者名片

袁枚（1716—1797），清代诗人、散文家。字子才，号简斋，晚年自号仓山居士、随园主人、随园老人。汉族，钱塘（今浙江杭州）人。乾隆四年进士，历任溧水、江宁等县知县，有政绩，四十岁即告归。在江宁小仓山下筑随园，吟咏其中。广收诗弟子，女弟子尤众。袁枚是乾嘉时期代表诗人之一，与赵翼、蒋士铨合称“乾隆三大家”。

译文

牧童骑在黄牛背上，嘹亮的歌声在树林里回荡。

忽然想要捕捉树上鸣叫的知了，于是马上停止唱歌，静悄悄地站立在树旁。

赏析

这首诗的第一句平平而起，不着痕迹。第二句调子突然高昂，旋律突然加快，从而形成一个高潮。一、二句描写了小牧童的天真活泼、悠然自得的可爱模样和他的愉快心情，“骑”字直接写出了牧童的姿势，“振”字则间接点出他的心情。通过“骑”和“振”两个动词，把牧童那种悠闲自在、无忧无虑的心情和盘托了出来。他几乎完全陶醉在大自然的美景之中，简直不知道世间还有“忧愁”二字。正因为心中欢乐，才不禁引吭高歌，甚至于遏行云，“振林樾”。

三、四句仍然是继续描写神态。第三句是过渡，是作势。写牧童的心理活动，交代了他“闭口立”的原因，也是全诗的转折点。第四句，急转

直下，如千尺悬瀑坠入深潭，戛然而止。“忽然”一词，把这个牧童发现树上鸣蝉时的惊喜心情和机警性格栩栩如生地表现了出来。“忽然”发生了变化：由响而静、由行而停，把小牧童闭口注目鸣蝉的瞬间神态写得韵味十足。而“闭”和“立”两个动词，则把这个牧童天真的神态和孩子式的机智刻画得淋漓尽致。全诗纯用白描手法，紧紧抓住小牧童一刹那间的表现，逼真地写出小牧童非常机灵的特点，让人倍觉小牧童的纯真可爱。

这是一首反映儿童生活的诗篇，诗人在诗中赞美了小牧童充满童趣的生活画面。诗人先写小牧童的动态，那高坐牛背、大声唱歌的派头，何等散漫、放肆；后写小牧童的静态，那屏住呼吸，眼望鸣蝉的神情，显得特别专注。“此时无声胜有声”。这从动到静的变化，写得既突然又自然，把小牧童天真烂漫、好听多事的形象，刻画得活灵活现。这首诗正是在这种起伏变化中获得了巨大的艺术效果。诗的语言，明白如话，质朴无华，十分本色。至于下一步的动静，小牧童怎样捕蝉，捕到没有，诗人没有写，留给读者去体会、去遐想、去思考。这首诗通过对自然环境和社会生活的描写，直接抒发生活的感受，看似闲情逸致，实则寄托情思。同时这首诗不顾及格律，活泼自由，语言浅显明了，形象自然生动。综观全诗，它所描绘的和平、宁静和优美如画的田园风光，所刻画的活泼、自在和天真无邪的牧童形象，表现了诗人的一种“真性情”。诗人曾经说过“诗人者，不失其赤子之心也。”毋庸讳言，诗所描绘、所刻画的，正是诗人毕生追求的境界，也正是他所一再强调的“真性情”。

小儿垂钓

【唐】胡令能

蓬头[①]稚子[②]学垂纶[③]，
侧坐莓苔[④]草映[⑤]身。
路人借问[⑥]遥招手，
怕得鱼惊[⑦]不应[⑧]人。

注释

①蓬头：形容小孩可爱。
②稚子：年龄小的、懵懂的孩子。
③垂纶：钓鱼
④莓苔：一种野草。苔藓植物。
⑤映：遮映。
⑥借问：向人打听。
⑦鱼惊：鱼儿受到惊吓。
⑧应：回应，答应，理睬。

译文

一个头发蓬乱、面孔青嫩的小孩在河边学钓鱼，侧身坐在青苔上绿草，映衬着他的身影。

听到有过路的人问路，连忙远远地摆了摆手，不敢回应路人生怕惊动了鱼儿。

赏析

《小儿垂钓》是一首以儿童生活为题材的诗作，诗写一“蓬头稚子”学钓鱼，“侧坐莓苔草映身”，路人向小儿招手，想借问打听一些事情，那小儿却“怕得鱼惊不应人”（怕惊了鱼而不置一词），真是活灵活现、惟妙惟肖，形神兼备，意趣盎然。其艺术成就丝毫不亚于杜牧著名的《清明》一诗。

此诗分垂钓和问路两层，第一、二句重在写垂钓（形），第三、四句重在写问路（传神）。

第一、二句，稚子，小孩也。“蓬头”写其外貌，突出了小孩的幼稚顽皮，天真可爱。“纶”是钓丝，“垂纶”即题目中的“垂钓”，也就是钓鱼。诗人对这垂钓小儿的形貌不加粉饰，直写出山野孩子头发蓬乱的本来面目，使人觉得自然可爱与真实可信。“学”是这首诗的诗眼。这个小孩子初学钓鱼，所以特别小心。在垂钓时，“侧坐”姿态，草映其身，行为情景，如在眼前。“侧坐”带有随意坐下的意思。侧坐，而非稳坐，正与小儿初学此道的心境相吻合。这也可以想见小儿不拘形迹地专心致志于钓鱼的情景。“莓苔”，泛指贴着地面生长在阴湿地方的低等植物，从“莓苔”不仅可以知道小儿选择钓鱼的地方是在阳光罕见人迹罕到的所在，更是一个鱼不受惊、人不暴晒的颇为理想的钓鱼去处，为后文所说“怕得鱼惊不应人”做了铺垫。“草映身”，也不只是在为小儿画像，它在结构上，对于下句的“路人借问”还有着直接的承接关系——路人之向小儿打问，就因为看得见小儿。

后两句中“遥招手”的主语还是小儿。当路人问道，小儿害怕应答惊鱼，从老远招手而不回答。这是从动作和心理方面来刻画小儿，有心计，有韬略，机警聪明。小儿之所以要以动作来代替答话，是害怕把鱼惊散。小儿的动作是“遥招手”，说明小儿对路人的问话并非漠不关心。小儿在“招手”以后，又怎样向“路人”低声耳语，那是读者想象中的事，诗人再没有交代的必要，所以，在说明了“遥招手”的原因以后，诗作也就戛然而止。

在唐诗中，写儿童的题材比较少，因而显得可贵。这首七绝写小儿垂钓别有情趣。诗中没有绚丽的色彩，没有刻意的雕饰，就似一枝清丽的出水芙蓉，在平淡浅易的叙述中透露出几分纯真、无限童趣和一些专注。此诗不失为一篇情景交融、形神兼备的描写儿童的佳作。

舟过安仁①

【宋】杨万里

一叶渔船两小童，
收篙②停棹③坐船中。
怪生④无雨都张伞，
不是遮头是使风⑤。

注释

①安仁：县名，1914年因与湖南安仁县同名而改名余江县。
②篙：撑船用的竹竿或木杆。
③棹：船桨。
④怪生：怪不得。
⑤使风：诗中指两个小孩用伞当帆，让风来帮忙，促使渔船向前行驶。

译文

一艘小小的渔船上有两个小孩，他们把撑船的长竹篙收起来，坐在船里。

怪不得没下雨他们就张开了伞，不是为了遮雨，而是想利用伞当帆让船前进啊。

赏析

此诗写诗人乘舟路过安仁时，所见到的情景。

“一叶渔船两小童，收篙停棹坐船中。”这里有作者的所见：一叶小渔船上，有两个小孩子，他们收起了竹篙，停下了船桨。

“怪生无雨都张伞，不是遮头是使风。”这里省略了诗人看到的两个孩子撑伞的事，省略了作者心中由此产生的疑问，而直接把疑窦顿解的愉悦写了出来。怎么解开的呢？可能是诗人看到孩童异常的行为，就开始更认真地观察、思考，结果当然是恍然大悟：哦，怪不得没下雨他们也张开了伞呢，原来不是为了遮雨，而是舞动伞柄使风吹着小船前进啊！也可能是直接就问两个孩子，孩子把原因讲给他听的。于是欣然提笔，记录下这充满童趣的一幕。

杨万里写田园诗，非常善于利用儿童稚态，起到点化诗境的效果。他的《宿新市徐公店》（篱落疏疏一径深，树头花落未成阴。儿童急走追黄蝶，飞入菜花无处寻），《闲居初夏午睡起二绝句》（①梅子留酸软齿牙，芭蕉分绿与窗纱。日长睡起无情思，闲看儿童捉柳花。②松阴一架半弓苔，偶欲看书又懒开。戏掬清泉洒蕉叶，儿童误认雨声来）可以参阅。不同的是，《舟过安仁》是直接把目光聚焦到儿童身上，全诗都是写儿童的稚气行为。杨万里对儿童的喜爱之情溢于言表，对两个小童子玩耍中透出的聪明伶俐赞赏有加。当然，从中也可以看出诗人的童心不泯，对天真、可爱的孩子充满喜爱之情。

村晚

【宋】雷震

草满池塘水满陂[1]，
山衔[2]落日浸[3]寒漪[4]。
牧童归去[5]横牛背[6]，
短笛无腔[7]信口[8]吹。

注释

①陂（bēi）：池塘的岸。
②衔：口里含着。
③浸：淹没。
④寒漪（yī）：水上波纹。
⑤归去：回去。
⑥横牛背：横坐在牛背上。
⑦腔：曲调。
⑧信口：随口。

作者名片

雷震，生平不详。或以为眉州（今四川眉山）人，宋宁宗嘉定年间进士。又说是南昌（今属江西）人，宋度宗咸淳元年（1265）进士。其诗见《宋诗纪事》卷七十四。

译文

池塘四周长满了青草，池塘里的水几乎溢出了塘岸。山像是衔着落日似的，倒映在波光荡漾的水面上。

放牛的孩子横坐在牛背上，慢慢地朝家而去，拿着短笛随便地吹奏着不成调的曲子。

赏析

这是一首描写农村晚景的诗。四周长满青草的池塘里，池水灌得满满的，太阳正要落山，红红的火球好像被山吃掉一样（是落山后），倒映在冰凉的池水波纹中。放牛回家的孩子横坐在牛背，他拿着短笛随便地吹奏。诗人即景而写，构成了一幅饶有生活情趣的农村晚景图。

写景的艺术特色：《村晚》的写景文字集中在一、二两句，写的是山村晚景。诗人把池塘、山、落日三者有机地融合起来，描绘了一幅非常幽雅美丽的图画，为后两句写牧童出场布置了背景。“草满池塘水满陂”，两个“满”字，写出仲夏时令景物的特点，写出了景色的一片生机；“山衔落日浸寒漪”，一个“衔”，写日落西山，拟人味很浓，一个“浸”，写山和落日倒映在水中的形象，生动形象。“横”字表明牧童不是规矩地骑，而是随意横坐在牛背上，表现了牧童的调皮可爱，天真活泼，淳朴无邪。这些景物，色彩和谐，基调清新，有了这样的环境，那牧童自然就是优哉游哉、其乐融融的了。同时，也表现出了牧童无忧无虑，悠闲自在的情致……

诗歌的意境的创造：诗人是带着一种欣赏的目光去看牧童、写村晚的，他十分满足于这样一种自然风光优美、人的生活自由自在的环境，所以他写牧童，让其“横牛背”，吹笛呢，则是“无腔信口”，是诗人厌倦了尘世的喧嚣，看破了“红尘滚滚”呢，还是他天性好静、好无拘无束呢？总之，这首诗描绘的确实是一幅悠然超凡、世外桃源般的画面，无论是色彩的搭配，还是背景与主角的布局，都非常协调，而画中之景、画外之声，又给人一种恬静悠远的美好感觉。

稚子弄冰

【宋】杨万里

稚子①金盆脱晓冰②，
彩丝穿取当银钲。
敲成玉磬③穿林响，
忽作玻璃④碎地声。

注释

①稚子：指幼稚、天真的孩子。
②脱晓冰：在这里指儿童晨起，从结成坚冰的铜盆里剜冰。
③磬（qìng）：古代打击乐器，形状像曲尺，用玉、石制成，可以悬挂在墙上。
④玻璃：指古时候的一种天然玉石，并不是现在的玻璃。

译文

儿童早晨起来，将冻结在铜盆里的冰块脱下，用彩线穿起来当铮。

敲出的声音像玉磬一般穿越树林，忽然冰锣敲碎落地，发出美玉摔碎般的声音。

赏析

全诗摄取瞬间快景避开直接描写，用生动形象的“穿林”响声和贴切的比喻，以老者的眼光开掘稚子的情趣。

一、二句“稚子金盆脱晓冰，彩丝穿取当银钲”。金盆，古时把金属的东西统称作金，这里指铜盆。脱，脱离，取出。晓，清晨。钲（读zhēng），锣。说清晨起来，儿童从铜盆里取出夜间冻好的冰块，用彩色

丝线穿上当作银锣。天寒才能结冰，冰块又是很凉的，儿童却早早起来去玩它，写出儿童不怕冷。一块凉凉的冰有什么好玩的呢？有的，可以穿上丝线当锣敲。这是只有儿童才想得出的，而且是“彩”线，“银”锣，又很美。说明这个儿童既顽皮，又聪明精灵。

第三句“敲成玉磬穿林响”，磬（读qìng），乐器名，古时常用玉石雕成。悬于架上，以物敲击。这句详细描写儿童提着银锣似的冰块玩耍的情景。说他手提“银锣”在树林里边敲边跑，“银锣”发出玉磬般美妙的乐声。无疑，这声音清脆悦耳，传得很远。“穿”字，有人在林间奔跑的意思，也有声音的传播之意。诗句将儿童得到“银锣”后兴高采烈的情态传神地描绘出来，让人想见他那狂喜的身影。

第四句“忽作玻璃碎地声”。意外的情况发生了，诗的发展出现了波折。玻璃，古时指天然的玉类美石。碎地，落在地上摔碎。意思是：儿童手里的冰块忽然掉在地上，摔碎了，那声音就像美玉落地摔碎一样。儿童的心情怎样呢？诗人没有写，但可以想象出，一定是感到突然，有些遗憾。先是呆呆地站在那里望着地上碎裂的冰块，几乎同时送到耳朵的声响竟是那样优美，又一个意想不到，也许他会瞬间转忧为喜，高兴得又蹦又跳了。这最后一句，意外，又合情理。沉甸甸的冰块，用丝线提着，掉下是很自然的。冬天地面冻得很硬，冰块又硬又脆，落地摔碎也很容易。但儿童不考虑这些，只顾高兴地跑呀，敲呀，结果摔碎了。活画出儿童天真可爱的形象，而且情趣横生，余味无穷，给人以美的享受。

诗中孩子弄冰的场景，充满了乐趣：心态上，寒天“弄冰”，童心炽热；色泽上，“金”盘“彩”丝串“银”冰；形态上，是用“金盘”脱出的“银铮”，圆形；声音上，有“玉磬穿林响”的高亢，忽又转作“玻璃碎地声”的清脆。全诗形色兼具以感目，声意俱美以悦耳赏心，绘声绘色地表现出儿童以冰为钲、自得其乐的盎然意趣。

全诗突出一个“稚”字。孩童与老人在心理特征上有诸多的相通之处，唯其如此，孩童的“脱冰做戏”的场景在老人的眼里才有依依情趣。

正是以这种老少相通的心理特征为审美基点，杨万里通过“以稚为老”的手法使童趣化为诗趣，一方面从稚子的心理出发，描写“脱冰”的动作细节；另一方面基于世人的心理去感受，欣赏其行为细节，这样孩童的稚气与老人的“天真”相映成趣，融为形之于笔端的盎然诗意。诗人发自内心地尊重儿童的天真，才能把孩子玩冰的情趣描绘得如此真切酣畅。

牧　童[1]

【唐】吕岩

草铺[2]横野[3]六七里，
笛弄[4]晚风三四声。
归来饱饭[5]黄昏后，
不脱蓑衣[6]卧月明[7]。

注释

①牧童：放牛放羊的孩子。
②铺：铺开。
③横野：辽阔的原野。
④弄：逗弄，玩弄。
⑤饱饭：吃饱了饭。
⑥蓑衣：用草或棕毛编织成的，用来遮风挡雨。
⑦卧月明：躺着观看明亮的月亮。

作者名片

吕岩，也叫吕洞宾。唐末、五代著名道士。名嵒，号纯阳子，自称回道人。世称吕祖或纯阳祖师，为民间神话故事中的八仙之一。较早的宋代记载，称他为“关中逸人”或“关右人”，元代以后比较一致的说法，则为河中府蒲坂县永乐镇（今属山西芮城）人。

译文

青草像被谁铺开在地上一样，方圆六七里都是草地。晚风中牧童不时吹出悠扬的笛声。

牧童放牧回来，吃饱了饭，已是黄昏之后了，他连蓑衣都没脱，就躺在草地上看天空中的圆月。

赏析

这首诗展示了一幅鲜活的牧童晚归休憩图：原野、绿草、笛声、牧童、蓑衣和明月。诗中有景、有情，有人物、有声音，这生动的一幕，是

由远及近出现在诗人的视野里的；写出了农家田园生活的恬静，也体现了牧童放牧生活的辛劳，是一首赞美劳动的短曲。草场、笛声、月夜、牧童，像一幅恬淡的水墨画，使读者的心灵感到安宁。

“草铺横野六七里”描述了视觉上的感受，放眼望去，原野上草色葱茏。一个“铺”字，表现出草的茂盛和草原给人的那种平缓舒服的感觉。草场的宽阔无垠为牧童的出场铺垫了一个场景。

“笛弄晚风三四声”描述了听觉上的感受，侧耳倾听，晚风中牧笛声声。一“弄”字，更显出了一种情趣，把风中笛声的时断时续、悠扬飘逸和牧童吹笛嬉戏的意味，传达出来了。笛声的悠扬悦耳，反映出晚归牧童劳作一天后的轻松闲适的心境。未见牧童，先闻其声，具有无限美好的想象空间。

这里的“六七里”和“三四声”不是确指的数字，只是为了突出原野的宽阔和乡村傍晚的静寂。

“归来饱饭黄昏后”，诗人笔锋一转，开始直接描写牧童，牧童吃饱了饭，已经是黄昏之后了。

“不脱蓑衣卧月明”描写牧童休息的情景。把以地为床，以天为帐，饥来即食，困来即眠，无牵无挂，自由自在的牧童形象刻画得活灵活现。诗人没有描写牧童躺下做什么，牧童可能是想舒展一下身子，也可能是欣赏月色。诗人似乎只把他之所见如实地写了下来，却有无限的想象空间。

《牧童》一诗，不仅让读者感到了“日出而作，日落而息”的生活的安然与恬静，也让读者感受到了牧童心灵的无羁无绊，自然放松。该诗反映了诗人心灵世界的一种追求，对远离喧嚣、安然自乐的生活状态的一种向往。诗中尽道牧童生活的闲逸与舒适。此诗委婉劝说钟傅趁早离开那尔虞我诈、角名竞利的官场，回归田园，过牧童那样无欲无求的生活。在此诗中，牧童即是以智者的化身出现为迷失在宦途中的钟傅指路，而其人未必真是牧童。本诗语言朴直清新，明白如话，表现出一种“由工入微，不犯痕迹”的精湛功夫。

牧童诗

【宋】黄庭坚

骑牛远远过前村，
短笛横吹隔陇[①]闻。
多少长安[②]名利客，
机关用尽[③]不如君。

注释

①陇（lǒng）：通“垄”，田垄。
②长安：唐代京城。
③机关用尽：用尽心机。

译文

牧童骑着牛远远地经过山村，他横吹着短笛，我隔着田陇就能听到。

长安城内那些追逐名利的人啊，用尽心机也不如你这样清闲自在。

赏析

这是一首饶有理趣，借题发挥的警世诗。

“骑牛远远过前村，短笛横吹隔陇闻”描写牧童自在自得的神情，悠然牛背上，短笛信口吹，宛然如画。牧童骑着牛儿，从前村慢慢走过；吹着笛儿，笛声在田间随风飘悠。“骑牛”与“吹笛”，生动地描摹出牧童洒脱的形象、悠闲的心情，同时，诗人把牧童放在“村”与“岸”的背景上，使画面境界外阔，显得“野”味浓郁。

“多少长安名利客，机关用尽不如君”即事论理，拉出逐利争名、机关算尽的“长安名利客”与悠然自得的牧童相比。有多少在官场上争名逐

利的庸人，费尽心机，其实不如牧童自在快乐啊！在一贬一褒之中，表露出作者清高自赏、不与俗流合污的心态，同时也在赞美牧童。

该《牧童诗》与《红楼梦》之“机关算尽太聪明，反误了卿卿性命”有异曲同工之妙，诗中悠闲自得，吹笛牛背，早出晚归，不愁食衣的“田园牧歌式”的生活，自然既飘逸而又理想，可惜在黑暗的制度下，只不过是文人学士们的“空想”之一。

桑茶坑①道中

【宋】杨万里

晴明风日雨干时，
草满花堤②水满溪。
童子③柳阴④眠正着，
一牛吃过柳阴西。

注释

①桑茶坑：地名，在安徽泾县。
②草满花堤（dī）：此处倒装，即花草满堤。
③童子：儿童；未成年的男子。
④柳阴：柳下的阴影。诗文中多以“柳阴”为游憩佳处。

译文

雨后的晴天，风和日丽，地面上的雨水已经蒸发得无踪无影，小溪里的流水却涨满河槽，岸边野草繁茂，野花肆意开放。

堤岸旁的柳荫里，一位小牧童躺在草地上，睡梦正酣。而那头牛只管埋头吃草，越走越远，一直吃到柳林西面。

赏析

此诗描写夏日江南田野水边的景色：刚下过一阵雨，暖日和风，溪水盈盈，河岸上，草绿花红，柳荫浓密。渲染出明媚、和暖的氛围，同时描绘了儿童牧牛与牛吃草的动态画面，营造了生机无限的意境。全诗远景写意，着色粗放淋漓；近景写人，工笔勾勒，细致入微。诗中浸润着古典的静穆与纯净。

此诗语言浅显易懂。首句写得平易，“晴明风日雨干时”，点明雨后初晴，阳光透亮，风儿流畅，地面的积水正被阳光蒸发，被风儿吹干。一雨一晴，风调雨顺，又是农业生产的好时光。全句展示出的大自然不是死寂的，而是流动的。“草满花堤水满溪”，在这样好的气候条件下，小溪被雨水充盈了，水面和堤齐平。这种情景用“满”字是合适的，常见的；而以“满”字写堤上花儿草儿繁盛之状，原也不足为奇，但“满”在这里作为动词，仿佛青草有意识地去装点堤岸一般，这就生动有趣了。这样的“花堤”，正是放牛的好去处啊。

于是，诗人的眼睛发现了“童子柳阴眠正着”，童子在柳树的浓荫下酣睡。在诗的节奏上，第三句是个顿挫。前两句写的是自然界景物，都充满生气和动态，到了最有生命力的人（又是活泼可爱的孩子），却呼呼大睡，一动不动。轻快的诗歌节奏在这里仿佛停了下来，放慢了速度。然而，情绪上的顿挫，是为了推出第四句“一牛吃过柳阴西。”童子的牛在哪儿呢？牛儿吃着吃着，已经挪到了柳荫的西边去了。因为牧童的安然睡眠，使牛儿得以自由自在地吃草，悠然地动着。画面因牛的活动，又活动起来。这样一静一动，和谐自然。这里把牧牛童子和牛的神态写活了，富有生活气息。

这首诗前两句写出了由雨而晴，由湿而干，溪水由浅而满，花草于风中摇曳，大自然充满了生机的律“动”；第三句写出了牧童柳荫下酣睡的自然悠闲的“静”，加上第四句“一牛吃过柳阴西”的时动时静，形成了这首诗独特的生活情趣和原始朴素的美感。

牧童词

【唐】李涉

朝①牧牛，
牧牛下江曲。

①朝（zhāo）：早晨；日出的时候。

夜牧牛，
牧牛度村谷。
荷蓑[2]出林春雨细，
芦管卧吹莎草[3]绿。
乱插蓬蒿[4]箭满腰，
不怕猛虎欺黄犊[5]。

②蓑（suō）：蓑衣，用草或棕编的防雨用具，类似于雨衣。
③莎草：多年生草本植物。多生于潮湿地区或河边沙地。
④蓬蒿（hāo）："茼蒿"的俗称。
⑤黄犊（dú）：小牛。

作者名片

李涉（约806年前后在世），唐代诗人。字不详，自号清溪子，洛（今河南洛阳）人。早岁客梁园，逢兵乱，避地南方，与弟李渤同隐庐山香炉峰下。后出山做幕僚。宪宗时，曾任太子通事舍人。不久，贬为峡州（今湖北宜昌）司仓参军，在峡中蹭蹬十年，遇赦放还，复归洛阳，隐于少室。文宗大和（827—835）中，任国子博士，世称"李博士"。著有《李涉诗》一卷。存词六首。

译文

早晨去放牛，赶牛去江湾。

傍晚去放牛，赶牛过村落。

披着蓑衣走在细雨绵绵的树林里，折支芦管躺在绿草地上吹着小曲。

腰间插满蓬蒿做成的短箭，再也不怕猛虎来咬牛犊。

赏析

牧童的生活是游荡不定的，也是浪漫的。牧童既不免经风雨、涉艰险，又总是从大自然中得到乐趣和慈爱。这是一首牧童唱的歌。早上，牧童赶着牛沿着弯曲的江水去放牧；晚上，牧童归来时就要摸黑走过山村的沟谷。早出晚归的牧牛生活是辛苦的，诗中写到的“朝”“夜”两次“牧牛”，第一次是指“牧牛去”，第二次是指“牧牛归”。四个“牧牛”的重叠，造成了一种歌谣节奏和韵味，同时表现了早晚放牧、日日放牧的辛勤劳动生活。“下江曲”和“度村谷”也表现了放牧生活的丰富多彩。

牧童总是在野外度过他的时光。在春天的漾漾细雨中，牧童披着蓑衣走过小树林；在牧童的芦笛声中，莎草一天天地绿起来。牧童充分享受着大自然的美，大自然是他最相熟相知的朋友。顽皮活泼的牧童还把蓬蒿插在腰间当作箭，想象着自己成了一位威风凛凛的武士，连猛虎也不敢再来欺负小牛犊。

在诗中牧童生活不是一幅朦胧的牧牛景，而是处处显出诗人对放牧生活的深切体验。诗中所写的牧童的冷暖甘苦，也不是只从旁观察可得的，似乎诗人有过亲身体验。这样写景状物，描摹生活，才可以达到如王国维所说的“不隔”的境界。

起首二句，袭用民歌的曲调，写了牧童早晚的行踪。质朴，淡雅，信手拈来，却像民间那种形神毕肖的剪影画。这是远景中的牧童身影。下面开始写近景：春雨如丝，无声地滋润大地。诗人仿佛是看到出林的牧童披起了蓑衣，才感觉到空中已经飘起了雨丝。一个“细”字，准确地抓了春雨的特征。下一句没有写人，写的是笛声。

“卧吹”二字，使人分明想见到仰卧在莎草中的牧童天真、快乐的模样。悠扬的笛声，又使人体会到山谷中的清幽宁静。“莎草绿”照应了前面的“春雨细”，使人感到山村中的一切都是那样和谐、恬淡、清新和充满生机。最后两句，是牧童正面形象的特写。憨顽的放牛娃把自己装扮成一个全副武装的勇士模样，“不怕猛虎欺黄犊”更是一语点出山中牧童那种勇敢无畏的性格。诗人用那生动的笔触，以一种简洁传神的白描手法，勾勒了一幅“山中牧童图”。那清新、活泼，近乎口语化的语言，更使全诗洋溢着一股浓郁的生活气息。如果不是长期生活在社会底层，和人民有

着较广泛的接触，如果不是向民间文学学习，从民歌中吸取营养，是不可能写出这样一些优秀的作品来的。

这首诗写出了牧童放牧的生活和情趣。前四句侧重描写牧童放牧的辛勤，诗人运用时空的转换扩大诗歌的内蕴。后四句着重描写放牧时的情趣：春雨绵绵，牧童穿行于林中草地，稍有闲暇，便吹响悠扬的芦笛，一会又胡乱地在腰间插满野蒿，恰似利剑，显得英武洒脱，这样就再也不怕猛虎欺负牛犊了。这种奇思漫想，生动地表现了牧童幼稚、天真的精神面貌，令人忍俊不禁。

幼女词

【唐】施肩吾

幼女①才六岁，
未知②巧与拙。
向夜③在堂前，
学人拜新月④。

注释

①幼女：指年纪非常小的女孩。
②未知：不知道。
③向夜：向夜，指日暮时分。向，接近，将近。
④拜新月：古代习俗。

作者名片

施肩吾（780—861），唐宪宗元和十五年（820）进士，唐睦州分水县桐岘乡（贤德乡）人，字希圣，号东斋，入道后称栖真子。施肩吾是杭州地区第一位状元（杭州孔子文化纪念馆语），他是集诗人、道学家、台湾第一个民间开拓者于一身的历史人物。

译文

小女孩方才到六岁，区分不了灵巧愚拙。
日暮时分在正堂前面，学着大人拜新月。

赏析

施肩吾有个天真可爱的小女儿，在诗中不止一次提到，如：“姊妹无多兄弟少，举家钟爱年最小。有时绕树山雀飞，贪看不待画眉了。（《效古词》）”而这首《幼女词》更是含蓄兼风趣的妙品。

诗一开始就着力写幼女之“幼”，先就年龄说，“才六岁”，说“才”不说“已”，意谓还小着呢。再就智力说，尚“未知巧与拙”。这话除表明“幼”外，更有多重意味。表面是说她分不清什么是“巧”、什么是“拙”这类较为抽象的概念；其实，也意味着因幼稚不免常常弄“巧”成“拙”，比方说，会干出“浓朱衍丹唇，黄吻烂漫赤”（左思），“移时施朱铅，狼藉画眉阔”（杜甫）一类令人哭笑不得的事。此外，这里提“巧拙”实偏义于“巧”，暗关末句“拜新月”事。当读者把二者联系起来，就意会这是在七夕，如同目睹如此动人的“乞巧”场面：“七夕今宵看碧霄，牵牛织女渡河桥。家家乞巧望秋月，穿尽红丝几万条。”（林杰《乞巧》）诗中并没有对人物往事及活动场景作任何叙写，由于巧下一字，就令人想象无穷，收到含蓄之效。

前两句刻画女孩的幼稚之后，末二句就集中于一件情事。时间是七夕，因前面已由“巧”字作了暗示，三句只简作一“夜”字。地点是“堂前”，这是能见“新月”的地方。小女孩干什么呢？她既未和别的孩子一样去寻找萤火，也不向大人索瓜果，却郑重其事地在堂前学着大人“拜新月”呢。读到这里，令人忍俊不禁。“开帘见新月，即便下阶拜”的少女拜月，意在乞巧，而这位“才六岁”的乳臭未干的小女孩拜月，是“不知巧”而乞之，“与‘细语人不闻’（李端《拜新月》）情事各别”（沈德潜语）啊。尽管作者叙述的语气客观，但“学人”二字传达的语义却是揶揄的。小女孩拜月，形式是成年的，内容却是幼稚的，这形成一个冲突，幽默滑稽之感即由此产生。小女孩越是弄“巧”学人，便越发不能藏“拙”。这个“小大人”的形象既逗人而有趣，又纯真而可爱。

这类以歌颂童真为主题的作品，可以追溯到晋左思《娇女诗》，用铺张的笔墨描写了两个小女孩种种天真情事，颇能穷形尽态。而五绝容不得铺叙。如果把左诗比作画中工笔，则此诗就是画中写意，它删繁就简，削多成一，集中笔墨，只就一件情事写来，以概见幼女的

全部天真，甚而勾画出了一幅笔致幽默、妙趣横生的风俗小品画，显示出作者白描手段的高超。

与小女

【唐】韦庄

见人初解①语呕哑②，

不肯归眠恋小车。

一夜娇啼缘底事③，

为嫌衣少缕金华④。

注释

①初解：指刚能听懂大人讲话。

②呕哑：小孩子学说话的声音。

③底事：何事；什么事。

④缕金华：用金线绣的花儿。华，同“花”。

作者名片

韦庄（约836—约910），字端己，长安杜陵（今中国陕西省西安市附近）人，晚唐诗人、词人，五代时前蜀宰相。文昌右相韦待价七世孙、苏州刺史韦应物四世孙。韦庄工诗，与温庭筠同为“花间派”代表作家，并称“温韦”。所著长诗《秦妇吟》反映战乱中妇女的不幸遭遇，在当时颇负盛名，与《孔雀东南飞》《木兰诗》并称“乐府三绝”。有《浣花集》十卷，后人又辑其词作为《浣花词》。《全唐诗》录其诗三百一十六首。

译文

看到人就咿咿呀呀地说起话来，因为爱玩小车就不肯睡觉。

娇娇滴滴地啼哭了一晚上是因为什么事呢？是嫌衣服上少绣了金线花。

赏析

这是诗人写给自己小女儿的诗。她刚能听懂大人的讲话，就咿咿呀呀地学着说话了。因为爱玩小车就不肯去睡觉，因为衣服上少绣了朵金线花，就整个晚上哭闹着不肯停歇。诗抓住小女孩学话、贪玩、爱漂亮、喜欢哭闹的特点，通过这些生活琐事的描写，使小女孩的天真可爱的形象跃然纸上，诗人爱女之情也流于笔端。

巴女谣

【唐】于鹄

巴①女骑牛唱竹枝②，
藕丝菱叶傍③江时。
不愁日暮还家错④，
记得芭蕉出槿篱⑤。

注释

①巴：地名，今四川巴江一带。
②竹枝：竹枝词，指巴渝（今重庆）一带的民歌。
③藕丝：这里指荷叶、荷花。傍：靠近，邻近。
④还家错：回家认错路。
⑤槿篱：用木槿做的篱笆。木槿是一种落叶灌木。

作者名片

于鹄，大历、贞元间诗人。隐居汉阳，尝为诸府从事。其诗语言朴实生动，清新可人；多描写隐逸生活，宣扬禅心道风。代表作有《巴女谣》《江南曲》《题邻居》《塞上曲》《悼孩子》《长安游》《惜花》《南溪书斋》《题美人》等，其中《巴女谣》和《江南曲》两首诗流传最广。

译文

一个巴地小女孩骑着牛儿，唱着竹枝词，沿着处处盛开着荷花、铺展菱叶的江岸，慢悠悠地回家。

不怕天晚了找不到家门，她知道她家门前有一棵高高的芭蕉，挺出了木槿篱笆。

赏析

诗人以平易清新的笔触，描绘了一幅恬静娴雅的巴女放牛图。“巴女骑牛唱竹枝，藕丝菱叶傍江时”，写的是夏天的傍晚，夕阳西下，烟霭四起，江上菱叶铺展，随波轻漾，一个天真伶俐的巴江女孩，骑在牛背上面，亢声唱着山歌，沿着江边弯弯曲曲的小路慢慢悠悠地转回家去。如此山乡风味，极其清新动人。

下两句“不愁日暮还家错，记得芭蕉出槿篱”，纯然是小孩儿天真幼稚的说话口气，像是骑在牛背上的小女孩对于旁人的一段答话。这时天色渐渐晚了，可是这个顽皮的小家伙还是一个劲儿地歪在牛背上面唱歌，听任牛儿不紧不忙地踱步。路旁好心的人催促她快些回家：“要不，待会儿天黑下来，要找不到家门了！”不料这个俏皮的女孩居然不以为然地说道：“我才不害怕呢！只要看见伸出木槿篱笆外面的大大的芭蕉叶子，那就是我的家了！”木槿入夏开花，花有红、白、紫等色，本是川江一带农家住房四周常见的景物，根本不能以之当作辨认的标志。小女孩这番自作聪明的回话，正像幼小的孩子一本正经地告诉人们“我家爷爷是长胡子的”一样引人发笑。诗中这一逗人启颜的结句，对于描绘人物的言语神情，起了画龙点睛的妙用。

古人说：“诗是有声画。”这首小诗就是如此。因为它不但有形、有景，有丰富的色彩（特别值得注意的是芭蕉的新绿和竹篱上紫、白相间的槿花），而且还有姑娘清脆的歌声。《竹枝词》是流行在巴渝一带的民歌，从诗人刘禹锡的仿作来看，讴歌天真纯洁的爱情是它的基本内容。从此诗中可以想见，这位巴女正是在纵情歌唱着她青春的情怀，这从“藕丝菱叶”似乎也能得到一点暗示。而且，妙就妙在她是骑在牛背上，一边走一边唱，像移动的电影镜头一般，慢慢地把读者的视线引向空阔的远方。“不愁日暮还家错，记得芭蕉出槿篱”，使整首诗充满乐观开朗的气息，给予读者一种健康的美的享受。

这是于鹄采用民谣体裁写的一篇诗作，词句平易通俗，富有生活气息，反映了川江农家日出而作、日入而息的恬静生活的一个侧面，读来饶有隽永动人的天然情趣。

观村童戏溪上

【宋】陆游

雨余①溪水掠②堤平，
闲看村童谢晚晴③。
竹马④踉跄⑤冲淖去，
纸鸢⑥跋扈挟风鸣。
三冬⑦暂就儒生⑧学，
千耦⑨还从父老耕。
识字粗堪⑩供⑪赋役⑫，
不须⑬辛苦慕公卿。

注释

①雨余：雨后。
②掠：拂过，漫过。
③晚晴：放晴的傍晚夕阳。
④竹马：儿童游戏，折竹骑以当马也。桓温少时，与殷浩共乘竹马。
⑤踉跄：跌跌撞撞，行步歪斜貌。
⑥纸鸢：风筝，俗称鹞子。
⑦三冬：冬季的三个月。
⑧儒生：这里指塾师。
⑨千耦（ǒu）：指农忙景象。
⑩粗堪：勉强能够。
⑪供：应付。
⑫赋役：租税劳役。
⑬不须：不必要。

作者名片

陆游（1125—1210），字务观，号放翁。汉族，越州山阴（今浙江绍兴）人，南宋著名诗人。少时受家庭爱国思想熏陶，高宗时应礼部试，为秦桧所黜。孝宗时赐进士出身。中年入蜀，投身军旅生活，官至宝章阁待制。晚年退居家乡。创作诗歌今存九千多首，内容极为丰富。著有《剑南诗稿》《渭南文集》《南唐书》《老学庵笔记》等。

译文

雨后的溪水漫过堤岸快要跟堤相平，闲来观看村童们，感谢老天向晚初晴。

有的骑着竹马跌跌撞撞地冲进了烂泥坑，有的放着风筝，风筝横冲直撞地迎风飞鸣。

冬季的三个月就跟着塾师学习，农忙时节就回家跟随父兄耕田种地。

识字勉强能够应付租税劳役就好，不需要辛苦读书，羡慕王公贵族。

赏析

此诗写闲居时的生活。诗中生动地勾勒出村童们在刚放晴的傍晚种种嬉戏的情态，同时也写出了农村生活的情趣和农民朴实、知足的思想。

首联“雨余溪水掠堤平，闲看村童谢晚晴”，写足诗题中童戏和静观的含蕴。

颔联“竹马踉跄冲淖去，纸鸢跋扈挟风鸣”则详写童戏的内容。这两句写出了村童游戏的原汁原味，若没有对乡居生活的沉潜体验，很难写出这样极富生活气息的语句。

颈联则宕开一笔由近及远，由实转虚，将时空的观照视角拉伸予以远观，读者眼前出现了另外一幅画面：村童农忙时节跟随父兄力田耦耕，在春种秋收中，体会稼穑的艰辛、人生的至理；冬闲时则入塾学习，粗通文墨。这样的生活方式正是刚刚经历宦场炎凉的诗人所欣羡的。

尾联提及当时的实景：农夫冬闲跟着村里的穷书生学习，但这只是学习极基础的东西，为的是在立契、作保时不被蒙骗。

这首诗是陆游免官闲居后的人生体验，是其厌恶官场倾轧、追求澄明心境的写照。不过，诗题中一“观”字，却无意识中流露了真实心态，“观”在这里乃静观、旁观之意，并非完全融入其中与村民浑然一体。士大夫的特殊身份决定了陆游可以唯美的眼光透视田园生活，却不一定真能躬行。

采莲曲①二首

【唐】王昌龄

一

吴姬②越艳楚王妃，
争弄莲舟水湿衣。
来时浦口③花迎入，
采罢江头月送归。

二

荷叶罗裙④一色裁⑤，
芙蓉⑥向脸两边开。
乱入池中看不见⑦，
闻歌始觉有人来。

注释

①采莲曲：古曲名。内容多描写江南一带水国风光，采莲女劳动生活情态。
②吴姬：古时吴、越、楚三国（今长江中下游及浙江北部）盛尚采莲之戏，故此句谓采莲女皆美丽动人，如吴越国色，似楚王妃嫔。
③浦（pǔ）口：江湖会合处。浦，水滨。
④罗裙：用细软而有疏孔的丝织品制成的裙子。
⑤一色裁：像是用同一颜色的衣料剪裁的。
⑥芙蓉：指荷花。
⑦看不见：指分不清哪儿是芙蓉的绿叶红花，哪儿是少女的绿裙红颜。

作者名片

王昌龄（698—756），字少伯，河东晋阳（今山西太原）人。盛唐著名边塞诗人，后人誉为“七绝圣手”。早年贫贱，困于农耕，年近不惑，始中进士。初任秘书省校书郎，又中博学宏辞，授汜水尉，因事贬岭南。与李白、高适、王维、王之涣、岑参等交厚。开元末返长安，改授江宁丞。被谤谪龙标尉。安史乱起，为刺

史间丘所杀。其诗以七绝见长，尤以登第之前赴西北边塞所作边塞诗最著，有“诗家夫子王江宁”之誉（亦有“诗家天子王江宁”的说法）。

译文

一

采莲女皆美丽动人，如吴越国色，似楚王妃嫔，她们竞相划动采莲船，湖水打湿了衣衫。

来的时候莲花把她们迎进河口，采完之后明月把她们送回江边。

二

采莲少女的绿罗裙融入到田田荷叶中，仿佛一色，少女的脸庞掩映在盛开的荷花间，相互映照。

混入莲池中不见了踪影，听到歌声四起才觉察到有人前来。

赏析

第一首诗写水乡姑娘的采莲活动。

吴姬、越艳、楚王妃三个词连用，铺写出莲娃们争芳斗妍，美色纷呈的景象。第二句正写采莲活动，从“争弄莲舟”来看，似乎是一种采莲的竞赛游戏。唐汝询说：“采莲之戏盛于三国，故并举之。”（《唐诗解》）因为要划船竞采，顾不得水湿衣衫。采莲姑娘那好胜、活泼、开朗的情态就通过“水湿衣”这个细节表现出来。

她们划着采莲船来到一个花的世界，而最后两句点出她们直到月上江头才回去。诗人不急着写回程，而是插叙采莲女来时的情境，她们来时被花儿所迎接，可见花儿是很乐意为她们所造访，而隐着一层写她们对采莲这一活动是非常喜爱，近乎享受。当她们回去时，那月儿实际上也就是花儿，便依依不舍地送她们了。“花迎入”和“月送归”运用了拟人手法，把整个采莲活动的现场给写活了，极富诗意，写荷花迎接采莲女和月亮送别采莲女，实际上还是为了表现采莲女之可爱。

这首诗通过几个动词淋漓尽致地将采莲女应有的性格——活泼开朗表现出来，并以花、月、舟、水来衬托女子的容貌，可以说这就是一部小电影，刻画人物形象非常生动而别有韵味。

第二首诗可以说是一幅《采莲图》，画面的中心自然是采莲少女们。但作者却自始至终不让她们在这幅活动的画面上明显地出现，而是让她们夹杂在田田荷叶、艳艳荷花丛中，若隐若现，若有若无，使采莲少女与美丽的大自然融为一体，使全诗别具一种引人遐想的优美意境。这样的艺术构思，是独具匠心的。

“荷叶罗裙一色裁，芙蓉向脸两边开”。诗歌在开始就展现出一幅人与环境和谐统一的美丽画面，采莲女的罗裙和荷叶的颜色一样青翠欲滴。比喻虽不新奇，但用在此处却产生意想不到的效果，既描绘了田田的荷叶，又写了采莲女美丽的衣裳，两者相互映衬，恍若一体。尤其是“裁”字，用得极其巧妙，罗裙是裁出的，可是此处也用在荷叶上，似从贺知章《咏柳》诗“不知细叶谁裁出？二月春风似剪刀”句中得到了灵感，让人感到荷叶与罗裙不仅颜色相同，似乎也是同一双巧手以同一种材料制成的。由此又让人不禁联想到屈原《离骚》中“制芰荷以为衣兮，集芙蓉以为裳”，感受到这些女子如荷花般的心灵。娇艳的芙蓉花似乎都朝着采莲女美丽的脸庞开放，明写荷花，实则为了衬出人之美，采莲女的美丽，不是闭月羞花式的惊艳，而是如阳光般健康温暖，似乎能催开满池的荷花。这两句诗本自梁元帝《碧玉诗》“莲花乱脸色，荷叶杂衣香”，王昌龄的这篇较之则更胜一筹，意义更为隽永。

“乱入池中看不见，闻歌始觉有人来”。诗的第三句“乱入池中看不见”是对前两句的补充和深入。它有两重含义：一是突出荷田的稠密，使人荷莫辨更真实可信；二是突出了观望者的感受和心理活动。其中“乱”字用得十分微妙。末句“闻歌始觉有人来”除了从另一面说明少女被荷田遮蔽与消融，难以被观望者发现以外，又写出一种声音的美，增添了诗的活泼情趣。“乱”字既指采莲女纷纷入池嬉笑欢闹的场面，也可指人与花同样娇嫩难以辨别，眼前一乱的感觉。而“看不见”呼应上文，也更显荷

叶罗裙，芙蓉人面之想象了，同时也虚写了荷塘中花叶繁茂，人在其中若隐若现之景，并引出下句："闻歌始觉有人来。"这一句描写细腻入微，仿佛让读者身临其境地体会到了诗人当时真实的感受。"始觉"与上句"看不见"呼应，共同创造出了一种"莲花过人头"的意境。"闻歌"也与"乱"字呼应，悠扬动听的歌声表现出她们活泼开朗的天性，同时也为整个采莲的场景添上了动人的一笔。

这首诗句与句联系紧密，意蕴深远，精雕细琢却给人带来清丽自然之感，可以看出王昌龄炼字炼意的高超技艺，对中晚唐的诗歌有着重要的影响。

牧童谣

【宋】张玉娘

朝驱牛，出竹扉[①]，
平野春深草正肥。
暮驱牛，下短陂，
谷口烟斜山雨微。
饱采黄精[②]归不饭，
倒骑黄犊[③]笛横吹。

注释

①竹扉：用竹子编造的门。
②黄精：为黄精属植物，根茎圆柱状，结节膨大。叶轮生，无柄。药用植物，具有补脾，润肺生津的作用。
③犊：小牛。

作者名片

张玉娘（1250—1277），字若琼，自号一贞居士，处州松阳（今浙江松阳）人。南宋女词人。她自幼饱学，敏慧绝伦，诗词尤得风人体。与李清照、朱淑真、吴淑姬并称"宋代四大女词人"。

译文

明媚清新的早晨，小牧童驱赶着小黄牛，推开竹门，慢悠悠地走向原野。浓绿的青草正肥。

夕阳西下的时分，小牧童驱赶着小黄牛从矮山坡走下来。傍晚山谷很美，炊烟缭绕，天空忽洒下毛毛细雨。

牧童边放牧边采野果啃食，吃饱了便倒骑在小牛犊背上吹起牧笛。

赏析

这首古诗为读者展示了一幅妙趣横生的乡村图画，是女诗人少女时期的作品，风格清丽优雅，具有极强的艺术魅力与审美价值。

责子

【东晋】陶渊明

白发被①两鬓②，
肌肤不复实。
虽有五男儿③，
总不好纸笔④。
阿舒已二八⑤，
懒惰故⑥无匹。
阿宣行⑦志学⑧，
而不爱文术。

注释

①被（pī）：同“披”，覆盖，下垂。
②鬓（bìn）：面颊两旁近耳的头发。
③五男儿：陶渊明有五个儿子。
④纸笔：这里代指学习。
⑤二八：即十六岁。
⑥故：同“固”。
⑦行：行将，将近。
⑧志学：指十五岁。

雍端年十三，
不识六与七。
通子垂九龄[9]，
但觅[10]梨与栗。
天运[11]苟[12]如此，
且进杯中物[13]。

⑨垂九龄：将近九岁。
⑩觅：寻觅，寻找。
⑪天运：天命，命运。
⑫苟：如果。
⑬杯中物：指酒。

译文

白发覆垂在两鬓，我身已不再结实。
身边虽有五男儿，总不喜欢纸与笔。
阿舒已经十六岁，懒惰无人能相比。
阿宣快到十五岁，也是无心去学习。
阿雍阿端年十三，竟然不识六与七。
通儿年龄近九岁，只知寻找梨与栗。
天命如果真如此，姑且饮酒莫论理。

赏析

此诗先说自已老了："白发被两鬓，肌肤不复实。"这两句写老相写得好，特别是后一句说自已肌肤松弛也不再丰满了，这话少见有人道出。后面是写儿子不中用："虽有五男儿，总不好纸笔。"总写五个儿子不喜读书，不求上进。下面分写："阿舒已二八，懒惰故无匹。"阿舒是老大，十六岁了，而懒惰无比。"阿宣行志学，而不爱文术。"阿宣是老二，行将十五岁了，就是不爱学写文章。这里语意双关，到了"志学"的年龄而不志于学。"雍端年十三，不识六与七。"雍、端两个孩子都十三岁了，但不识数，六与七都数不过来。"通子垂九龄，但觅梨与栗。"通子是老五，快九岁了，只知贪吃，不知其他。“垂”与前“行”义同，都是将近的意思。这里用了“孔融让梨”的典故。《后汉书·孔融传》注引孔融家传，谓孔融四岁时就知让梨。而阿通九岁了却是如此，可见蠢笨。作者将儿子一一数落了一番后，感到很失望，说“天运苟如此，且进杯中物。”这两句意思是：假若天意真给了他这些不肖子，那也没有办法，还是喝酒吧。

这首诗写得很有趣。关于它的用意，后代的两个大诗人有很不相同的理解。一个是杜甫，一个是黄庭坚。杜甫的意见是认为《责子》此诗是在批评儿子不求上进，而黄庭坚予以否认。诗题为“责子”，诗中确实有对诸子责备的意思，作者另有《命子》诗及《与子俨等疏》，对诸子为学、为人是有着严格的要求的。陶渊明虽弃绝仕途，但并不意味着脱离社会、脱离文明、放弃对子女教育的责任，他还有种种常人之情，对子女成器与否的挂虑，就是常情之一。杜甫是从这个意义上理解此诗的。但是，杜甫的理解又未免太认真、太着实了些。批评是有的，但诗的语句是诙谐的，作者不是板着面孔在教训，而是出以戏谑之笔，又显出一种慈祥、爱怜的神情。在叙说中又采用了一些有趣的修辞手法，体现出作者下笔时的那种又好气、又好笑的心情。这样看来，黄庭坚的体会又是颇为精妙的。

用诗来描写儿女情态，首见左思《娇女诗》，唐代不少诗人都写有这方面作品，陶渊明起了推波助澜的作用。这对诗歌题材的扩大及日常化是有不可低估的意义的。

南陵①别儿童入京

【唐】李白

白酒新熟山中归，
黄鸡啄黍秋正肥。
呼童烹鸡酌白酒，

注释

①南陵：一说在东鲁，曲阜县南有陵城村，人称南陵；一说在今安徽省南陵县。

儿女嬉笑[②]牵人衣。
高歌取醉欲自慰，
起舞落日争光辉[③]。
游说[④]万乘[⑤]苦不早[⑥]，
著鞭跨马涉远道。
会稽愚妇轻买臣，
余亦辞家西入秦[⑦]。
仰天大笑出门去，
我辈岂是蓬蒿人[⑧]。

②嬉笑：欢笑；戏乐。
③起舞落日争光辉：指人逢喜事光彩焕发，与日光相辉映。
④游说（shuì）：战国时，有才之人以口辩舌战打动诸侯，获取官位，称为游说。
⑤万乘（shèng）：君主。周朝制度，天子地方千里，车万乘。后来称皇帝为万乘。
⑥苦不早：意思是恨不能早些年头见到皇帝。
⑦西入秦：即从南陵动身西行到长安去。秦，指唐时首都长安，春秋战国时为秦地。
⑧蓬蒿人：草野之人，也就是没有当官的人。蓬、蒿：都是草本植物，这里借指草野民间。

译文

白酒刚刚酿熟时我从山中归来，黄鸡在啄着谷粒秋天长得正肥。
喊着童仆给我炖黄鸡斟上白酒，孩子们嬉笑吵闹牵扯我的布衣。
放晴高歌求醉想以此自我安慰，醉而起舞与秋日夕阳争夺光辉。
游说万乘之君已苦于时间不早，快马加鞭奋起直追开始奔远道。
会稽愚妇看不起贫穷的朱买臣，如今我也辞家去长安而西入秦。
仰面朝天纵声大笑着走出门去，我怎么会是长期身处草野之人？

赏析

诗一开始就描绘出一派丰收的景象：“白酒新熟山中归，黄鸡啄黍秋正肥。”这不仅点明了归家的时间是秋熟季节，而且，白酒新熟，黄鸡啄黍，显示一种欢快的气氛，衬托出诗人兴高采烈的情绪，为下面的描写作了铺垫。

接着，诗人摄取了几个似乎是特写的“镜头”，进一步渲染欢愉之情。李白素爱饮酒，这时更是酒兴勃然，一进家门就“呼童烹鸡酌白酒”，神情飞扬，颇有欢庆奉诏之意。显然，诗人的情绪感染了家人，“儿女嬉笑牵人衣”，此情此态真切动人。饮酒似还不足以表现兴奋之情，继而又“高歌取醉欲自慰，起舞落日争光辉”，一边痛饮，一边高歌，表达快慰之情。酒酣兴浓，起身舞剑，剑光闪闪与落日争辉。这样，通过儿女嬉笑，开怀痛饮，高歌起舞几个典型场景，把诗人喜悦的心情表现得活灵活现。在此基础上，又进一步描写自己的内心世界。

“游说万乘苦不早，著鞭跨马涉远道。”这里诗人用了跌宕的表现手法，用“苦不早”反衬诗人的欢乐心情，在喜悦之时又有“苦不早”之感，正是诗人曲折复杂的心情的真实反映。正因为恨不在更早的时候见到皇帝，表达自己的政治主张，所以跨马扬鞭巴不得一下跑完遥远的路程。“苦不早”和“著鞭跨马”表现出诗人的满怀希望和急切之情。

“会稽愚妇轻买臣，余亦辞家西入秦。”诗从“苦不早”又很自然地联想到晚年得志的朱买臣。据《汉书·朱买臣传》记载：朱买臣，会稽人，早年家贫，以卖柴为生，常常在担柴走路时念书。他的妻子嫌他贫贱，离开了他。后来朱买臣得到汉武帝的赏识，做了会稽太守。诗中的“会稽愚妇”，就是指朱买臣的妻子。李白把那些目光短浅轻视自己的世俗小人比作“会稽愚妇”，而自比朱买臣，以为像朱买臣一样，西去长安就可青云直上了。真是得意之态溢于言表！

诗情经过一层层推演，至此，感情的波澜涌向高潮。“仰天大笑出门去，我辈岂是蓬蒿人”。“仰天大笑”，多么得意的神态；“岂是蓬蒿人”，何等自负的心理，诗人踌躇满志的形象表现得淋漓尽致。

这首诗因为描述了李白生活中的一件大事，对了解李白的生活经历和思想感情具有特殊的意义。而在艺术表现上也有其特色。诗善于在叙事中抒情。诗人描写从归家到离家，有头有尾，全篇用的是直陈其事的赋体，而又兼采比兴，既有正面的描写，又间之以烘托。诗人匠心独运，不是一条大道直通到底，而是由表及里，有曲折，有起伏，一层层把感情推向顶点。犹如波澜起伏，一波未平，又生一波，

使感情酝蓄得更为强烈，最后喷发而出。全诗跌宕多姿，把感情表现得真挚而又鲜明。

洛阳陌[1]

【唐】李白

白玉[2]谁家郎[3]，
回车渡天津[4]。
看花东陌[5]上，
惊动洛阳人。

注释

①洛阳陌：亦名“洛阳道”，古乐曲名。属横吹曲辞。
②白玉：喻面目姣好、白皙如玉之貌。
③白玉谁家郎：用的是西晋文人潘岳在洛阳道上的风流韵事。
④天津：洛阳桥名。在洛水上。
⑤东陌：洛阳城东的大道。

译文

那个面白如玉的是谁家的少年郎？他已回车过了天津桥。

在城东的大道上看花，惊动得洛阳人都来看他。

赏析

“白玉谁家郎”借用了西晋文人潘岳在洛阳道上的风流韵事。潘岳又叫潘安，潘安之美有多处记载，刘孝标注引《语林》：“安仁至美，每行，老妪以果掷之满车。”这也就是著名的“掷果盈车”的来历。

“回车渡天津”句，将笔墨集中于洛阳贵公子出游回车过桥之状，间接陈述出洛阳繁华风物及士女冶游盛况。

“看花东陌上，惊动洛阳人。”“东陌”是洛阳城东的大道，那里桃李成行，每到阳春时节，城中男女多去那里游乐赏花。此句描绘出白玉郎本不想惊动世人，观赏桃李花美时却惊动洛阳人的热闹景象，颇具戏剧色彩和民歌风味。洛阳人多喜欢于桥上闲步顾盼周围美景，而在桥上行走也成为期望获得游人关注的一种方式。诗人提到高车轩驾中的如玉少年，兼有魏晋风流般的行为举止，借一个女子的口吻，描绘其眼中所见情郎的身影，突显出其春情春思，可谓春风得意。

全诗语言率直自然，确实是“清水芙蓉”，间接地写城东桃李花美，熙熙攘攘，观赏人多。诗中没有具体描绘“白玉郎”的美貌，而是写白玉郎在东陌看花时惊动了洛阳人，以此赞美洛阳的春景和游人的热闹景象，令人流连忘返。

江　南

【汉】汉乐府

江南可①采莲，
莲叶何田田②。
鱼戏莲叶间。
鱼戏莲叶东，
鱼戏莲叶西，
鱼戏莲叶南，
鱼戏莲叶北。

注释

①可：在这里有“适宜”“正好”的意思。
②田田：荷叶茂盛的样子。

译文

江南又到了适宜采莲的季节了，莲叶浮出水面，挨挨挤挤，重重叠叠，迎风招展。

在茂密如盖的荷叶下面，欢快的鱼儿在不停地嬉戏玩耍。

一会儿在这儿，一会儿又忽然游到了那儿，说不清究竟是在东

边还是在西边，是在南边还是在北边。

赏析

“这是一首采莲歌，反映了采莲时的光景和采莲人欢乐的心情。在汉乐府民歌中具有独特的风味。

民歌以简洁明快的语言，回旋反复的音调，优美隽永的意境，清新明快的格调，勾勒了一幅明丽美妙的图画。一望无际的碧绿的荷叶，莲叶下自由自在、欢快戏耍的鱼儿，还有那水上划破荷塘的小船上采莲的壮男俊女的欢声笑语，悦耳的歌喉，多么秀丽的江南风光！多么宁静而又生动的场景！从文化学的角度看，我们又会发现这是一首情歌，它隐含着青年男女相互嬉戏，追逐爱情的意思。你看那些鱼儿，在莲叶之间游来躲去，叫人怎能不想起北方的“大姑娘走进青纱帐”？

读完此诗，仿佛一股夏日的清新迎面扑来，想起来就令人觉得清爽。还不止于此，我们感受着诗人那种安宁恬静的情怀的同时，自己的心情也随之变得轻松起来。

诗中没有一字是写人的，但是我们又仿佛如闻其声，如见其人，如临其境，感受到了一股勃勃生机的青春与活力，领略到了采莲人内心的欢乐和青年男女之间的欢愉和甜蜜。这就是这首民歌不朽的魅力所在。

山　家①

【元】刘因

马蹄踏水乱明霞，
醉袖②迎风受落花。
怪见③溪童④出门望，
雀声⑤先我到山家。

注释

①山家：居住在山区的隐士之家。
②醉袖：醉人的衣袖。
③怪见：很奇怪地看到。
④溪童：站在溪旁的孩童。
⑤鹊声：喜鹊的鸣叫声。

作者名片

刘因（1249—1293），元代理学家、诗人。字梦吉，号静修。初名骃，字梦骥。雄州容城（今河北容城县）人。3岁识字，6岁能诗，10岁能文，落笔惊人。年刚20岁，才华出众，性不苟合。家贫教授生徒，皆有成就。至元二十八年（1291），忽必烈再度遣使召刘因为官，他以疾辞。死后追赠翰林学士、资政大夫、上护军，追封“容城郡公”，谥“文靖”。明朝，县官乡绅为刘因建祠堂。有《静修集》等。

译文

骑马过溪，踏乱了映在水中的霞影。迎风向前，落花堕于衣袖之上。

溪童早已出门探望，甚使诗人惊奇，因为儿童闻鹊声而早已出门迎接了。

赏析

这首诗前两句描写赶路情形，反映了山间的优美景致和诗人的潇洒神态；后两句表现了诗人的心理活动，渲染出到达“山家”时的欢乐气氛。

一、二句写途中所见。“马蹄踏水乱明霞，醉袖迎风受落花。”骑马过溪，踏乱了映在水中的霞影，点明了溪水的明澈，霞影的明丽。迎风向前，落花堕于衣袖之上，可见春花满山。“落花”亦点明季节。“醉袖”中之“醉”，有为春光所陶醉之意。马匹、溪水、明霞、落花，构成一幅美妙的“暮春山行图”。诗人来此并非为赏风景，而是访问山家。然而笔触所至，风景自现。

“怪见溪童出门望，鹊声先我到山家。”诗人来到山居人家门口，见儿童早已出门探望，甚使诗人惊奇。“怪”字为末句伏笔。原来是因为“鹊声先我到山家”。这两句先“果”后“因”，巧作安排，末句点明溪童出望的原因，则见“怪”不怪了。重点突出了末句的鹊声。“喜鹊叫，客人到”。故而山家的儿童闻鹊声而早已出门迎接了。山鹊报喜，幼童迎望，具有浓郁的生活气息。

这首小诗纯用白描，灵动有致，清新隽永；诗意清新，写景如画。

清平乐[①]·村居[②]

【宋】辛弃疾

茅檐[③]低小，溪上青青草。醉里吴音[④]相媚好[⑤]，白发谁家翁媪[⑥]？

大儿锄豆[⑦]溪东，中儿正织[⑧]鸡笼。最喜小儿亡赖[⑨]，溪头卧[⑩]剥莲蓬。

注释

①清平乐（yuè）：词牌名。
②村居：题目。
③茅檐：茅屋的屋檐。
④吴音：吴地的方言。作者当时住在信州（今上饶），这一带的方言为吴音。
⑤相媚好：指相互逗趣，取乐。
⑥翁媪（ǎo）：老翁、老妇。
⑦锄豆：锄掉豆田里的草。
⑧织：编织，指编织鸡笼。
⑨亡（wú）赖：这里指小孩顽皮、淘气。亡，通“无”。
⑩卧：趴。

译文

草屋的茅檐又低又小，溪边长满了碧绿的小草。含有醉意的吴地方言，听起来温柔又美好，那满头白发的老人是谁家的呀？

大儿子在溪水东面的豆田锄草，二儿子正忙于编鸡笼。最令人喜爱的是无赖的小儿子，他正横卧在溪头草丛，剥着刚摘下来的莲蓬。

赏析

辛弃疾词中有不少作品是描写农村生活的佳作，其中，有风景画，也有农村的风俗画。这首《清平乐·村居》就是一幅栩栩如生、有声有色的农村风俗画。

刘熙载说，“词要清新”“澹语要有味”（《艺概·词曲概》）。作者的此作正具有“澹语清新”、诗情画意的特点。它表现在描写手法、结构和构思三个方面。

在描写手法上，这首词，没有一句使用浓笔艳墨，只是用纯粹的白描手法，描绘了农村一个五口之家的环境和生活画面。作者能够把这家老小的不同面貌和情态，描写得惟妙惟肖，活灵活现，具有浓厚的生活气息，如若不是大手笔，是难能达到此等艺术意境的。

上阕头两句，写这个五口之家，有一所矮小的茅草房屋，紧靠着房屋有一条流水淙淙、清澈照人的小溪。溪边长满了碧绿的青草。在这里，作者只用了淡淡的两笔，就把由茅屋、小溪、青草组成的清新秀丽的环境勾画出来了。不难看出，这两句在整首词中，还兼有点明环境和地点的使命。

三四两句，描写了一对满头白发的翁媪，亲热地坐在一起，一边喝酒，一边聊天的悠闲自得的画面。这几句尽管写得很平淡，但是，它却把一对白发翁媪乘着酒意彼此“媚好”亲密无间时那种和谐、温暖、惬意的老年夫妻的幸福生活，形象地再现出来了。这就是无奇之中的奇妙之笔。当然，这里并不仅仅是限于这对翁媪的生活，它概括了农村普遍的老年夫妻的生活乐趣，是有一定典型意义的。“吴音”，指吴地的地方话。作者写这首词时，是在江西上饶，此地春秋

时代属于吴国。“媪”，是对老年妇女的代称。

下阕四句，采用白描手法，直书其事，和盘托出三个儿子的不同形象。大儿子是家中的主要劳力，担负着到溪东豆地里锄草的重担。二儿子年纪尚小，只能在家里编织鸡笼。三儿子不懂世事，只知任意地调皮玩耍，看他躺卧在溪边剥莲蓬吃的神态，即可知晓。这几句虽然极为通俗易懂，但却刻画出鲜明的人物形象，描绘出耐人寻味的意境。尤其是小儿无拘无束地剥莲蓬吃的那种天真活泼的神情状貌，饶有情趣，栩栩如生，可谓是神来之笔。“无赖”，谓顽皮，是爱称，并无贬义。“卧”字用得极妙，它把小儿天真、活泼、顽皮的劲儿和盘托出，跃然纸上，比“坐”“躺”“趴”等用得更妙。所谓一字千金，即是说使用一字，恰到好处，就能给全句或全词增辉。这里的“卧”字正是如此。

在艺术结构上，全词紧紧围绕着小溪，布置画面，展开人物的活动。从词的意境来看，茅檐是靠近小溪的。另外，“溪上青青草”“大儿锄豆溪东”“最喜小儿亡赖，溪头卧剥莲蓬”四句，连用了三个“溪”字，使得画面的布局紧凑。所以，“溪”字的使用，在全词结构上起着关键作用。

在写景方面，茅檐、小溪、青草，这本来是农村中司空见惯的东西，然而作者把它们组合在一个画面里，却显得格外清新优美。在写人方面，翁媪饮酒聊天，大儿锄草，中儿编鸡笼，小儿卧剥莲蓬。通过这样简单的情节安排，就把一片生机勃勃、和平宁静、朴素安适的农村，真实地反映出来了，给人一种诗情画意，清新悦目的感觉，这样的构思巧妙、新颖，色彩和谐、鲜明，给人留下了难忘的印象。

作者通过对农村清新秀丽、朴素雅静的环境的描写，对翁媪及其三子形象的刻画，表现出自己喜爱农村和平宁静的生活。

这首词，是作者晚年遭受议和派排斥和打击，志不得伸，归隐上饶地区闲居农村时写的，词作描写农村和平宁静、朴素安适的生活，并不能说是作者对现实的粉饰。从作者一生始终关心宋朝恢复大业来看，他向往这样的农村生活，因而会更加激起他抗击金兵、收复中原、统一祖国的爱国热忱。就当时的情况来说，在远离抗金前线的村庄，这种和平宁静的生活，也是存在的，此作并非是作者主观想象的产物，而是现实生活的反映。

江　村①

【唐】杜甫

清江②一曲③抱④村流，
长夏⑤江村事事幽⑥。
自去自来⑦堂上燕，
相亲相近⑧水中鸥。
老妻画纸为棋局⑨，
稚子⑩敲针作钓钩。
但有故人供禄米⑪，
微躯⑫此外更何求。

注释

①江村：江畔村庄。
②清江：清澈的江水。江，指锦江，岷江的支流。
③曲：曲折。
④抱：怀拥，环绕。
⑤长夏：长长的夏日。
⑥幽：宁静，安闲。
⑦自去自来：来去自由，无拘无束。
⑧相亲相近：相互亲近。
⑨画纸为棋局：在纸上画棋盘。
⑩稚子：年幼的儿子。
⑪禄米：古代官吏的俸给，这里指钱米。
⑫微躯：微贱的身躯，是作者自谦之词。

译文

清澈的江水曲折地绕村流过。长长的夏日里，村中的一切都显得幽雅。

梁上的燕子自由自在地飞来飞去，水中的白鸥相亲相近，相伴相随。

老妻正在用纸画一张棋盘，小儿子敲打着针作一只鱼钩。

只要有老朋友给予一些钱米，我还有什么奢求呢？

赏析

这首诗写于唐肃宗上元元年（760）。在几个月之前，诗人经过四年的流亡生活，从同州经由绵州，来到了这不曾遭到战乱骚扰的、暂时还保持安静的西南富庶之乡成都郊外浣花溪畔。他依靠亲友故旧的资助而辛苦经营的草堂已经初具规模，饱经离乡背井的苦楚、备尝颠沛流离的艰虞的诗人，终于获得了一个暂时安居的栖身之所。时值初夏，浣花溪畔，江流曲折，水木清华，一派恬静幽雅的田园景象。诗人拈来《江村》诗题，放笔咏怀，愉悦之情是可以想见的。

本诗首联第二句“事事幽”三字，是全诗关紧的话，提挈一篇旨意。中间四句，紧紧贴住“事事幽”，一路叙下。梁间燕子，时来时去，自由而自在；江上白鸥，忽远忽近，相伴而相随。从诗人眼里看来，燕子也罢，鸥鸟也罢，都有一种忘机不疑、乐群适性的意趣。物情如此幽静，人事的幽趣尤其使诗人惬心快意：老妻画纸为棋局的痴情憨态，望而可亲；稚子敲针作钓钩的天真无邪，弥觉可爱。棋局最宜消夏，清江正好垂钓，村居乐事，件件如意。经历长期离乱之后，重新获得家室儿女之乐，诗人怎么不感到欣喜和满足呢？结句“但有故人供禄米，微躯此外更何求”，虽然表面上是喜幸之词，而骨子里正包藏着不少悲苦之情。曰“但有”，就不能保证必有；曰“更何求”，正说明已有所求。杜甫确实没有忘记，自己眼前优游闲适的生活，是建筑在“故人供禄米”的基础之上的。这是一个十分敏感的压痛点。一旦分禄赐米发生了问题，一切就都谈不到了。所以，我们无妨说，这结末两句，与其说是幸词，倒毋宁说是苦情。艰窭贫困、依人为活的一代诗宗，在暂得栖息，甫能安居的同时，便吐露这样悲酸的话语，实在是对封建统治阶级摧残人才的强烈控诉。

中联四句，从物态人情方面，写足了江村幽事，然后，在结句上，用“此外更何求”一句，关合“事事幽”，收足了一篇主题，最为简净，最为稳当。

《江村》一诗，在艺术处理上，也有独特之处。

一是复字不犯复。此诗首联的两句中，“江”字、“村”字皆两见。照一般做律诗的规矩，颔、颈两联同一联中忌有复字，首尾两联散行的句子，要求虽不那么严格，但也应该尽可能避复字。现在用一对复字，就有一种轻快俊逸的感觉，并不觉得是犯复了。这情况，很像律句中的拗救，拗句就要用拗句来救正，复字也要用复字来弥补。况且，第二句又安下了另外两个叠字“事事”，这样一来，头两句诗在读起来的时候，就完全没有支撑之感了。

二是全诗前后啮合，照应紧凑。“梁上燕”属“村”，“水中鸥”属“江”；“棋局”正顶“长夏”，“钓钩”又暗寓“清江”。颔联“自去自来梁上燕，相亲相近水中鸥”，两“自”字，两“相”字，当句自对；“去”“来”与“亲”“近”又上下句为对。自对而又互对，读起来轻快流荡。颈联的“画”字、“敲”字，字皆现成。且两句皆用朴直的语气，最能表达夫妻投老，相敬弥笃，稚子痴顽，不隔贤愚的意境。

三是结句，忽转凄婉，很有杜甫咏怀诗的特色。杜甫有两句诗自道其作诗的甘苦，说是“愁极本凭诗遣兴，诗成吟咏转凄凉”（《至后》）。此诗本是写闲适心境，但他写着写着，最后结尾的地方，也不免吐露落寞不欢之情，使人有怅怅之感。杜甫很多登临即兴感怀的诗篇，几乎都是如此。前人谓杜诗“沉郁”，其契机恐怕就在此处。

丑奴儿①·书博山②道中壁

【宋】辛弃疾

少年③不识④愁滋味，爱上层楼。爱上层楼，为赋新词强⑤说愁。

而今识尽⑥愁滋味，欲说还休⑦。欲说还休，却道天凉好个秋。

注释

①奴儿：词牌名。
②博山：在今江西省广丰县西南。
③少年：指年轻的时候。
④不识：不懂，不知道什么是。
⑤强（qiǎng）：勉强地，硬要。
⑥识尽：尝够，深深懂得。
⑦欲说还（huán）休：内心有所顾虑而不敢表达。休：停止。

译文

人年少时不知道忧愁的滋味，喜欢登高远望。喜欢登高远望，为写一首新词无愁而勉强说愁。

现在尝尽了忧愁的滋味，想说却说不出。想说却说不出，却说好一个凉爽的秋天啊！

赏析

此词通过回顾少年时不知愁苦，衬托“而今”深深领略了愁苦的滋味，却又说不出道不出，写出两种截然不同的思想感情的变化。

词的上片，作者着重回忆少年时代自己不知愁苦，所以喜欢登上高楼，凭栏远眺。少年时代，风华正茂，涉世不深，乐观自信，对于人们常说的“愁”还缺乏真切的体验。首句“少年不识愁滋味”，乃是上片的核心。辛弃疾生长在中原沦陷区。青少年时代的他，不仅亲历了人民的苦难，同时也深受北方人民英勇抗金斗争精神的鼓舞。他不仅自己有复国的胆识和才略，而且认为中原是可以收复的，侵略者也是可以被赶出去的。因此，他不知何为“愁”，为了效仿前代作家，抒发一点儿所谓的“愁情”，他是“爱上层楼”，无愁找愁。作者连用两个“爱上层楼”，这一叠句的运用，避开了一般的泛泛描述，有力地带起了下文。前一个“爱上层楼”，同首句构成因果复句，意谓作者年轻时根本不懂什么是忧愁，所以喜欢登楼赏玩。后一个“爱上层楼”，又同下面“为赋新词强说愁”结成因果关系，即因为爱上高楼而触发诗兴，在当时“不识愁滋味”的情况下，也要勉强说些“愁闷”之类的话。这一叠句的运用，把两个不同的层次联系起来，将上片“不知愁”这一思想表达得十分完整。

词的下片，表现自己随着年岁的增长，处世阅历渐深，对于这个“愁”字有了真切的体验。作者怀着捐躯报国的志愿投奔南宋，本想与南宋政权同心协力，共建恢复大业。谁知，南宋政权对他招之即来，挥之即去，他不仅报国无门，而且还落得削职闲居的境地，“一腔忠愤，无处发泄”，其心中的愁闷痛楚可以想见。“而今识尽愁滋味”，这里的“尽”字，是极有概括力的，它包含着作者许多复杂的感受，从而完成了整篇词作在思想感情上的一大转折。接着，作者又连用两句“欲说还休”，仍然采用叠句形式，在结构用法上也与上片互为呼应。这两句“欲说还休”包含有两层不同的意思。前句紧承上句的“尽”字而来，人们在实际生活中，喜怒哀乐等各种情感往往相反相成，极度的高兴转而潜生悲凉，深沉的忧愁翻作自我调侃。作者过去无愁而硬要说愁，如今却愁到极点而无话可说。后一个“欲说还休”则是紧连下文。因为，作者胸中的忧愁不是个人的离愁别绪，而是忧国伤时之愁。而在当时投降派把持朝政的情况下，抒发这种忧愁是犯大忌的，因此作者在此不便直说，只得转而言天气，“天凉好个秋”。这句结尾表面形似轻脱，实则十分含蓄，充分表达了作者之“愁”的深沉博大。

辛弃疾的这首词，通过“少年”“而今”，无愁、有愁的对比，表现了他受压抑排挤、报国无门的痛苦，是对南宋统治集团的讽刺和不满。在艺术手法上，“少年”是宾，“而今”是主，以昔衬今，以有写无，以无写有，写作手法也很巧妙，突出渲染一个“愁”字，并

以此为线索层层铺展，感情真挚委婉，言浅而意深，将词人大半生的经历感受高度概括出来，有强烈的艺术效果。

古朗月行

【唐】李白

小时不识月，
呼作①白玉盘②。
又疑③瑶台④镜，
飞在青云端。
仙人垂两足⑤，
桂树何团团⑥。
白兔捣药成，
问言与谁餐？
蟾蜍蚀圆影⑦，
大明夜已残。
羿⑧昔落九乌，
天人⑨清且安。
阴精此沦惑⑩，
去去不足观。
忧来其如何？
凄怆⑪摧心肝。

注释

①呼作：称为。
②白玉盘：白玉做的盘子。
③疑：怀疑。
④瑶台：传说中神仙居住的地方。
⑤仙人垂两足：意思是月亮里有仙人和桂树。
⑥团团：圆圆的样子。
⑦圆影：指月亮。
⑧羿：后羿，中国古代神话中射落九个太阳的英雄。
⑨天人：天上人间。
⑩沦惑：沉沦迷惑。
⑪凄怆：伤心之意。

译文

小时候我不认识月亮，将它呼作白玉盘。

又怀疑是瑶台仙人的明境，飞到了天上。

可以先看到有仙人的两足慢慢地出现，接着一棵团团的大桂树也出现了。传说月中有白兔捣仙药，请问它是捣给谁吃的?

又传说月中有一个大蟾蜍，是它蚀得月亮渐渐地残缺了。

以前后羿将九个太阳射落了，才使得天人都得以清平安宁。

阴精的沉沦蛊惑，使月亮失去了光彩，再也不值得观看了。

我为此有多么忧虑呢？伤心不已，肝肠寸断。

赏析

诗人运用浪漫主义的创作方法，通过丰富的想象，神话传说的巧妙加工，以及强烈的抒情，构成瑰丽神奇而含意深蕴的艺术形象。诗中先写儿童时期对月亮稚气的认识：“小时不识月，呼作白玉盘。又疑瑶台镜，飞在青云端。”以“白玉盘”“瑶台镜”做比喻，生动地表现出月亮的形状、颜色和月光的皎洁可爱，使人感到非常新颖有趣。“呼”“疑”这两个动词，传达出儿童的天真烂漫之态。这四句诗，看似信手写来，却是情采俱佳。然后，又写月亮的升起：“仙人垂两足，桂树何团团？白兔捣药成，问言与谁餐？”古代神话说，月中有仙人、桂树、白兔。当月亮初升的时候，先看见仙人的两只脚，而后逐渐看见仙人和桂树的全形，看见一轮圆月，看见月中白兔在捣药。诗人运用这一神话传说，写出了月亮初生时逐渐明朗和宛若仙境般的景致。然而好景不长，月亮渐渐地由圆而蚀：“蟾蜍蚀圆影，大明夜已残。”蟾蜍，俗称癞蛤蟆；大明，指月亮。传说月蚀就是蟾蜍食月所造成，月亮被蟾蜍所啮食而残损，变得晦暗不明。“羿昔落九乌，天人清且安”，表现出诗人的感慨和希望。古代善射的后羿，射落了九个太阳，只留下一个，使天、人都免除了灾难。诗人在这里

引出这样的英雄来，既是为现实中缺少这样的英雄而感慨，也是希望能有这样的英雄来扫除天下。然而，现实毕竟是现实，诗人深感失望："阴精此沦惑，去去不足观。"月亮既然已经沦没而迷惑不清，就没有什么可看的了，不如趁早走开吧。这是无可奈何的办法，心中的忧愤不仅没有解除，反而加深了："忧来其如何？凄怆摧心肝。"诗人不忍一走了之，内心矛盾重重，忧心如焚。

这首诗，大概是李白针对当时朝政黑暗而发的。唐玄宗晚年沉湎声色，宠幸杨贵妃，权奸、宦官、边将擅权，把国家搞得乌烟瘴气。诗中"蟾蜍蚀圆影，大明夜已残"似是讽刺这一昏暗局面。然而诗人的主旨却不明说，而是通篇作隐语，化现实为幻景，以蟾蜍蚀月影射现实，说得十分深婉曲折。诗中一个又一个新颖奇妙的想象，展现出诗人起伏不平的感情。

绝句四首·其三

【唐】杜甫

两个黄鹂①鸣翠柳，
一行白鹭②上青天。
窗含西岭③千秋雪，
门泊东吴④万里船。

注释

①黄鹂：黄莺。
②白鹭：鹭鸶，羽毛纯白，能高飞。
③西岭：即成都西南的岷山，其雪常年不化，故云千秋雪。这是想象之词。
④东吴：指长江下游的江苏一带。成都水路通长江，故云长江万里船。

译文

黄鹂在新绿的柳条间叫着春天，成双作对好喜庆；白鹭排成行迎着春风飞上青天，队列整齐真优美。

那西岭的雪峰啊，像一幅美丽的画嵌在窗框里。这门前的航船啊，竟是从万里之外的东吴而来。

赏析

这组诗一开始写草堂的春色，情绪是陶然的；而随着视线的游移、景物的转换、江船的出现，触动了他的乡情，四句景语完整表现了诗人这种复杂细致的内心活动。此诗两两对杖，写法非常精致考究，读起来却一点儿也不觉得雕琢，十分自然流畅。把读者由眼前景观引向广远的空间和悠长的时间之中，引入对历史和人生的哲思理趣之中。

“两个黄鹂鸣翠柳，一行白鹭上青天。窗含西岭千秋雪，门泊东吴万里船。”黄鹂、翠柳显出活泼的气氛，白鹭、青天给人以平静、安适的感觉。“鸣”字表现了鸟儿的怡然自得。“上”字表现出白鹭的悠然飘逸。黄、翠、白、青，色泽交错，展示了春天的明媚景色，也传达出诗人欢快自在的心情。诗句有声有色，意境优美，对仗工整。一个“含”字，表明诗人是凭窗远眺，此景仿佛是嵌在窗框中的一幅图画。这两句表现出诗人心情的舒畅和喜悦。“西岭”，即成都西南的岷山，其雪常年不化，故云“千秋雪”。“东吴”，三国时孙权在今江苏南京定都建国，国号为吴，也称东吴。这里借指长江下游的江南地区。“千秋雪”言时间之久，“万里船”言空间之广。诗人身在草堂，思接千载，视通万里，胸襟何等开阔！这两句也是全诗的点睛之笔，境界开阔，情志高远。在空间和时间两个方面拓宽了广度，使得全诗的立意一下子卓尔不群，既有杜诗一贯的深沉厚重，又舒畅开阔，实为千古名句。

苏轼曾经说过：“少陵翰墨无形画。”此诗就像一幅绚丽生动的山水条幅：黄鹂、翠柳、白鹭、青天、江水、雪山，色调淡雅和谐，图像有动有静。画的中心是几棵翠绿的垂柳，黄莺儿在枝头婉转歌唱；画的上半部是青湛湛的天，一行白鹭映于碧空；远处高山明灭可睹，遥望峰巅犹是经年不化的积雪；近处露出半边茅屋，门前一条大河，水面停泊着远方来的船只。从颜色和线条看，作者把两笔鹅黄点染在一片翠绿之中，在青淡的空间斜勾出一条白线。点线面有机结合，色彩鲜明而又和谐。诗人身在草堂，思接千载，视通万里，胸次开阔，出语雄健。全诗对仗精工，着色鲜丽，动静结合，声形兼具，每句诗都是一幅画，又宛然组成一幅咫尺万里的壮阔山水画卷。

无 题

【元】徐再思

一望二三里①，
烟村②四五家。
楼台③六七座，
八九十枝花。

注释

①里：长度单位，1市里等于150丈，合500米。
②烟村：冒起炊烟的村庄。
③楼台：亭台。

作者名片

徐再思（约1280—1330），字德可，号甜斋（有的资料中其号为“甜齐”），浙江嘉兴人，元代著名散曲作家，生平事迹不详。曾任嘉兴路吏。因喜食甘饴，故号甜斋。生卒年不详，与贯云石为同时代人，今存所作散曲小令100余首。作品与当时自号酸斋的贯云石齐名，称为“酸甜乐府”。后人任讷又将二人散曲合为一编，世称《酸甜乐府》，收有他的小令103首。

译文

一眼望去即可看二三里远，炊烟起处有四五户人家。
村后山坡上有亭台六七座，村边有八九十枝花。

赏析

作者颇有创意之心，巧妙地运用数字一二三四五六七八九十作诗，简洁地安插了里程、炊烟、人家、亭台与花枝，直白地塑造了富有乡村气息的美好意境，令人叫绝。

全诗二十个字，数字就有十个，不仅不使读者感觉枯燥，反而使数字成为诗的梁柱。这些数字，既是具体的，又是抽象的，“二三里”“四五家”“六七座”“八九十枝”用的都是概数，并非具体只有“二三里”“四五家”等等。这给了读者丰富的想象空间，使读者品味诗的意境时能放开自我，并得到美的享受，数读不腻。

敕勒[1]歌

【南北朝】乐府诗集

敕勒川，
阴山[2]下。
天似穹庐[3]，
笼盖四野，
天苍苍[4]，
野茫茫[5]，
风吹草低见[6]牛羊。

注释

①敕勒（chì lè）：种族名，北齐时居住在朔州（今山西省北部）一带。
②阴山：在今内蒙古自治区北部。
③穹庐（qióng lú）：用毡布搭成的帐篷，即蒙古包。
④天苍苍：天蓝蓝的。苍，青。
⑤茫茫：辽阔无边的样子。
⑥见（xiàn）：同“现”，显露。

译文

阴山脚下有敕勒族生活的大平原。

敕勒川的天空与大地相连，看起来好像牧民们居住的毡帐一般。

蓝天下的草原上翻滚着绿色的波澜。那风吹到草低处，有一群群的牛羊时隐时现。

赏析

这首民歌，勾勒出了北国草原壮丽富饶的风光，抒写敕勒人热爱家乡热爱生活的豪情，境界开阔，音调雄壮，语言明白如话，艺术概括力极强。

“敕勒川，阴山下”，说出敕勒川的地理位置。阴山是绵亘塞外的大山，草原以阴山为背景，给人以壮阔雄伟的印象。“天似穹庐，笼盖四野”，环顾四野，天空就像奇大无比的圆顶毡帐将整个大草原笼罩起来。“天苍苍，野茫茫”，天空是青苍蔚蓝的颜色，草原无边无际，茫茫一片。

“敕勒川，阴山下”，诗歌一开头就以高亢的音调，吟咏出北方的自然特点，无遮无拦，高远辽阔。这简洁的六个字，格调雄阔宏放，透显出敕勒民族雄强有力的性格。

“天似穹庐，笼盖四野”，这两句承上面的背景而来，极言画面之壮阔，天野之恢宏。同时，抓住了这一民族生活的最典型的特征，歌者以如椽之笔勾画了一幅北国风貌图。

诗的前六句写平川，写大山，写天空，写四野，涵盖上下四方，意境极其阔大恢宏。但是，诗人的描写全从宏观着眼，作总体的静态的勾画，没有什么具体描绘，使人不免有些空洞沉闷的感觉。但读到末句——“风吹草低见牛羊”时，境界便顿然改观。草原是牧民的家乡，牛羊的世界，但由于牧草过于丰茂，牛群、羊群统统隐没在那绿色的海洋里。只有当一阵清风吹过，草浪动荡起伏，在牧草低伏下去的地方，才有牛羊闪现出来。那黄的牛，白的羊，东一群，西一群，忽隐忽现，到处都是。于是，由静态转为动态，由表苍一色变为多彩多姿，整个草原充满勃勃生机，连那穹庐似的天空也为之生色。因此，人们把这最后一句称为点睛之笔，对于“吹”“低”“见”三个动词的主动者“风”字，倍加赞赏。

这首歌具有鲜明的游牧民族的色彩，具有浓郁的草原气息。从语言到意境可谓浑然天成，它质直朴素、意韵真淳。语言无晦涩难懂之句，浅近明快、酣畅淋漓地抒写了游牧民族骁勇善战、彪悍豪迈的情怀。

春　晓①

【唐】孟浩然

春眠不觉晓②，
处处闻啼鸟③。
夜来风雨声，
花落知多少④。

注释

①春晓：春天的早晨。晓：天刚亮的时候。
②不觉晓：不知不觉天就亮了。
③啼鸟：鸟的啼叫声。
④知多少：不知有多少。

译文

春日里贪睡不知不觉天就亮了，到处可以听见小鸟的鸣叫声。回想昨夜的阵阵风雨声，不知吹落了多少娇美的春花。

赏析

《春晓》这首诗是诗人隐居在鹿门山时所做，意境十分优美。诗人抓住春天的早晨刚刚醒来时的一瞬间展开描写和联想，生动地表达了自己对春天的热爱和怜惜之情。此诗没有采用直接叙写眼前春景的一般手法，而是通过“春晓”(春天早晨)自己一觉醒来后瞬间的听觉感受和联想，捕捉典型的春天气息，表达自己喜爱春天和怜惜春光的情感。

诗的前两句写诗人因春宵梦酣，天已大亮了还不知道，一觉醒来，听到屋外处处有鸟儿的欢鸣。诗人惜墨如金，仅以一句“处处闻啼鸟”来表现充满活力的春晓景象。但人们由此可以知道就是这些鸟儿的欢鸣把懒睡中的诗人唤醒，可以想见此时屋外已是一片明媚的春光，可以体味到诗人对春天的赞美。

正是这可爱的春晓景象，使诗人很自然地转入诗的第三、四句的联

想：昨夜我在朦胧中曾听到一阵风雨声，现在庭院里盛开的花儿到底被摇落了多少呢？联系诗的前两句，夜里这一阵风雨不是疾风暴雨，而是轻风细雨，它把诗人送入香甜的梦乡，把清晨清洗得更加明丽，并不可恨。但是它毕竟要摇落春花，带走春光，因此一句“花落知多少”，又隐含着诗人对春光流逝的淡淡哀怨以及无限遐想。

宋人叶绍翁《游园不值》诗中的“春色满园关不住，一枝红杏出墙来”，是古今传诵的名句。其实，在写法上是与《春晓》有共同之处的。叶诗是通过视觉形象，由伸出墙外的一枝红杏，把人引入墙内、让人想象墙内；孟诗则是通过听觉形象，由阵阵春声把人引出屋外，让人想象屋外。只用淡淡的几笔，就写出了晴方好、雨亦奇的繁盛春意。两诗都表明，那盎然的春意，自是阻挡不住的，你看，它不是冲破了围墙屋壁，展现在你的眼前、萦回在你的耳际了吗？

施补华曰：“诗犹文也，忌直贵曲。”（《岘佣说诗》）这首小诗仅仅四行二十个字，写来却曲屈通幽，回环波折。首句破题，“春”字点明季节，写春眠的香甜。“不觉”是朦朦胧胧不知不觉。在这温暖的春夜中，诗人睡得真香，以至旭日临窗，才甜梦初醒，流露出诗人爱春的喜悦心情。次句写春景——春天早晨的鸟语。“处处”是指四面八方。鸟噪枝头，一派生机勃勃的景象。“闻啼鸟”即“闻鸟啼”，古诗为了押韵，词序作了适当的调整。三句转为写回忆，诗人追忆昨晚的潇潇春雨。末句又回到眼前，联想到春花被风吹雨打，落红遍地的景象，由喜春翻为惜春，诗人把爱春和惜春的情感寄托在对落花的叹息上。爱极而惜，惜春即是爱春——那潇潇春雨也引起了诗人对花木的担忧。时间的跳跃、阴晴的交替、感情的微妙变化，都很富有情趣，能给人带来无穷兴味。

《春晓》的语言平易浅近，自然天成，一点也看不出人工雕琢的痕迹。而言浅意浓，景真情真，就像是从诗人心灵深处流出的一股泉水，晶莹澄澈，灌注着诗人的生命，跳动着诗人的脉搏。读之，如饮醇醪，不觉自醉。诗人情与境会，觅得大自然的真趣，大自然的精髓。“文章本天成，妙手偶得之”，这是最自然的诗篇，是天籁。

咏　柳

【唐】贺知章

碧玉[①]妆[②]成一树高，
万条垂下绿丝绦[③]。
不知细叶谁裁[④]出，
二月春风似[⑤]剪刀。

注释

①碧玉：碧绿色的玉。这里用以比喻春天嫩绿的柳叶。
②妆：装饰，打扮。
③绦（tāo）：用丝编成的绳带。这里指像丝带一样的柳条。
④裁：裁剪。
⑤似：如同，好像。

译文

高高的柳树上长满了翠绿的新叶，轻垂的柳条像千万条轻轻飘动的绿色丝带。

不知道这细细的柳叶是谁裁剪出来的。原是二月的春风，如同神奇的剪刀。

赏析

第一句写树，将树拟人化，让人读时能感觉出柳树就像一位经过梳妆打扮的亭亭玉立的美人。这里的“碧玉”应该有两层含义：一是碧玉这名字和柳的颜色有关，“碧”和下句的“绿”是互相生发、互为补充的。二是碧玉这个名字在人们头脑中永远留下年轻的印象。“碧玉”二字用典而不露痕迹，南朝乐府有《碧玉歌》，其中“碧玉破瓜时”已成名句。还有南朝萧绎《采莲赋》有“碧玉小家女”，也很有名，后来形成“小家碧玉”这个成语。“碧玉妆成一树高”就自然地把眼前这棵柳树和古代的妙龄少女联系起来，而且让人联想到她一身嫩绿，楚楚动人，充满青春活力。

第二句就此联想到那垂垂下坠的柳叶就是少女身上垂坠的绿色丝织裙带。中国是产丝大国，丝绸为天然纤维的皇后，向以端庄、华贵、飘逸著称，那么，这棵柳树的风韵就可想而知了。

第三句由“绿丝绦”继续联想，这些如丝绦的柳条上的细细的柳叶儿是谁剪裁出来的呢？先用一句问话来赞美巧夺天工可以传情的如眉的柳叶，最后作答，是二月的春风姑娘用她那灵巧的纤纤玉手剪裁出这些嫩绿的叶儿，给大地披上新装，给人们以春的信息。这两句把比喻和设问结合起来，用拟人手法刻画春天的美好和大自然的工巧，新颖别致，把春风孕育万物形象地表现出来了，烘托无限的美感。

总的来说，这首诗的结构独具匠心，先写对柳树的总体印象，再写到柳条，最后写柳叶，由总到分，条序井然。借柳树歌咏春风，把春风比作剪刀，说她是美的创造者，赞美她裁出了春天。诗中洋溢着人逢早春的欣喜之情。在语言的运用上，既晓畅，又华美。

渔歌子① · 西塞山前白鹭飞

【唐】张志和

西塞山②前白鹭③飞，桃花流水④鳜鱼⑤肥。

青箬笠⑥，绿蓑衣⑦，斜风细雨不须⑧归。

注释

①渔歌子：词牌名。此调原为唐教坊名曲。分单调、双调二体。单调二十七字，平韵，以张氏此调最为著名。双调五十字，仄韵。《渔歌子》又名《渔父》或《渔父乐》，大概是民间的渔歌。据《词林纪事》转引的记载说，张志和曾谒见湖州刺史颜真卿，因为船破旧了，请颜真卿帮助更换，并作《渔歌子》。词牌《渔歌子》即因张志和写的《渔歌子》而得名。“子”即是“曲子”的简称。

②西塞山：一说在浙江湖州，一说在湖北鄂州。

③白鹭：一种白色的水鸟。
④桃花流水：桃花盛开的季节正是春水上涨的时候，俗称桃花汛或桃花水。
⑤鳜（guì）鱼：淡水鱼，江南又称桂鱼，肉质鲜美。
⑥箬（ruò）笠：竹叶或竹篾做的斗笠。
⑦蓑（suō）衣：用草或棕编制成的雨衣。
⑧不须：不一定要。

作者名片

张志和（732—774），字子同，初名龟龄，号玄真子。祁门县灯塔乡张村庇人，祖籍浙江金华，先祖湖州长兴房塘。张志和三岁就能读书，六岁做文章，十六岁明经及第，先后任翰林待诏、左金吾卫录事参军、南浦县尉等职。后有感于宦海风波和人生无常，在母亲和妻子相继故去的情况下，弃官弃家，浪迹江湖。著作有《玄真子》十二卷三万字，《大易》十五卷，有《渔夫词》五首、诗七首传世。

译文

西塞山前白鹭在自由地翱翔。江岸桃花盛开，江水中肥美的鳜鱼欢快地游来游去。

渔翁头戴青色斗笠，身披绿色蓑衣，冒着斜风细雨，悠然自得地垂钓，下雨都不回家。

赏析

词中描写了江南水乡春汛时的山光水色和怡情悦性的渔人形象：春江水绿、烟雨迷蒙，雨中青山、江上渔舟，天空白鹭、岸畔桃花，江水猛涨，鳜鱼正肥时；青箬笠，绿蓑衣，渔人醉垂忘归时。全词着色明丽，用语活泼，生动地表现了渔夫悠闲自在的生活情趣。这是一幅用诗写成的山水画，这是一首“色彩明优意万千，脱离尘俗钓湖烟。思深韵远情融景，生活任行乐自然”的抒情诗。

“西塞山前白鹭飞”，点明地点。此西塞山在何处？鄂州、湖州？虽有异议，对词境来说倒无所谓。白鹭是自由、闲适的象征，诗句“漠漠江湖自在飞，一身到处沾渔矶”，便是写白鹭自在地飞翔，衬托渔夫的悠闲自得。

“桃花流水鳜鱼肥”，点出江南水乡最美好的季节——正是桃花盛开，江水猛涨，鳜鱼正肥时。“桃花”与“流水”相映，显现了暮春西塞山前的湖光山色，渲染了渔夫的生活环境。

“青箬笠，绿蓑衣，斜风细雨不须归”写的正是渔夫。“箬笠”就是用竹丝和青色箬竹叶编成的斗笠。“蓑衣”是用植物的茎叶或皮制成的雨衣。如果以龙须草（蓑草）为原料，它就是绿色的。“归”，回家。“不须归”，是说也不须回家了。作者在词里虽然只是概括地叙述了渔夫捕鱼的生活，但是，读者通过自己的想象，完全可以体会到词的言外之意。从渔翁头戴箬笠，身披蓑衣，在斜风细雨里欣赏春天水面的景物，读者便可以体会到渔夫在捕鱼时的愉快心情。

作者是一位山水画家，据说他曾将《渔歌子》画成图画。确实，这首词是富于画意的。苍岩，白鹭，鲜艳的桃林，清澈的流水，黄褐色的鳜鱼，青色的斗笠，绿色的蓑衣，色彩多么鲜明，构思也很巧妙，意境优美，使人读起来，仿佛是在看一幅出色的水乡春汛图。

此词在秀丽的水乡风光和理想化的渔人生活中，寄托了作者爱自由、爱自然的情怀。词中更吸引读者的不是一蓑风雨，从容自适的渔父，而是江乡二月桃花汛期间春江水涨、烟雨迷蒙的图景。雨中青山，江上渔舟，天空白鹭，两岸红桃，色泽鲜明但又显得柔和，气氛宁静但又充满活力。而这既体现了作者的艺术匠心，也反映了他高远、冲淡、悠然脱俗的意趣。此词吟成后，不仅唱和者甚众，而且还流播海外，为东邻日本的汉诗作者开启了填词门径，嵯峨天皇的《渔歌子》五首及其臣僚的奉和之作七首，即以此词为蓝本改制而成。

野 池

【唐】王建

野池水满连秋堤[①]，
菱花[②]结实蒲[③]叶齐。
川口[④]雨晴风复止，
蜻蜓上下鱼东西。

注释

①堤：用土石等材料修筑的挡水的高岸。
②菱花：菱的花。
③蒲：多年生草本植物，生池沼中，高近两米。根茎长在泥里，可食。叶长而尖，可编席、制扇。夏天开黄色花。
④川口：河口。

作者名片

王建（768—835），字仲初，颍川（今河南许昌）人，唐朝诗人。出身寒微，一生潦倒。曾一度从军，约46岁始入仕，曾任昭应县丞、太常寺丞等职。后出为陕州司马，世称王司马。与张籍友善，乐府与张齐名，世称“张王乐府”。

译文

野外的池塘水满的已经连到河堤。菱花已经结了果实，蒲叶茂盛。河口雨过天晴，风也停止了，蜻蜓上下翩飞，鱼儿在水里游来游去。

赏析

诗歌以“野池”为描写对象。第一、二句描绘了池水满溢、植物结果的繁茂景象，第三、四句描绘了雨过天晴、蜻蜓飞舞、鱼儿畅游的景象，给人以动态的美感。全诗流露出作者对大自然的热爱之情，其中“蜻蜓上下鱼东西”还表现出作者对自由、闲适生活的向往之情。

小　池

【宋】杨万里

泉眼①无声惜②细流，
树阴照水③爱晴柔④。
小荷才露尖尖角⑤，
早有蜻蜓立上头⑥。

注释

①泉眼：泉水的出口。
②惜：吝惜。
③照水：映在水里。
④晴柔：晴天里柔和的风光。
⑤尖尖角：初出水面还没有舒展的荷叶尖端。
⑥上头：上面，顶端。为了押韵，“头”不读轻声。

译文

泉眼悄然无声是因舍不得细细的水流，映在水里的树荫喜欢这晴天里柔和的风光。

小荷叶刚从水面露出尖尖的角，早就有一只小蜻蜓立在它的上头。

赏析

此诗是一首描写初夏池塘美丽景色的清新小诗。一切都是那样的细，那样的柔，那样的富有情意，宛如一幅花草虫鸟彩墨画。画面之中，池、泉、流、荷和蜻蜓，落笔都小，却玲珑剔透，生机盎然。

第一句，紧扣题目写小池的源泉——一股涓涓细流的泉水。泉水从洞口流出，没有一丝声响，当然是小之又小的。流出的泉水形成一股细流，更是小而又小了。这本来很寻常，然而作者却凭空加一“惜”字，说好像泉眼很爱惜这股细流，吝啬地舍不得多流一点儿。于是这句诗就立刻飞动起来，变得有情有趣，富有人性。

第二句，写树荫在晴朗柔和的风光里，遮住水面。这也是极平常之事，可诗人加一“爱”字，似乎用她的阴凉盖住小池，以免水分蒸发而干涸，这样就化无情为有情了。而且，诗舍形取影，重点表现水面上的柔枝婆娑弄影，十分空灵。

三、四句写池中一株小荷以及荷上的蜻蜓。小荷刚把她的含苞待放的嫩尖露出水面，显露出勃勃生机，可在这尖尖嫩角上却早有一只小小蜻蜓立在上面，它似乎要捷足先登，领略初夏风光。小荷与蜻蜓，一个“才露”，一个“早有”，以新奇的眼光看待身边的一切，捕捉那稍纵即逝的景物。

诗题“小池”全篇都在“小”字上做文章。诗词有不同的题材，有的题材重大，须写出壮阔的境界、恢宏的气势；有的题材甚小，仅是生活中一个细节，但却能写出幽情逸趣。且此诗写的犹如一幅画，画面层次丰富：太阳、树木、小荷、小池，色彩艳丽，还有明亮的阳光、深绿的树荫、翠绿的小荷、鲜活的蜻蜓，清亮的泉水。画面充满动感：飞舞的蜻蜓、影绰的池水，充满了诗情画意。

元　日①

【宋】王安石

爆竹声中一岁除，
春风送暖入屠苏②。
千门万户③曈曈④日，
总把新桃换旧符。

注释

①元日：农历正月初一，即春节。
②屠苏：指屠苏酒。饮屠苏酒也是古代过年时的一种习俗，大年初一全家合饮这种用屠苏草浸泡的酒，以驱邪避瘟疫，求得长寿。
③千门万户：形容门户众多，人口稠密。
④曈曈：日出时光亮而温暖的样子。

作者名片

王安石（1021—1086），字介甫，号半山，谥文，封荆国公。世人又称王

荆公。汉族，北宋抚州临川人（今江西省抚州市临川区邓家巷人），中国北宋著名政治家、思想家、文学家、改革家，唐宋八大家之一。欧阳修称赞王安石："翰林风月三千首，吏部文章二百年。老去自怜心尚在，后来谁与子争先。"传世文集有《王临川集》《临川集拾遗》等。其诗文各体兼擅，词虽不多，但亦擅长，且有名作《桂枝香》等。而王荆公最得世人哄传之诗句莫过于《泊船瓜洲》中的"春风又绿江南岸，明月何时照我还。"

译文

爆竹声中旧的一年已经过去，迎着和暖的春风开怀畅饮屠苏酒。

初升的太阳照耀着千家万户，都把旧的桃符取下换上新的桃符。

赏析

这是一首写古人迎接新年的即景之作，取材于民间习俗，敏感地摄取了老百姓过春节时的典型素材，抓住有代表性的生活细节：点燃爆竹，饮屠苏酒，换新桃符，充分表现出过年的欢乐气氛，富有浓厚的生活气息。抒发了作者革新政治的思想感情，充满欢快及积极向上的奋发精神。

"爆竹声中一岁除，春风送暖入屠苏。"逢年过节燃放爆竹，这种习俗古已有之，一直延续至今。古代风俗，每年正月初一，全家老小喝屠苏酒，然后用红布把渣滓包起来，挂在门框上，用来驱邪和躲避瘟疫。

"千门万户曈曈日"句承接前面诗意，是说家家户户都沐浴在初春朝阳的光照之中。结尾一句转发议论。挂桃符，这也是古代民间的一种习俗。"总把新桃换旧符"，是个压缩省略的句式，"新桃"省略了"符"字，"旧符"省略了"桃"字，交替运用，这是因为七绝每句都有字数限制的缘故。

诗是人们的心声。不少论诗者注意到，这首诗表现的意境和现实，还自有它的比喻象征意义，王安石这首诗充满欢快及积极向上的奋发精神，是因为他当时正担任宰相，推行新法。王安石是北宋时期著名的改革家，他在任期间，正如眼前人们把新的桃符替换成旧的一样，革除旧政，施行新政。王安石对新政充满信心，所以反映到诗中就分外开朗。

这首诗，正是赞美新事物的诞生如同“春风送暖”那样充满生机；“曈曈日”照着“千门万户”，这不是平常的太阳，而是新生活的开始，变法带给百姓的是一片光明。结尾一句“总把新桃换旧符”，表现了诗人对变法胜利和人民生活改善的欣慰喜悦之情。其中含有深刻哲理，指出新生事物总是要取代没落事物这一规律。这首诗用的是白描手法，极力渲染喜气洋洋的节日气氛，同时又通过元日更新的习俗来寄托自己的思想，表现得含而不露。

绝句二首·其一

【唐】杜甫

迟日①江山丽，
春风花草香。
泥融②飞燕子，
沙暖睡鸳鸯③。

注释

①迟日：春日。
②泥融：这里指泥土滋润、湿润。
③鸳鸯：一种水鸟，雄鸟与雌鸟常双双出没。

译文

沐浴在春光下的江山显得格外秀丽，春风送来花草的芳香。

泥土随着春天的来临而融化变得松软，燕子衔泥筑巢，暖和的沙子上睡着成双成对的鸳鸯。

赏析

清代的诗论家陶虞开在《说杜》一书中指出，杜集中有不少“以诗为画”的作品。这一首写于成都草堂的五言绝句，是极富诗情画意的佳作。诗一开始，就从大处着墨，描绘出在初春灿烂阳光的照耀下，浣花溪一带明净绚丽的春景，用笔简洁而色彩浓艳。“迟日”即春日，语出《诗经・豳风・七月》“春日迟迟”。这里用以突出初春的阳光，以统摄全篇。同时用一“丽”字点染“江山”，表现了春日阳光普照，四野青绿，溪水映日的秀丽景色。这虽是粗笔勾画，笔底却是春光骀荡。

第二句诗人进一步以和煦的春风，初放的百花，如茵的芳草，浓郁的芳香来展现明媚的大好春光。因为诗人把春风、花草及其散发的馨香有机地组织在一起，所以通过联想，可以有惠风和畅、百花竞放、风送花香的感受，收到如临其境的艺术效果。在明丽阔远的图景之上，三、四两句转向具体而生动的初春景物描绘。

第三句诗人选择初春最常见，也是最具有特征性的动态景物来勾画。春暖花开，泥融土湿，秋去春归的燕子，正繁忙地飞来飞去，衔泥筑巢。这生动的描写，使画面更显得生机勃勃，春意盎然，还有一种动态美。杜甫对燕子的观察十分细致，“泥融”紧扣首句，因春回大地，阳光普照才“泥融”；紫燕新归，衔泥做巢而不停地飞翔，显出一番春意闹的情状。

第四句是勾勒静态景物。春日冲融，日丽沙暖，鸳鸯也要享受这春天的温暖，在溪边的沙洲上静睡不动。这也和首句紧相照应，因为“迟日”才沙暖，沙暖才引来成双成对的鸳鸯出水，沐浴在灿烂的阳光中，是那样悠然自适。从景物的描写来看，和第三句动态的飞燕相对照，动静相间，相映成趣。这两句以工笔细描衔泥飞燕、静睡鸳鸯，与一、二两句粗笔勾画阔远明丽的景物相配合，使整个画面和谐统一，构成一幅色彩鲜明，生意勃发，具有美感的初春景物图。就诗中所蕴含的思想感情而言，诗作反映了诗人经过“一岁四行役”“三年饥走荒山道”的奔波流离之后，暂时定居草堂的安适心情，也是诗人对初春时节自然界一派生机、欣欣向荣的欢悦情怀的表露。

这首五言绝句，意境明丽悠远，格调清新。全诗对仗工整，但又自然流畅，毫不雕琢；描摹景物清丽工致，浑然无迹，是杜集中别具风格的篇章。

惠崇春江晚景二首·其一

【宋】苏轼

竹外桃花三两枝，
春江水暖鸭先知。
蒌蒿满地芦芽①短，
正是河豚②欲上③时。

注释

①蒌蒿：草名，有青蒿、白蒿等种。芦芽：芦苇的幼芽，可食用。

②河豚：鱼的一种，学名“鲀”，肉味鲜美，但是卵巢和肝脏有剧毒。产于我国沿海和一些内河。每年春天逆江而上，在淡水中产卵。

③上：指逆江而上。

译文

竹林外两三枝桃花初放，水中嬉戏的鸭子最先察觉到初春江水的回暖。

河滩上长满了蒌蒿，芦苇也长出短短的新芽，而河豚此时正要逆流而上，从大海洄游到江河里来。

赏析

这首诗是苏轼题在惠崇所画的《春江晓景》上的。惠崇原画已失，这首诗有的版本题作《春江晓景》，现已无从考证。画以鲜明的形象，使人有具体的视觉感受，但它只能表现一个特定的画面，有一定的局限性。而一首好诗，虽无可视的图像，却能用形象的语言，吸引读者进入一个通过诗人独特构思而形成的美的意境，以弥补某些画面所不能表现的东西。

“竹外桃花三两枝”，隔着疏落的翠竹望去，几枝桃花摇曳身姿。桃竹相衬，红绿掩映，春意格外惹人喜爱。这虽然只是简单一句，却透出很多信息。首先，它显示出竹林的稀疏，要是细密，就无法见到桃花了。其次，它表明季节，点出了一个“早”字。春寒刚过，还不是桃花怒放之时，但春天的无限生机和潜力，已经透露出来。

“春江水暖鸭先知”，视觉由远及近，即从江岸到江面。江上春水荡漾，好动的鸭子在江水中嬉戏游玩。“鸭先知”侧面说明春江水还略带寒意，因而别的动物都还没有感受到春天的来临，这就与首句中的桃花“三两枝”相呼应，表明现在是早春时节。这句诗化用了唐人诗句：孟郊“何物最先知？虚虚草争出”，杜牧（一作许浑）“蒲根水暖雁初下，梅径香寒蜂未知”（《初春舟次》）。苏轼学古而不泥，前人诗句的造意，加上自己观察的积累，熔炼成这一佳句。“鸭知水暖”这种诉之于感觉和想象的事物，画面是难以传达的，诗人却通过设身处地的体会，在诗中表达出来。缘情体物又移情于物，江中自由嬉戏的鸭子最先感受到春水温度的回升，用触觉印象“暖”补充画中春水潋滟的视觉印象。鸭之所以能“先知春江水暖”是因为它们长年生活在水中，只要江水不结冰，它总要跳下去浮水嬉戏。因此，首先知道春江水温变化的自然就是这些与水有着密切关系的鸭子。这就说明：凡事都要亲历其境，才会有真实的感受。这句诗不仅反映了诗人对自然的入微观察，还凝聚了诗人对生活哲理的思索。鸭下水而知春江暖，可与“一叶落而知天下秋”相媲美，具有见微知著、举一反三的道理。

“蒌蒿满地芦芽短”，这句诗仍然紧扣“早春”来进行描写，那满地蒌蒿、短短的芦芽，黄绿相间、艳丽迷人，呈现出一派春意盎然、欣欣向荣的景象。“河豚欲上”借河豚只在春江水暖时才往上游的特征，进一步突出一个“春”字，本是画面所无，也是画笔难到的，可是诗人却成功地“状难写之景如在目前”，给整个画面注入了春天的气息和生命的活力。苏轼的学生张耒在《明道杂志》中也记载长江一带土人食河豚，“但用蒌蒿、荻笋即芦芽、菘菜三物”烹煮，认为这三样与河豚最适宜搭配。由此可见，苏轼的联想是有根有据的，也是自然而然的。诗意之妙，也有赖于此。

“正是河豚欲上时”，画面虽未描写河豚的动向，但诗人却从蒌蒿丛生、芦苇吐芽推测而知“河豚欲上”，从而画出海豚在春江水发时沿江上行的形象，用想象得出的虚境补充了实境。苏轼就是通过这样的笔墨，把无声的、静止的画面，转化为有声的、活动的诗境。在苏轼眼里，这幅画已经不再是画框之内平面的、静止的纸上图景，他以内在的深邃体会和精微的细腻观察给人以生态感。前者如画，后者逼真，两者混同，不知何者为画境，何者为真景。诗人的艺术联想拓宽了绘画所表现的视觉之外的天地，使诗情、画意得到了完美的结合。

这一首诗成功地写出了早春时节的春江景色，苏轼以其细致、敏锐的感受，捕捉住季节转换时的景物特征，抒发对早春的喜悦和礼赞之情。全诗春意浓郁、生机蓬勃，给人以清新、舒畅之感。诗人苏轼提出“诗画本一律，天工与清新”（《书鄢陵王主簿所画折枝二首》），“诗中有画，画中有诗”（《东坡题跋》卷五《书摩诘蓝田烟雨图》），在他的这首题画诗《惠崇春江晚景》中得到了很好的验证。

江畔独步寻花

【唐】杜甫

黄四娘①家花满蹊②，

千朵万朵压枝低。

留连③戏蝶时时舞，

自在娇④莺恰恰⑤啼。

注释

①黄四娘：杜甫住成都草堂时的邻居。

②蹊（xī）：小路。

③留连：即留恋，舍不得离去。

④娇：可爱的样子。

⑤恰恰：象声词，形容鸟的叫声和谐动听。一说“恰恰”为唐时方言，恰好之意。

译文

黄四娘家周围的小路开满鲜花，万千花朵压弯枝条离地低又低。

嬉闹的彩蝶在花间盘旋飞舞不忍离去，自由自在的小黄莺叫声悦耳动人。

赏析

这是一首别具情趣的写景小诗。小路上花团锦簇，长满花朵的枝条被压得低垂下来，花瓣之上是流连忘返的彩蝶，它们围绕着花枝翩翩起舞。从这里，我们嗅到了浓郁的花香。花旁的小路上，有清脆啼鸣的黄莺，它们活泼自在的神态，给人一种轻松愉悦的感觉。诗人用“时时”“恰恰”这些极富韵律的字眼，使得全幅明丽纷繁的画面充满了动感，也使得诗歌有着更明快、更流利的节奏。全诗语言充满了口语化色彩。读起来令人感到非常亲切，而诗人在春天所感受到的由衷的快乐跃然纸上。

首句点明寻花的地点，是在“黄四娘家”的小路上。此句以人名入诗，生活情趣较浓，颇有民歌味儿。次句“千朵万朵”，是上句“满”字的具体化。“压枝低”，描绘繁花沉甸甸地把枝条都压弯了，景色宛如历历在目。“压”“低”二字用得十分准确、生动。

第三句写花枝上彩蝶蹁跹，因恋花而“留连”不去，暗示出花的芬芳鲜妍。花可爱，蝶的舞姿亦可爱，不免使漫步的人也“留连”起来。但他也许并未停步，而是继续前行，因为风光无限，美景尚多。“时时”，则不是偶尔一见，有这二字，就把春意闹的情趣渲染出来。正在赏心悦目之际，恰巧传来一串黄莺动听的歌声，将沉醉花丛的诗人唤醒。这就是末句的意境。

“娇”字写出莺声轻软的特点。“自在”不仅是娇莺姿态的客观写照，也传出它给作者心理上的愉快轻松的感觉。诗在莺歌“恰恰”声中结束，饶有余韵。此诗写的是赏景，这类题材，盛唐绝句中屡见不鲜。但像此诗这样刻画十分细微，色彩异常秾丽的，则不多见。如“故人家在桃花岸，直到门前溪水流”(常建《三日寻李九庄》)，“昨夜风开露井桃，未央前殿月轮高”(王昌龄《春宫曲》)，这些景象都显得“清丽”。而杜甫在“花满蹊”后，再加“千朵万朵”，更添蝶舞莺歌，景色就秾丽了。这种写法，可谓前无古人。

盛唐人很讲究诗句声调的和谐。他们的绝句往往能被诸管弦，因而很讲协律。杜甫的绝句不为歌唱而作，纯属诵诗，因而常常出现拗句。如此诗“千朵万朵压枝低”句，按律第二字当平而用仄。但这种拗绝不是对音律的任意破坏，千朵万朵的复叠，便具有一种口语美。而千朵的朵与上句相同位置的四字，虽同属仄声，但彼此有上、去声之别，声调上仍具有变化。诗人也并非不重视诗歌的音乐美。这表现在三、四两句双声词、象声词与叠字的运用。“留连”“自在”均为双声词，如贯珠相连，音调婉转。“恰恰”为象声词，形容娇莺的叫声，给人一种身临其境的听觉形象。“时时”“恰恰”为叠字，即使上下两句形成对仗，又使语意更强，更生动，更能表达诗人迷恋在花、蝶之中，忽又被莺声唤醒的刹那间的快意。这两句除却“舞”“莺”二字，均为舌齿音。这一连串舌齿音的运用造成一种喁喁自语的语感，惟妙惟肖地状出看花人为美景陶醉、惊喜不已的感受。声音的效用极有助于心情的表达。

西江月①·夜行黄沙②道中

【宋】辛弃疾

明月别枝惊鹊③，清风半夜鸣蝉④。稻花香里说丰年，听取蛙声一片。

七八个星天外，两三点雨山前。旧时⑤茅店⑥社林⑦边，路转溪桥忽见⑧。

注释

①西江月：词牌名。
②黄沙：黄沙岭，在江西上饶的西面。
③别枝惊鹊：惊动喜鹊飞离树枝。
④鸣蝉：蝉叫声。
⑤旧时：往日。
⑥茅店：茅草盖的乡村客店。
⑦社林：土地庙附近的树林。社，土地神庙。古时，村有社树，为祀神处，故曰社林。
⑧见：同“现”，显现，出现。

译文

皎洁的月光从树枝间掠过，惊飞了枝头喜鹊。清凉的晚风吹来，仿佛听见了远处的蝉叫声。在稻花的香气里，耳边传来一阵阵青蛙的叫声，好像在讨论，说今年是一个丰收的好年景。

天边几颗星星忽明忽暗，山前下起了淅淅沥沥的小雨。往日的小茅草屋还在土地庙的树林旁，道路转过溪水的源头，它便忽然出现在眼前。

赏析

从《西江月》前两句“明月别枝惊鹊，清风半夜鸣蝉”表面看来，写的是风、月、蝉、鹊这些极其平常的景物，然而经过作者巧妙的组合，结果平常中就显得不平常了。鹊儿的惊飞不定，不是盘旋在一般树头，而是飞绕在横斜突兀的枝干之上。因为月光明亮，所以鹊儿被惊醒了；而鹊儿惊飞，自然也就会引起“别枝”摇曳。同时，知了的鸣叫声也是有其一定时间的。夜间的鸣叫声不同于炎炎烈日下的嘶鸣，而当凉风徐徐吹拂时，往往显得特别清幽。总之，“惊鹊”和“鸣蝉”两句动中寓静，把半夜“清风”“明月”下的景色描绘得令人悠然神往。

接下来“稻花香里说丰年，听取蛙声一片。”把人们的关注点从长空转移到田野，表现了词人不仅为夜间黄沙道上的柔和情趣所浸润，更关心扑面而来的漫村遍野的稻花香，又由稻花香而联想到即将到来的丰年景象。此时此地，词人与人民同呼吸的欢乐，尽在言表。稻花飘香的“香”，固然是描绘稻花盛开，也是表达词人心头的甜蜜之感。在词人的感觉里，俨然听到群蛙在稻田中齐声喧嚷，争说丰年。先出“说”的内容，再补“声”的来源。以蛙声说丰年，是词人的创造。

前四句就是单纯的抒写当时夏夜山道的景物和词人的感受，然而其核心却是洋溢着丰收年景的夏夜。因此，与其说这是夏景，还不如说是眼前夏景将给人们带来的幸福。

下阕开头，词人就树立了一座峭拔挺峻的奇峰，运用对仗手法，以加强稳定的音势。“七八个星天外，两三点雨山前”，在这里，“星”是寥落的疏星，“雨”是轻微的阵雨，这些都是为了与上阕的清幽夜色、恬静气氛和朴野成趣的乡土气息相吻合。特别是一个“天外”和一个“山前”，本来是遥远而不可捉摸的，可是笔锋一转，小桥一过，乡村林边茅店的影子却意想不到地展现在人们的眼前。词人对黄沙道上的路径尽管很熟，可因为醉心于倾诉丰年在望之乐的一片蛙声中，竟忘却了越过“天外”，迈过“山前”，连早已临近的那个社庙旁树林边的茅店，也都没有察觉。前文“路转”，后文“忽见”，既衬出了词人骤然间看出了分明临近旧屋的欢欣，又表达了他由于沉浸在稻花香中以至忘了道途远近的怡然自得的入迷程度，相得益彰，体现了作者深厚的艺术功底，令人玩味无穷。

从表面上看，这首词的题材内容不过是一些看来极其平凡的景物，语言没有任何雕饰，没有用一个典故，层次安排也完全是平平淡淡。然而，正是在看似平淡之中，却有着词人潜心的构思，淳厚的感情。在这里，读者也可以领略到稼轩词于雄浑豪迈之外的另一种境界。

三衢道中

【宋】曾几

梅子黄时①日日晴，
小溪泛尽却山行②。
绿阴③不减④来时路，
添得黄鹂⑤四五声。

注释

①梅子黄时：指五月，梅子成熟的季节。
②却山行：再走山间小路。却，再的意思。
③阴：树荫。
④不减：并没有少多少，差不多。
⑤黄鹂：黄莺。

作者名片

曾几（1085—1166），南宋诗人。字吉甫，自号茶山居士。其先赣州（今江西赣县）人，徙居河南府（今河南洛阳）。历任江西、浙西提刑，秘书少监，礼部侍郎。曾几学识渊博，勤于政事。他的学生陆游替他作《墓志铭》，称他“治经学道之余，发于文章，雅正纯粹，而诗尤工。”后人将其列入江西诗派。其诗多属抒情遣兴、唱酬题赠之作，娴雅清淡。五、七言律诗讲究对仗自然，气韵疏畅。古体如《赠空上人》，近体诗如《南山除夜》等，均见功力。所著《易释象》及文集已佚。《四库全书》有《茶山集》8卷，辑自《永乐大典》。

译文

梅子成熟的时候，天天都是晴朗的好天气，乘小船走到小溪的尽头，再走山间小路。

山路上古树苍翠，与来的时候一样浓密，深林丛中传来几声黄鹂的欢鸣声，比来时更增添了些幽趣。

赏析

诗写初夏时宁静的景色和诗人山行时轻松愉快的心情。此诗首句写出行时间，次句写出行路线，第三句写绿荫那美好的景象仍然不减来时的浓郁，第四句写黄莺声，路边绿林中又增添了几声悦耳的黄莺的鸣叫声，为三衢山的道中增添了无穷的生机和意趣。全诗明快自然，极富有生活韵味。

第一句点明此行的时间，“梅子黄时”正是江南梅雨时节（黄梅天），难得有这样“日日晴”的好天气，因此诗人的心情自然也为之一爽，游兴愈浓。诗人乘轻舟泛溪而行，溪尽而兴不尽，于是舍舟登岸，山路步行。一个“却”字，道出了他高涨的游兴。

三、四句紧承“山行”，写绿树荫浓，爽静宜人，更有黄鹂啼鸣，幽韵悦耳，渲染出诗人舒畅愉悦的情怀。“来时路”将此行悄然过渡到归程，“添得”二字则暗示出行归而兴致犹浓，故能注意到归途有黄鹂助兴，由此可见出此作构思之机巧、剪裁之精当。

作者将一次平平常常的行程，写得错落有致，平中见奇，不仅写出了初夏的宜人风光，而且诗人的愉悦情状也栩栩如生，让人领略到平的意趣。

诗还有个特点，就是通过对比融入感情。诗将往年阴雨连绵的黄梅天与眼下的晴朗对比；将来时的绿树及山林的幽静与眼前的绿树和黄莺的叫声对比，于是产生了起伏，引出了新意。全诗又全用景语，浑然天成，描绘了初夏时浙西山区的秀丽景色；虽然没有铺写自己的感情，却在景物的描绘中锲入了自己愉快欢悦的心情。曾几虽然是江西诗派的一员，但这首绝句写得清新流畅，没有江西诗派生吞活剥、拗折诘屈的弊病。他的学生陆游就专学这种，蔚成大家。

春夜喜雨

【唐】杜甫

好雨知①时节，
当春乃②发生③。
随风潜④入夜，
润物⑤细无声。
野径⑥云俱黑，
江船火独明。
晓⑦看红湿处⑧，
花重⑨锦官城⑩。

注释

①知：明白，知道。说雨知时节，是一种拟人化的写法。
②乃：就。
③发生：萌发生长。
④潜（qián）：暗暗地，悄悄地。这里指春雨在夜里悄悄地随风而至。
⑤润物：使植物受到雨水的滋养。
⑥野径：田野间的小路。
⑦晓：天刚亮的时候。
⑧红湿处：雨水湿润的花丛。
⑨花重：花沾上雨水而变得沉重。重：沉重。
⑩锦官城：成都的别称。

译文

好雨知道下雨的节气，正是在春天植物萌发生长的时候。

随着春风在夜里悄悄落下，无声地滋润着春天的万物。

雨夜中田间小路黑茫茫一片，只有江船上的灯火独自闪烁。

天刚亮时看着那雨水润湿的花丛，娇美红艳，整个锦官城变成了繁花盛开的世界。

赏析

本诗一开头就用一个“好”字赞美“雨”。为什么好呢，因为它“知时节”。这里就是把雨拟人化，其中“知”字用得传神，简直把雨给写活了。春天是万物萌芽生长的季节，正需要下雨，雨就下起来了。它的确很“好”。

颔联进一步表现雨的“好”，其中“潜”“润”“细”等字生动地写出了雨“好”的特点。雨之所以“好”，好就好在适时，好在“润物”。“随风潜入夜，润物细无声。”这用的仍然是拟人化手法。“潜入夜”和“细无声”相配合，不仅表明那雨是伴随和风而来的细雨，而且表明那雨有意“润物”，无意讨“好”。如果有意讨“好”，它就会在白天来，就会造一点声势，让人们看得见，听得清。唯其有意“润物”，无意讨“好”，它才选择了一个不妨碍人们工作和劳动的时间悄悄地来，在人们酣睡的夜晚无声地、细细地下。

紧接着颈联从视觉角度描写雨夜景色。在不太阴沉的夜间，小路比田野容易看得见，江面也比岸上容易辨得清。如今放眼四望，“野径云俱黑，江船火独明。”只有船上的灯火是明的。此外，连江面也看不见，小路也辨不清，天空中全是黑沉沉的云，地上也像云一样黑。看起来这雨准会下到天亮。这两句写出了夜雨的美丽景象，“黑”与“明”相互映衬，不仅点明了云厚雨足，而且给人以强烈的美感。

尾联是想象中的雨后情景，紧扣题中的“喜”字写想象中的雨后之晨锦官城的迷人景象。如此“好雨”下上一夜，万物就都得到润泽，发荣滋长起来了。万物之一的花，最能代表春色的花，也就带雨开放，红艳欲滴。诗人说：等到明天清早去看看吧，整个锦官城（成都）杂树生花，一片“红湿”，一朵朵红艳艳、沉甸甸，汇成花的海洋。“红湿”“花重”等字词的运用，充分说明诗人体物细腻。

诗人盼望这样的“好雨”，喜爱这样的“好雨”。所以题目中的那个“喜”字在诗里虽然没有露面，但“‘喜’意都从罅缝里迸透”（浦起龙《读杜心解》）。诗人正在盼望春雨“润物”的时候，雨下起来了，于是一上来就满心欢喜地叫“好”。第二联所写，是诗人听出来的。诗人倾耳细听，听出那雨在春夜里绵绵密密地下，只为“润物”，不求人知，自然“喜”得睡不着觉。由于那雨“润物细无声”，听不真切，生怕它停止了，所以出门去看。第三联所写，是诗人看见的。看见雨意正浓，就情不自禁地想象天明以后春色满城的美景。其无限喜悦的心情，表现得十分生动。中唐诗人李约有一首《观祈雨》：“桑条无叶土生烟，箫管迎龙水庙前。朱门几处看歌舞，犹恐春阴咽管弦。”和那些朱门里看歌舞的人相比，杜甫对春雨“润物”的喜悦之情自然也是一种很崇高的感情。

鸟鸣涧[1]

【唐】王维

人闲[2]桂花落，
夜静春山[3]空。
月出[4]惊[5]山鸟[6]，
时鸣春涧中。

注释

①鸟鸣涧：鸟儿在山涧中鸣叫。
②人闲：指没有人事活动相扰。闲，安静、悠闲，含有人声寂静的意思。
③春山：春日的山。亦指春日的山中。
④月出：月亮升起。
⑤惊：惊动，扰乱。
⑥山鸟：山中的鸟。

译文

寂静的山谷中，只有春桂花在无声地飘落，宁静的夜色中春山一片空寂。

月亮升起月光照耀大地时惊动了山中栖鸟，在春天的溪涧里不时地鸣叫。

赏析

关于这首诗中的桂花，颇有些分歧意见。一种解释是桂花有春花、秋花、四季花等不同种类，此处所写的当是春日开的一种花。另一种意见认为文艺创作不一定要照搬生活，传说王维画的《袁安卧雪图》，在雪中还有碧绿的芭蕉，现实生活中不可能同时出现的事物，在文艺创作中是允许的。不过，这首诗是王维题友人所居的《皇甫岳云溪杂题五首》之一。五首诗每一首写一处风景，接近于风景写生，而不同于一般的写意画，因此，解释为山中此时实有的春桂为妥。

此诗描绘山间春夜中幽静而美丽的景色，侧重于表现夜间春山的宁静幽美。全诗旨在写静，却以动景处理，这种反衬的手法极见诗人的禅心与禅趣。

“人闲桂花落，夜静春山空”，便以声写景，巧妙地采用了通感的手法，将“花落”这一动态情景与“人闲”结合起来。花开花落，都属于天籁之音，唯有心真正闲下来，放下对世俗杂念的执着迷恋，才能将个人的精神提升到一个“空”的境界。当时的背景是“深夜”，诗人显然无法看到桂花飘落的景致，但因为“夜静”，更因为观风景的人“心静”，所以他还是感受到了盛开的桂花从枝头脱落、飘下、着地的过程。而我们也似乎进入了“香林花雨”的胜景。此处的“春山”还给我们留下了想象的空白，因是“春山”，可以想见白天的喧闹的画面：春和日丽、鸟语花香、欢声笑语。而此时，夜深人静，游人离去，白天的喧闹消失殆尽，山林也空闲了下来，其实“空”的还有诗人作为禅者的心境。唯其心境洒脱，才能捕捉到别人无法感受到的情景。

末句“月出惊山鸟，时鸣春涧中”，便是以动写静，一“惊”一“鸣”，看似打破了夜的静谧，实则用声音的描述衬托山里的幽静与闲适：月亮从云层中钻了出来，静静的月光流泻下来，几只鸟儿从睡梦中醒了过来，不时地呢喃几声，和着春天山涧小溪细细的水流声，更是将这座寂静山林的整体意境烘托在读者眼前，与王籍“蝉噪林逾静，鸟鸣山更幽”（《入若耶溪》）有异曲同工之妙。鸟惊，当然是由于它们已习惯于山谷的静默，似乎连月出也带有新的刺激。但月光之明亮，使幽谷前后景象顿时发生变化，亦可想见。所谓“月明星稀，乌鹊南飞”（曹操《短歌行》）是可以供读者联想的。但王维所处的是盛唐时期，不同于建安时代的兵荒马乱，连鸟兽也不免惶惶之感。王维的“月出惊山鸟”，大背景是安定统一的盛唐社会，鸟虽惊，但绝不是“绕树三匝，无枝可依”。它们并不飞离春涧，甚至根本没有起飞，只是在林木间偶尔发出叫声。“时鸣春涧中”，它们与其说是“惊”，不如说是对月出感到新鲜。因而，如果对照曹操的《短歌行》，在王维这首诗中，倒不仅可以看到春山由明月、落花、鸟鸣所点缀的那样一种迷人的环境，而且还能感受到盛唐时代和平安定的社会气氛。

王维在他的山水诗里，喜欢创造静谧的意境，这首诗也是这样。但诗中所写的却是花落、月出、鸟鸣，这些动的景物，既使诗显得富有生机而不枯寂，同时又通过动，更加突出地显示了春涧的幽静。动的景物反而能取得静的效果，这是因为矛盾的事物，总是互相依存的。在一定条件下，动之所以能够发生，或者能够为人们所注意，正是以静为前提的。“鸟鸣山更幽”，这里面是包含着艺术辩证法的。